HERMANN EHMANN

BELLA ITALIA

HERMANN EHMANN

BELLA ITALIA

ITALIEN-KRIMI

Immer informiert

Spannung pur – mit unserem Newsletter informieren wir Sie
regelmäßig über Wissenswertes aus unserer Bücherwelt.

Gefällt mir!

Facebook: @Gmeiner.Verlag
Instagram: @gmeinerverlag

Besuchen Sie uns im Internet:
www.gmeiner-verlag.de

© 2024 – Gmeiner-Verlag GmbH
Im Ehnried 5, 88605 Meßkirch
Telefon 0 75 75 / 20 95 - 0
info@gmeiner-verlag.de
Alle Rechte vorbehalten
2. Auflage 2024

Lektorat: Claudia Senghaas, Kirchardt
Herstellung: Mirjam Hecht
Umschlaggestaltung: U.O.R.G. Lutz Eberle, Stuttgart
unter Verwendung der Fotos von: © Anton Ivanov / Unsplash und
Allasimacheva / stock.adobe.com
Druck: CPI books GmbH, Leck
Printed in Germany
ISBN 978-3-8392-0650-8

»*Ich kann nicht einfach aufhören, an dich zu denken.*
Nein, ich kann nicht einfach so tun,
als ob all die Zeit, die wir verbracht haben,
plötzlich verschwinden könnte.«

Eros Ramazzotti, italienische Sängerlegende

NÖRDLICHE ITALIENISCHE ADRIA

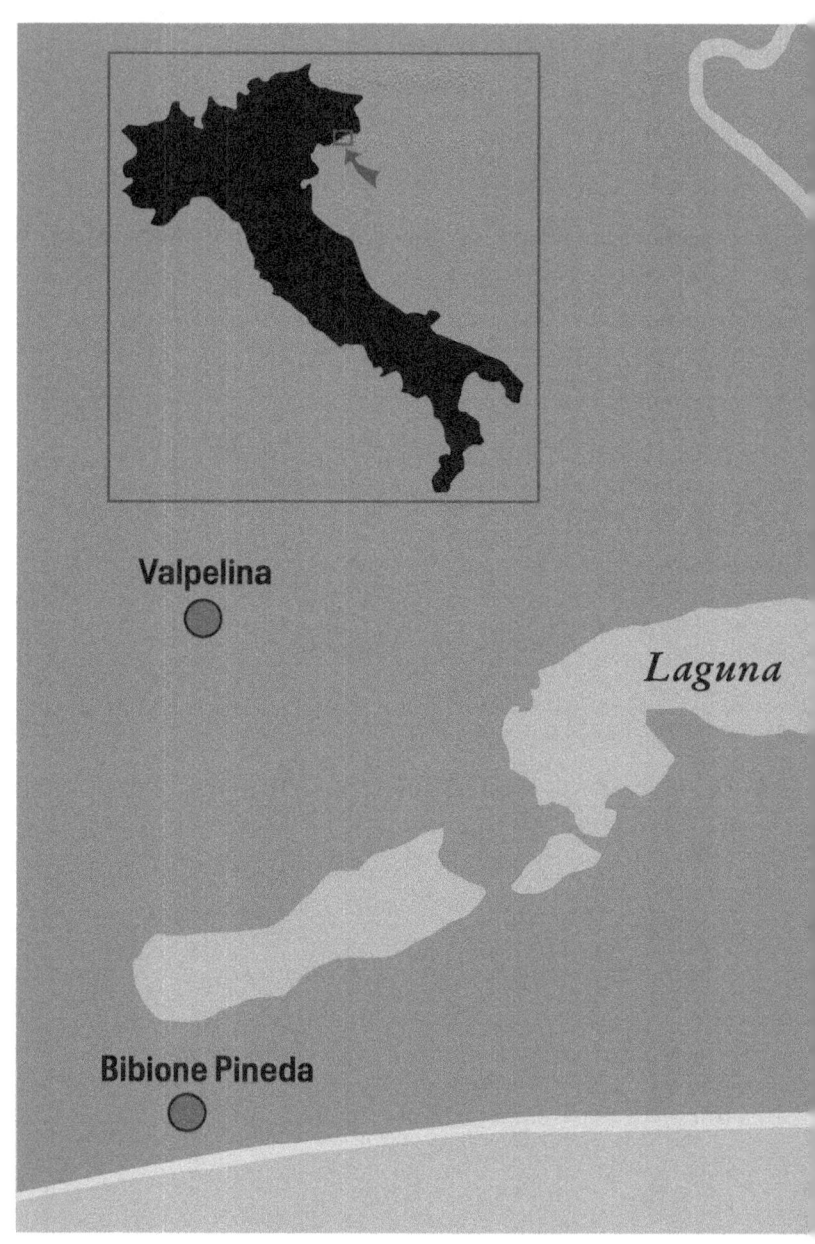

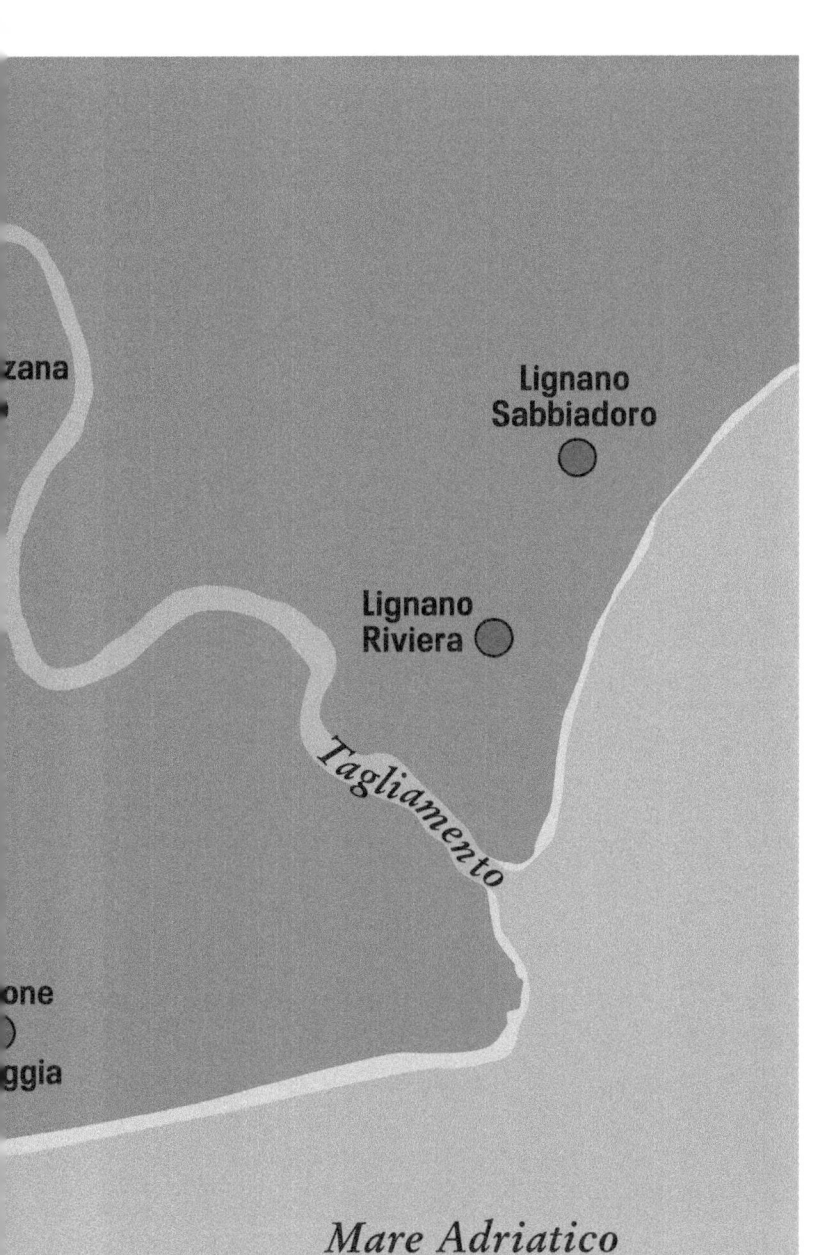

PROLOG

Bibione Spiaggia, Freiluftmusikfestival zum Saisonauftakt

Eine laue Frühlingsnacht an der Oberen Adria. Saisonauftakt in San Michele al Tagliamento, Bibione. Der Hotspot erwacht zum Leben. Seit den frühen Nachmittagsstunden drängen sich Zehntausende Musikfans an dem sieben Kilometer langen Küstenstreifen mit den drei Ortsteilen Pineda, Lido del Sole und Lido dei Pini. 25 Open-Air-Bühnen mit renommierten Künstlern aus Italien, Slowenien, Kroatien, Österreich und Deutschland stehen für musikalische Vielfalt vom Feinsten: traditioneller Italo-Poprock, Azzurro Rap, Electronic-House, Carribean Reggae. Nach der Corona-Delle der vergangenen Jahre haben die Veranstalter diesmal keine Kosten und Mühen gescheut. Auf der Hauptlocation am Piazzale Zenith jubeln die Massen ihren Superstars Dua Lipa, Rita Ora und dem zweifachen San Remo-Festival-Sieger Marco Mengoni zu, der als Halbgott gefeiert wird. Meterhohe Lautsprechertürme wummern dem ausgelassen tanzenden Publikum rhythmische Harmonien in über 100 Dezibel entgegen, das Gelände bis hinunter zur Hotelmeile auf dem Corso Europa füllt sich immer mehr. Um Mitternacht ist die Stimmung auf dem Höhepunkt. O bella notte!

Seit Monaten laufen die Vorbereitungen für dieses Freiluftmusikfestival der Superlative, das sich dank zahlungskräftiger internationaler Sponsoren zu einem der meistbesuchten Freiluftevents zwischen Grado und Rimini gemausert hat. Wet-T-Shirt-Contests, Tattoo-Wettbewerbe und ein hochkarätig besetztes Volleyballturnier bilden den Rahmen *für das dreitägige Nonstop*-Happening. Hotels, Pensionen, Villaggios und sämtliche Campingplätze sind fast bis auf das letzte Bett belegt. Ausnahmezustand pur. Springbreak auf Italienisch. Die Schattenseite: Alkohol und Drogen. Security und *Croce Rossa* wissen kaum noch, wo ihnen der Kopf steht. Tragischer Höhepunkt: In den Morgenstunden stolpert ein Nachtschwärmerpärchen beim Nachhauseweg zum Hotel über eine im Sand liegende Person, als die beiden hinter einem abgelegenen Umkleidehäuschen intim werden wollen. Bewegungslos liegt eine hübsche blonde Frau halb entkleidet in ihrem eigenen Erbrochenen, sie atmet nicht mehr.

Die sofort herbeigerufenen Rettungskräfte kommen zu spät. Die Medico di Emergenza, die in dieser Nacht 23 Einsätze zu verzeichnen hatte – fast alle gingen glimpflich ab –, kann nur noch den Tod der jungen Studentin aus München feststellen. »Herzstillstand, Ursache unklar. Überdosis Genussmittel?«, kritzelt die Ärztin auf ihren Totenschein.

Die Polizia überstellt den Leichnam zur Obduktion in das Istituto Patologico der Universität Venedig. Die postmortale Analyse fördert einen verhängnisvollen Mix aus Alkohol und Gammabutyrolacton, kurz GBL, in Szenekreisen auch als *Liquid-Ecstasy* bekannt, zutage – relativ geringe Mengen, an denen ein gesunder junger Mensch normalerweise nicht stirbt. Die 20-Jährige hatte jedoch seit ihrer Geburt einen Herzklappenfehler, von dem sie offenbar nichts wusste. Auffällig: Kurz vor ihrem Ableben hatte sie noch Geschlechtsverkehr – ob einvernehmlich oder unfreiwillig, lässt sich nicht abschließend klären. Die K.-o.-Tropfen im Blut lassen jedoch Letzteres vermuten. Familie und Freunde in ihrer Heimat sind untröstlich, für sie bricht eine Welt zusammen. Den regionalen Medien am Adria-Hotspot ist die Tragödie gerade mal eine Mini-Meldung wert.

Die Urlaubssaison nimmt ihren Lauf. Sole, spiaggia, Spaghetti satt. *Radio Bibione* sorgt mit Gute-Laune-Songs für durchgängig relaxte Stimmung bei der bunten Urlaubergemeinde aus halb Europa. Tutto come sempre. Alles wie immer. *Fast* alles ...

2

Dreieinhalb Monate später, letzte Juliwoche, Bibione
Pineda

Isabelle Martin wälzte sich auf ihrer dünn gepolsterten
Schaumstoffmatratze hin und her. Sie spürte jeden einzelnen Muskel ihres 31 Jahre alten Körpers. Schon seit Stunden hatte die Kommissarin von der KPI Fünfseenland
aus dem Münchener Süden nicht mehr richtig geschlafen,
unruhig hatte sie sich im Halbschlaf hin und her gewälzt.
Seit sie sich vor acht Jahren entschlossen hatte, ihren stressigen Job als Krankenschwester aufzugeben und in den
nicht minder stressigen Polizeidienst zu wechseln, litt
sie häufiger unter Schlafstörungen. Kurioserweise war es
meist dann am quälendsten, wenn sie eigentlich ausspan-
nen konnte, weil sie ein paar Tage frei hatte. So wie jetzt.
  Es war wohl eine ziemliche Schnapsidee gewesen, auf
dem Flachbetondach ihres Bungalows zu nächtigen, den
sie von ihrer kürzlich verstorbenen Großtante Sophia
geerbt hatte und auf Vordermann bringen wollte. Weil es
zuletzt tagsüber immer über 35 Grad heiß gewesen war
und es auch nachts kaum nennenswert abkühlte, hatte
sie gehofft, in luftiger Höhe etwas Erfrischung zu finden – was sich als Trugschluss erwies. Nicht zuletzt wegen
der fiesen Stechmücken, die sie wie Minihubschrauber in

gefühlter Armeestärke umschwirrten und sich auch von der dicken Teebaumöl-Spezialschutzschicht, die sie eigens aufgetragen hatte, nicht abschrecken ließen. Ja, sie schienen den würzigen Geschmack sogar besonders anziehend zu finden. Zwar lag sie unter freiem Himmel, aber abgekühlt fühlte sie sich keineswegs. Eher verspannt. Vor allem aber zerstochen. Der superhippe bite-away-Spezialstift, den ihr die Notfallapothekerin vom Corso del Sole gestern für satte 39 Euro wärmstens ans Herz gelegt hatte und den sie nachts mehrfach einsetzte, war sein Geld nicht ansatzweise wert, er konnte nicht verhindern, dass ein paar Stiche dick anschwollen und nervig juckten.

Gegen 6 Uhr morgens döste sie nochmals ein. Im Traum kämpfte sie gegen eine osteuropäische Autoschiebergang, die Luxuskarossen in den Balkan beförderte und dabei buchstäblich über Leichen ging. Kurz entschlossen stellte sie sich den Ganoven in den Weg, da sie schon immer eine Abneigung gegen schmierige Autosyndikate hatte, doch diese überrannten sie rücksichtslos … und sie vermochte sich keinen Schritt zu bewegen. Der Angsttraum-Klassiker. Ihr Shirt klebte schweißnass am Rücken.

Plötzlich schrie einer der Autodiebe wie am Spieß. Jedenfalls vernahm Isabelle einen markerschütternden Schrei, anschließend noch einen etwas gedämpfteren – zumindest glaubte sie das. Aber wer konnte im Dämmerschlaf schon genau sagen, was real war und was eingebildet? Immerhin blieb jetzt alles ruhig. Abgrundtiefe Stille erfüllte die Luft in der Morgendämmerung. So weit, so unbefriedigend.

Abscheulicher Albtraum! An Schlafen war nicht mehr zu denken. Als kurze Zeit später ein Auto hochtourig mit quietschenden Reifen und kaputtem Auspuff an ihrer Villa vorbeibretterte, war sie endgültig wach. Das war nun wirklich nicht eingebildet, zumal völlig untypisch für die verkehrsberuhigte Via Sanbuco im lauschigen Ortsteil Pineda. Isabelle schlug die Augen auf, blinzelte von ihrem exponierten Standpunkt der Lärmquelle hinterher. Schwarzer Kleinwagen. Die Autodiebe aus dem Traum? Wohl kaum. Eher ein Möchtegern-Formel 1-Pilot, der mit seinem aufgemotzten Boliden seiner Freundin imponieren wollte.

Da sie jetzt wach war und ihr der Magen knurrte, beschloss sie aufzustehen. Sie rollte die Matte zusammen und kletterte die Eisenleiter vom Dach hinab, um drinnen zu duschen. Aus dem Brausekopf kamen nur ein paar Tropfen, da der Regenwasserbehälter hinter dem Haus, der mit der Dusche verknüpft war, fast leer war – seit Wochen hatte es nicht mehr geregnet.

In ihren neuen *Havaiana*-Flip-Flops mit Katzenmotiven machte sie sich auf den Weg zu dem mit Kuchenmotiven dekorierten *Panificio Antonella* an der Kreuzung Viale dei Ginepri/Passegiata dei Pini, um sich mit Panini und Biscotti Cioccolato einzudecken. Angeblich gab es dort das beste Süßgebäck weit und breit – das hatte zumindest ihr Nachbar, Herr Hellinger, behauptet, mit dem sie gestern Abend ein paar kurze Kennenlernworte gewechselt hatte. Wie ein Kostverächter sah der sympathische Mittfünfziger aus Unterhaching, der mit seiner Frau hier lebte, jedenfalls nicht aus.

In der Ladentür hing ein Werbeprospekt für das Ausflugs-Piratenschiff *Captain Igloo* mit Live-Dance-Band, das jeden Sonntag um 11 Uhr vom Hafen ablegte. Die

Eineinhalb-Stunden-Party-Tour mit Menü und freien Getränken für 46 Euro wäre sicherlich ein Heidenspaß – ihr Lieblingskollege Sigi Schwaiger hatte sich ja erst für den frühen Nachmittag angesagt. Hm, da wäre noch genug Zeit dazwischen. Nicht gerade ein Schnäppchen, andererseits wäre das mal was anderes als die chronisch verregneten Isarfloßfahrten mit den Polizeikollegen, die ihr schon seit Jahren zum Hals raushingen. Vor allem, seitdem einige im alkoholisierten Zustand plump mit der aparten Halbfranzösin anzubandeln versucht hatten – wie peinlich war das gewesen, zumal die sogar verheiratet waren und sie deren Ehefrauen kannte! Schon oft war sie die letzten Jahre mit dem Gedanken schwanger gegangen, ihren Ermittlerjob an den Nagel zu hängen und stattdessen … ja, was eigentlich? Nur weil sie zu Schwaigers Dienststelle wechseln konnte und in ihm einen verständnisvollen Kollegen und platonischen Freund gefunden hatte, war sie überhaupt noch an Bord. Ihre ursprüngliche naive Motivation, das Böse zu bekämpfen und die Welt zu verbessern, hatte sie mittlerweile ad acta gelegt. Und nun war ihr hier im herrlichen Bibione eine Fluchtburg aus dem Alltag förmlich in die Hände gefallen, ganz ohne ihr Zutun. Ein anheimelnder Ferienbungalow. Ein Relax-Refugium zum Verweilen. Ein Stückchen Paradies inmitten eines pittoresken Pinienhaines. Ausgerechnet an der Adria, wo sie schon vor Jahrzehnten mit ihren Eltern entspannte Familienurlaube verbracht hatte – bis Mom, die ebenfalls Kriminalerin gewesen war, bei einem Einsatz in Südfrankreich starb. Damals war sie noch ein Kind gewesen. Aber die Erinnerungen an die Obere Adria mit ihren Sommer-Hotspots waren geblieben und durch süße Teenagererinnerungen ergänzt worden. Dad war mit ihr immer wieder hierhergekommen. »In Memoriam Mom«, wie er zu sagen pflegte. Auch später, als sie erwachsen war, hatte es sie immer wieder hierhergezogen. Ihre ersehnte große Liebe hatte sie freilich noch nicht gefunden, zu mehr als ein paar One-night-Romanzen am Strand hatte es nie gereicht. Doch selbst das war eine halbe Ewigkeit her. Und seit einigen Jahren lag ihr Liebesleben sowieso auf Eis.

Ob ich mir ein Ticket kaufen soll?, rang sie mit sich, während sie in der Schlange wartete und sich das Bass-Intro von Whitney Houstons »I wanna dance with somebody« in der Lautsprecherbox formierte. »I wanna feel the heat with somebody, yeah, with somebody who loves me ...«

Ihr prüfender Blick schweifte über die Gruppe vor ihr wartender junger Männer in ärmellosen Shirts, die lautstark auf Italienisch parlierten. Ein Volleyballteam? Kavaliermäßig ließen sie der Deutschen beim Bestellen den Vortritt. Nicht zu verachten, diese Azzurri! Täuschte sie sich oder hatte der Muskulöse mit dem pechschwarzen Lockenkopf und dem ultraknappen *Roberto Baggio*-Shirt ihr soeben zugeblinzelt? Sie schenkte ihm ein kurzes Lächeln zurück und linste dann haarscharf an ihm vorbei – so früh am Morgen war sie noch nicht in Flirtstimmung. Eventuell später, mal sehen.

Als sie den Laden verließ, folgten ihr einige bewundernde Blicke. Fast gleichzeitig fegten ganz unromantisch zwei Streifenwagen mit Tatütata an ihr vorbei, gefolgt von einem Krankentransporter. Was war da los?

3

Selbstgefällig klopfte sich die Person selbst auf die Schulter und genehmigte sich eine *Birra Moretti* aus dem Eisschrank. Es hätte nicht perfekter laufen können! Sie hatte an alles gedacht, niemand würde je auch nur den geringsten Verdacht hegen. Falsche Spuren gab es zuhauf. Die Zeit war reif gewesen. Überreif. Einer *musste* mal durchgreifen, wenn sich sonst schon keiner rantraute. Für ausgleichende Gerechtigkeit sorgen. Auch wenn sie es nicht gerne tat, noch nie hatte sie sich in ihrem Leben die Hände schmutzig gemacht. Nun, irgendwann war immer das erste Mal.

Blasierte Zeitgenossen, die rechtschaffenen Leuten das Leben zur Hölle machen – eine notorische Plage. Eine Zumutung für die Menschheitsfamilie. Einer weniger von dieser Sorte – verkraftbar! Niemand würde »Money-Georg« eine Träne hinterherweinen. Im Gegenteil: Die Person wusste nur zu gut, dass bei einigen jetzt vermutlich die Sektkorken knallten. Stellvertretend für viele. Gut so.

Warum war Justitia nur so träge, dass man ihr so auf die Sprünge helfen musste? Folgten Justitia und Fortuna überhaupt irgendeiner Logik? Einem ausgeklügelten Plan? Gar einem Sinn?

Wohl kaum. Wie oft hatte die Person sich darüber den Kopf zerbrochen ... und nie eine zufriedenstellende Antwort gefunden! Wie oft hatte sie sich gefragt, weshalb gerade die Braven, Redlichen, Tiefsinnigen oft so viel durchzustehen hatten, wohingegen den Oberflächlichen, den Substanz- und Gewissenlosen alles fein von der Hand zu gehen, ja in den Schoß zu fallen schien! Das uralte Menschheitsrätsel.

»Der Himmel würfelt nicht!« – So hatte ein Priester ihr mal erklärt. Wie armselig! Pfaffengeschwafel für Arme, Schwache, Loser! Opium fürs Volk. Wer wollte schon an einen solchen Gott glauben? An einen sadistischen Marionettenspieler?

Die Person spähte in den Wohnzimmerspiegel. Ja, sie konnte sich ansehen. Scham? Nullkommanull. Schlechtes Gewissen? Keine Spur. Im Gegenteil: So erleichtert hatte sie sich schon lange nicht mehr gefühlt. So frei. Befreit. Wie man sich eben an einem herrlichen Julisonntag fühlen sollte, wo alle ihr Leben genießen und urlaubsglücklich sind.

Die Person spottete grimmig: »Der Tragödie erster Teil! Nummer zwei kann sich schon mal warm anziehen.« – Sie besah sich weiter im Spiegel. Zog sich um, warf die benutzte Kleidung in die Waschmaschine und stellte sie an. Nur keine Spuren hinterlassen!

Anschließend setzte sie sich ans Fenster, schaltete das Internetradio ein, sah dem immer emsiger werdenden Touristentreiben draußen zu. *Radio Bibione* dudelte Sommerhits im Livestream, hin und wieder lief auch ein Oldie, jetzt Supertramps »Don't leave me now« aus den 1980-ern, dann »Caruso« von Lucio Dalla. Gedankenversunken summte die Person mit: »Ich habe dich lieb, so dermaßen lieb, weißt du. Unsere Liebe ist wie ein Kette, ohne Ende.«

Ein Liebeslied ans Meer, rhythmisch wippte sie mit dem Fuß, Emotionen stiegen auf. Starke Vibrations. Schlagartig verschlechterte sich ihre Stimmung. War das Lied damals nicht …? Oh doch, das war es. Verf…! Die Person stand auf, knipste das Radio aus, kramte in der Nachttischschublade. Sie fand einen vergilbten Zettel.

»Liebe geben, Liebe sein, Liebe bleiben.
Sich glücklich und traurig fühlen,
Diese emotionalen Wechsel.
All die Erinnerungen, die wir hatten,
Ja, du weißt, dass es wahr ist,
Ich möchte es wieder fühlen.
Benachbarte Herzen, wie einsam jedes ist.
Ich denke an dich.
Doch es läuft nicht immer alles so,
wie du es dir wünschst.
So still, dass alle Uhren schwiegen –
Ja, die Zeit kam zum Erliegen,
So verloren gingst du fort.
Für immer. Unwiederbringlich.«

Die Person bewahrte diese Zeilen auf wie den Heiligen Gral. Sie führte den Zettel an die Lippen, küsste ihn sanft. Dann legte sie ihn behutsam wieder zurück.

Tränen. Ein Meer voll Tränen. Erinnerungen … mehr als nur eine Spur im Sand. So tief, dass kein Wind sie je zuwehen wird.

4

Überall Blaulicht. Drei Einsatzwagen. Hastende Polizisten. Argwöhnische Blicke. Hektische Anweisungen auf Italienisch.

Isabelle Martin bog mit ihrer Papiertüte in die Via Sambuco ein, freute sich auf ein behagliches Frühstück auf der mit Oleander und Steinrosen behaglich eingewachsenen Terrasse. Doch sie traute ihren Augen nicht – was war hier los? Keine Spur mehr von jener friedvoll-behaglichen Sonntagmorgenstimmung, die vor einer halben Stunde hier noch das Bild geprägt hatte.

Ein dunkelblaues Polizia-Auto mit einigen Dellen parkte unmittelbar vor ihrem Haus, ein anderes stellte den Garteneingang zu. Wozu dieses Aufgebot? Um diese unchristliche Uhrzeit? Sie fummelte die In-ear-Hörer in die Seitentasche ihrer Shorts, setzte die Sonnenbrille ab.

»Was ist hier los?«, fragte sie verunsichert in die Runde, während sie sich zwischen den Fahrzeugen hindurchquetschte, um ihr verbeultes, quietschendes Gartentürchen zu öffnen, dem die Klinke fehlte.

»Ciao, abiti qui?«, erkundigte sich ein Polizeibeamter gespielt lässig auf Italienisch, ohne auf die Frage einzugehen. Als er Isabelles fragenden Blick sah, übersetzte er: »Wohnen Sie hier?«

Jetzt war sie richtig beunruhigt.»Bitte, was? Ja, ich bin hier zu Hause.«

»Da dove vieni? Woher kommen Sie gerade?«

Ihr wurde unheimlich:»Von … vom *Panificio Antonella*. Was soll das alles?«

»Hinter Ihrem Grundstück liegt eine Leiche«, antwortete der Polizist ungerührt in fast lupenreinem Deutsch. »Ich darf Sie nicht durchlassen. Chiuso.«

»Wie bitte?« Um ein Haar wäre Isabelle die Paninitüte aus der Hand gefallen. Sie lachte auf.»Das kann nicht sein. Wie soll denn da jemand reingekommen sein?«

»Leider doch. Das Lachen wird Ihnen noch vergehen. Im angrenzenden Pinienwäldchen neben *Villaggio Paradiso*, direkt hinter Ihrem Grenzzaun«, präzisierte der Uniformierte und deutete unerschütterlich salopp hinter das Haus.»Spaziergänger haben uns alarmiert. Da war er aber schon nicht mehr am Leben.«

Allmählich begriff Isabelle. Während ihrer kurzen Abwesenheit hatte sich hier einiges ereignet.»Darf man fragen, wie er zu Tode kam? Ein Unfall?«

»Wie es aussieht, nein. Seit immer mehr Migranten kommen, ist die Kriminalität in Italien sprunghaft angestiegen. Die vielen Ausländer tun uns nicht gut. Aber eigentlich darf ich gar nicht mit Ihnen sprechen.« Der Beamte wurde noch nicht mal rot dabei, kaute genüsslich einen Kaugummi.

Isabelle schluckte, sie war ja ebenfalls Ausländerin. Dieser Kollege machte es sich wirklich sehr einfach.»Wie gruselig! Was ich mich frage: Wie kam das Opfer denn ausgerechnet hinter mein Bungalowgrundstück?«

»Gute Frage. Das Wäldchen ist ja durch Ihren Zaun

abgetrennt. SpuSi-Kollegen checken gerade die Lage. Ihr Bungalow wird auch inspiziert werden müssen.«

Inspiziert? – Noch gestelzter konnte er sich wohl nicht ausdrücken! Mit einem Schlag war jede Lässigkeit weg. Isabelle spürte, wie sich ein flaues Gefühl in ihrer Magengegend breitmachte. Prost Mahlzeit.

»Dann inspizieren Sie die Messie-Bude mal, viel Vergnügen!«, murmelte sie kaum hörbar.

Was zum Kuckuck hatte sich da im Morgengrauen in nächster Nähe zugetragen, als sie im Halbschlaf vor sich hin gedöst hatte? Isabelle musste an ihre Großtante Sophia denken – sie hatte die letzten Jahres ihres Lebens in dieser Villa verbracht. Da Isabelle die einzige Verwandte gewesen war, die sie vor Jahren hier besucht hatte, war sie Alleinerbin. Soweit sie wusste, hatte Sophia sehr zurückgezogen gelebt, dabei war das Anwesen in die Jahre gekommen. Renoviert worden war hier seit mindestens einem Jahrzehnt nicht mehr. Barg dieses Haus womöglich ein Geheimnis?

Isabelle sah sich nach allen Seiten um. »Wo ist Ihr Einsatzleiter? Ich will ihn sprechen.«

Mokantes Grinsen. »Commandante Materazzi spricht gerade mit den Spaziergängern. Österreichisches Ehepaar. Danach kommt er zu Ihnen. Halten Sie sich zur Verfügung!«

Was denn sonst! Die Kommissarin atmete tief durch, dabei verspürte sie einen heftigen Herzstich, gefolgt von einem Reißen im Kopf.

»Stressbedingt, rein psychosomatisch«, hatte ihr Hausarzt sie vor vier Wochen beruhigt, nachdem er sie mal wieder von oben bis unten durchgecheckt und nichts gefunden hatte. »Ignorieren, Stress reduzieren, progressive Muskel-

entspannung! Sie sind hochsensibel, seien Sie doch froh!« –
Na super, der hatte leicht reden. Die Lavendel-Johannis-
kraut-Mischung, die er ihr verschrieben hatte, war ein
schlechter Witz.

Kopfschüttelnd ließ sie sich mit ihrer Brötchentüte in
der verbrannten Vorgartenwiese nieder, die eigentlich ein
ausgedörrter Kraut-und-Rüben-Acker war. Lachhaft, dass
sie sich noch nicht mal ein Getränk aus dem Kühlschrank
holen durfte – Mister Pokerface bewachte Kaugummi kau-
end den Eingang wie einst Zerberus, jener legendäre Höl-
lenhund aus der griechischen Mythologie, die Pforte zur
Unterwelt. Nicht eine Sekunde ließ er sie aus den Augen,
musterte sie schamlos von oben bis unten, irgendwie fühlte
sie sich von ihm ausgezogen bis auf den Slip. Welch Unterschied zu seinen unverkrampften Landsleuten vorhin in
der Bäckerei! Hatte der Typ hier denn sonst nichts zu tun?
Sie setzte die Ohrhörer wieder auf, doch sie konnte sich
nicht auf ihre sorgsam zusammengestellte Urlaubs-Play-
list konzentrieren.

Nach etwa 20 Minuten bequemte sich ein älticher, klein
gewachsener, übergewichtiger Mann – Typ Elefanten-
baby – in viel zu eng sitzender Anzugskombination mit
einer deutlich jüngeren Kollegin in ihre Richtung. Viel-
mehr, er wälzte sich. Isabelle fühlte sich an den etwas toll-
patschig wirkenden Inspector Columbo aus dem Fernsehen erinnert, nur dass Letzterer über erheblich mehr
Esprit und vor allem Charme verfügte. Allerdings hütete
sie sich, den italienischen Inspektor zu unterschätzen.
»Sig-norina Mar-tini?«, grunzte er mit rauer Stimme.
Er wirkte ungepflegt, seine Schuhe waren staubig. »Io
sono Claudio Materazzi. Commandante superiore capo.«

Seinem verkrampften Gesichtsausdruck nach zu urteilen hatte er keinen Bock auf eine Zeugenbefragung in deutscher Sprache. Seine uniformierte Mitstreiterin, die einen Kopf kleiner und bedeutend schlanker war, machte einen geneigteren Eindruck, wirkte aber ebenfalls stocksteif. Vermutlich hatten sie hier nicht häufig einen toten Urlauber zwischen Meerpromenade und Villensiedlung. Schon gar nicht am heiligen Sonntag.

»Buongiorno. Isabelle Martin. *Nicht Martini!*«, stellte Isabelle sich zwanglos vor und versuchte ein Lächeln, welches aber misslang. »Lassen Sie uns das Formale abkürzen. Zufällig bin ich Kommissarin bei der Kripo nahe München, wir sind also Kollegen. Meinen Ausweis habe ich im Haus.« Ihr schien es, als ob zumindest die Assistentin ihre Geste zaghaft erwiderte. Auf den zweiten Blick fiel ihr auf, dass sie sehr attraktiv war. Loyal streckte sie beiden die rechte Hand hin, lediglich die Dame nahm sie zögerlich, ihre Handfläche war sehr weich und wirkte äußerst gepflegt. Materazzi zog die Stirn kritisch in Falten.

»Collega, colleghi?«, wiederholte er gemächlich mit tiefer Bassstimme. »Ma non qui. *Sie* kommen uns hier nicht in die Quere ... damit wir uns da gleich richtig verstehen!«

Nanu, wie war der denn drauf? »Schon klar«, ruderte Isabelle zurück. »Ich mache hier nur Urlaub in meinem Ferienhaus. Früher gehörte es meiner Großtante, ich bin die Erbin.«

»Aha, capisco. Villa di zia.«

Er machte seiner Assistentin ein Zeichen. Beflissen zückte sie ein lila Tablet und tippte wie besessen, die Rollen waren klar verteilt. Isabelle fiel auf, dass sie schicke dunkelblaue Pumps trug, die perfekt mit ihrer Uniform harmonierten.

»Wo waren Sie die letzten Stunden?«

Isabelle fühlte sich unwohl, Ton und Art der Zeugenbefragung gefielen ihr nicht. Hier lief gerade irgendwas verkehrt. Normalerweise war sie diejenige, die Fragen stellte. Doch ihr blieb nichts anderes übrig, als mitzuspielen.

»Vor ungefähr einer Stunde bin ich aufgestanden, anschließend war ich ganz gemütlich im *Panificio Antonella*.« Sie knisterte mit ihrer leeren Papiertüte, gleichzeitig fragte sie sich, ob Materazzi das wohl als Provokation empfand, denn seine Stirnfalten wurden tiefer.

»Haben Sie etwas beobachtet? Denken Sie genau nach.«

Isabelle schüttelte den Kopf. Sie zermarterte sich den Kopf. Hm, war da nicht dieser mysteriöse Schrei gewesen? Und anschließend das Auto, welches reifenquietschend davongerauscht war?

Materazzi riss sie aus ihren Überlegungen. »Wo haben Sie die Nacht verbracht, Signorina?«

Die Frage war zu gut, um sie mit einer Antwort zu verderben. Sie musste sich zwingen, nicht loszulachen. »Na hier. Ich habe oben auf dem Dach geschlafen.«

»Auf dem Dach?«, wiederholte der Commandante völlig verständnislos, er wackelte mit dem Kopf. »Perché? Ausgerechnet *auf dem Dach*?«

Isabelle rieb sich die Augen. Dieser Materazzi wäre nie auf eine solch außergewöhnliche Idee gekommen, schon klar. »Nun, ich wollte an der frischen Luft schlafen. Im Haus war die Hitze nicht auszuhalten. So einfach.«

»Ah. So einfach«, äffte er. »Waren Sie allein? Da solo? Oder hatten Sie Begleitung? Männlich?«

Himmelherrgott! Was bildete sich diese platte Sherlock-Holmes-Kopie ein? Langsam, aber sicher platzte Isabelle Martin der Kragen. Wohin, bitte schön, entwickelte sich dieser Dialog?

»Hören Sie!« Da klang Angefressensein durch. »Rufen Sie Kriminalrat Johannes Baptist in Deutschland an, er ist mein Vorgesetzter, ich gebe Ihnen seine Privatnummer. Lassen Sie uns offiziell kooperieren. Na?« Sie scrollte auf ihrem Handy nach dem Kontakt.

»Bap-tist«, wiederholte Materazzi betont langsam, die Nummer interessierte ihn erst mal nicht, wie er mit einer wegwerfenden Handbewegung deutlich machte. Seine Assistentin konnte sich ein Grinsen nicht verkneifen.

»Gegen 6.30 Uhr habe ich einen Schrei gehört ... wenige Minuten später ist ein Auto hier in Richtung Via Mammole durchgerauscht. Schwarzer Kleinwagen. Kennzeichen habe ich mir nicht gemerkt. Ich meine, falls Sie das interessiert.«

»Was für ein Schrei?«

»Zuerst glaubte ich, es geträumt zu haben. Inzwischen bin ich mir aber sicher, dass es ein Hilfeschrei gewesen sein muss. Von einem Mann. Vielleicht vom Opfer?«

»Genauer: Was schrie der Mann? Einen Namen?«

Isabelle dachte kurz nach. »Nein, es war eher ein Kreischen. Danach blieb alles gespenstisch ruhig.« Sie biss sich auf die Zunge. »Jedenfalls sah ich keine Veranlassung, mich zu kümmern«, fügte sie entschuldigend hinzu. »Wenn ich allerdings geahnt hätte ...«

»Gesehen haben Sie nichts von Ihrem Aussichtspunkt?«

Aussichtspunkt – wie albern war das denn! »Nein. Sonst hätte ich es gesagt.«

»Cazzo!«, fluchte der Commandante und tauschte einen Blick mit seiner Assistentin, die keine Miene verzog. Isabelle registrierte ihre markanten Lippen. Wie sie wohl in Zivil aussah? Gewiss konnte sie als Model durchgehen.

»Darf ich auch mal was fragen?«, versuchte Isabelle, den Gesprächsfaden an sich zu reißen. »Ihr Kollege sagte vorhin, es war kein Unfall. Was war denn die Todesursache?«

Materazzi schniefte geräuschvoll in ein Papiertaschentuch, kaute spielerisch an einem Strohhalm, antwortete aber nichts.

»Raubmord mit Todesfolge?«

»Eher nicht.« Der Commandante verdrehte die Augen, warf den Strohhalm weg. »Spazieren Sie am Sonntagmorgen mit Wertsachen in den Stranddünen, Signorina?«

Isabelle biss sich auf die Zunge. Stimmt – ihre Frage war nicht sehr intelligent gewesen. »Wissen Sie schon, wer der Tote ist?«

Er machte der Deutschen ein Zeichen, dass sie mitkommen solle. »Sehen Sie selbst … vielleicht kennen Sie ihn!«

Dachte der Kollege allen Ernstes, dass sie, Isabelle Martin, die erst seit zwei Tagen hier war, jeden x-beliebigen Strandwanderer kannte?

Umständlich staksten sie um das ungepflegte Grundstück herum, penibel achteten sie darauf, nichts anzufassen. Materazzis Leute hatten Isabelles Villengrundstück komplett mit rot-weißem Absperrband abgesperrt und suchten den Boden Stück für Stück nach verräterischen Fußspuren oder verlorenen Gegenständen ab. Isabelle streifte sich einen weißen Schutzoverall über. Sie fragte sich, warum die Männer ausgerechnet hier vorne tätig waren. War der Tote nicht drüben auf der anderen Seite ihres Zaunes gefunden worden? Hinter dem Grundstück im Pinienhain? Vermutete der Commandante allen Ernstes, der Täter könnte hier hurtig über den Zaun gesprungen und durch den Garten entfleucht sein, wo er jederzeit beobachtet werden konnte? Das war doch lächerlich. Oder hatte er gar sie im Verdacht, dass sie auf ihrem eigenen Grundstück Spuren verwischen wollte?

Der hintere Maschendrahtzaun wies an einigen Stellen Löcher auf, jedoch passten hier allenfalls Kinderarme durch, Schneide-, Kletter- oder Sprungspuren waren keine zu erkennen. Der Täter hatte ihr Grundstück vermutlich gar nicht betreten. Himmelherrgott, konnten diese SpuSi-Experten denn keine Fußspuren analysieren? Gewiss hatte er sich irgendwo rückwärtig aus dem Staub gemacht. Dorthin, wo er wohl auch hergekommen war. Dort, wo jetzt ein halbes Dutzend Schaulustige standen und Maulaffen feilhielten … wäre die Absperrung dort drüben nicht viel sinnvoller gewesen?

Inzwischen waren sie bei der Leiche angekommen. Isabelle genügte ein kurzer Blick, um festzustellen, dass sie den Mann noch nie gesehen hatte. Dennoch besah sie sich das Opfer genau von allen Seiten mit dem geschulten Blick der Kriminalerin. Claudio Materazzi ließ sie dabei nicht aus den Augen, steckte sich einen neuen Strohhalm in den Mund. Führte der eine ganze Packung mit oder was?

Dem Äußeren nach zu urteilen – blonde Haare, blasser Hauttyp – war das Opfer vermutlich Deutscher oder Österreicher. Jedenfalls kein Einheimischer. Auch kein Slawe. Sportliche Figur, leichter Bauchansatz. Bekleidet war der Mann mit einer kurzen Stoffhose und einem Poloshirt, beides teure Markenware. Die Vene am rechten Unterarm wies einen Einstich auf, die Gesichtszüge waren seltsam verzerrt. Ansonsten auf den ersten Blick keine Gewalteinwirkung. Ein Suizid? Eher nicht.

Immer wieder ein Graus, der Anblick eines gestorbenen Menschen. Aufgewühlt wandte Isabelle sich ab. Ein flaues Gefühl durchdrang ihren Bauchraum, gefolgt von einem Stich im Rücken. Nie würde sie sich daran gewöhnen, und wenn es noch so sehr zu ihrem Beruf dazugehörte. Materazzi konnte sich ein hämisches Grinsen sich verkneifen.

»Ich kenne den Mann nicht. Nie gesehen.«

Indigniert verzog er den Mund. »Sind Sie da sicher?«

»Natürlich. Haben Sie schon seine Identität?«

Jetzt kam seine Antwort schnell. »Schretzmeier. Georg Schretzmeier aus Oberbayern. Ihre Heimat. Klingelt da etwas?«

Sie ging nicht darauf ein. »Sagen Sie, wo genau hat die Tat stattgefunden?«

»Kluge Frage, Sig-no-rina Martini! Sehr scharfsinnig.« Spöttisches Grinsen.

Veräppeln kann ich mich selber, dachte Isabelle verärgert. Was ritt diesen albernen Typen bloß? Gehörte er zu jenen hartgesottenen Patriarchen, die nur männliche Fahnder akzeptierten? Hatte er eine Abneigung gegen Fremde allgemein? Oder stimmte einfach nur die Chemie zwischen ihnen beiden nicht?

Materazzi gab seiner Protokollantin, die in ihrem lindgrünen Overall mit dem pechschwarzen Haarzopf ein bisschen wie ein bildhübsches Marsmädchen aussah, ein aufmunterndes Zeichen. »Den Spuren nach haben Opfer und Täter vorne am Strand in einer kleinen Kuhle gesessen, dort muss dann irgendwas passiert sein«, erklärte sie in einwandfreiem Deutsch.

Blitzschnell überschlug Isabelle die Situation: Das Opfer hatte sich also nach einem möglichen Überrumpelungsangriff noch weitergeschleppt. Das hieß, der Täter hatte von ihm abgelassen. Weil er sicher war, dass sein Opfer keine Chance haben würde? Dass das Opfer sich selbst eine Todesspritze gesetzt haben könnte, schloss Materazzi wie sie anscheinend aus.

»Gift?«

»Was sonst?« Pause. »Weibliche Handschrift, in acht von zehn Fällen.« Der Commandante fixierte sie durchdringend. Isabelle schüttelte es bei seinen Worten. Wie unterirdisch war das denn?

»Haben Sie Erfahrung mit Giftmorden, Signorina?«

Sie musste keine Sekunde überlegen. »Ja. Erst letztes Jahr haben mein deutscher Kollege und ich drüben in Caorle einen Giftmord aufgeklärt. Blauer Eisenhut. So gesehen …« Für einen kurzen Augenblick hatte sie den Anblick der Musikikone Ricci Bianco im Kopf, der damals in seiner Nobelvilla getötet worden war. Die Ermittlungen hatten sich alles andere als einfach gestaltet, nicht zuletzt wegen der sprachlichen Hürden.

»Soso. Signorina haben also Erfahrung mit Gift. Hm … hm.« Jäh begriff Isabelle. Was sie gesagt hatte, konnte sich für Materazzi ja fast so anhören, als ob sie … das wurde ja immer bizarrer.

Jetzt wich er haarscharf ihrem empörten Blick aus. »Signorina, für mich stellt sich die entscheidende Frage: Warum hat er sich hierhergeschleppt, bis er an Ihrem Zaun zusammenbrach? Fast so, als wollte er ausgerechnet zu

Ihnen.« Argwohn in seiner Stimme. Was zum Geier sollte das? Unterstellte der Herr Kollege ihr gerade, sie hätte den Toten eben doch gekannt?

»Vermutlich eine Art Reflex.« Isabelle versuchte, so stoisch wie möglich zu bleiben. »Das Mittel war nicht sofort tödlich, und der arme Kerl wollte Hilfe holen, mein Grundstück grenzt nun mal unmittelbar an den Pinienwald an ... Oder was ist *Ihre* Theorie?«

Isabelle machte sich Riesenvorwürfe. Wäre sie bloß etwas aufmerksamer gewesen! Mit etwas Glück hätte sie den Täter vielleicht sogar stellen können.

»Non ho una teoria. Ich halte mich an Fakten. Meine Kollegen werden alles auf den Kopf stellen.« Als Isabelle etwas erwidern wollte, schob er nach: »Sie können bei der Durchsuchung natürlich dabei sein ... wenn Sie wollen.«

Na danke! »Ich genieße lieber draußen mein Frühstück ... falls das erlaubt ist.«

»Allora. Wo haben Sie Ihre Schuhe?«

»Im Schuhschrank. Wieso?«

»Weil wir Fußspuren abzugleichen haben. Sie bekommen sie wieder, keine Sorge.«

»Okay.«

»Meine Leute haben drei relevante Spuren am Tatort beziehungsweise am Fundort extrahiert. Sportschuhprofile. Von drei verschiedenen Personen. Was halten Sie davon, Frau Kollegin?«

»Von dreien? Das ist in der Tat seltsam.«

»Si, si. Molto seltsam.« Materazzi zog eine Augenbraue hoch.

Isabelle führte den Italiener in die Diele, wo sie in einem Regal fünf Paar Schuhe verstaut hatte. Mit zwei

Fingern steckte Materazzi alles in eine große Plastiktüte mit der Aufschrift ›Forza Torino‹ und schwarz-weißem Rautenmuster. Ein *Juve*-Fan, dieser schneidige Adria-Wallander.

Isabelle war ungehalten. Glaubte dieser Schwachkopf tatsächlich, sie wäre zu blöd gewesen, ihre Tatortschuhe rechtzeitig verschwinden zu lassen ... falls sie denn wirklich die Täterin gewesen wäre, was Materazzi offenbar nicht ausschloss?

Geschlagene anderthalb Stunden später: Isabelle hatte sich inzwischen eine Hängematte zwischen zwei Bäume gespannt und hörte unter freiem Himmel ihre Playlist rauf und runter, ohne jedoch an einem einzigen Song wirklich Gefallen zu finden. Immerhin wehte jetzt ein leichtes Lüftchen, am Himmel zeigten sich einige Haufenwolken. Eine Gewittervorankündigung?

Nach und nach verließen die Beamten ihr Grundstück wieder. Claudio Materazzi, jetzt ohne Begleiterin, trat erneut an Isabelle heran, tippte sie an.

»Fertig?«, erkundigte sie sich gespielt teilnahmslos.

»Für heute ja«, kam es kühl zurück, »aber eine klitzekleine Frage hätte ich noch.« Umständlich zwirbelte der Italiener ein bunt bedrucktes Faltblatt auf. »Was sagt Ihnen dieses Leporello? Kennen Sie das Teil?«

Isabelle faltete den DIN-A5-Hochglanzprospekt auf: ein Reklameblättchen mit Luxusferienimmobilien. Gebrauchte Wohnungen, aber auch Neubauten in gehobener Ausstattung. Sie überflog es kurz ... und wusste sofort, dass sie das Ding noch nie gesehen hatte.

»Nie gesehen.« Sie zuckte die Schultern. »Woher haben Sie es? Was ist damit?«

Materazzi schürzte die Lippen, als glaubte er kein Wort.
»Aus *Ihrem* Wohnzimmerschrank. Sonderbar, nicht?«
Was sollte daran sonderbar sein?»Aus dem Schrank
meiner Tante.«
Gelangweiltes Augenrollen. »Sind Sie wirklich sicher,
dass Sie das gute Stück nicht kennen?«
»Absolut. Weshalb sollte ich ein Haus kaufen oder mieten?«
»Si si … ah, wes-halb?«
Claudio Materazzi wiederholte die Worte aufreizend
langsam, dabei betonte er jede Silbe. »Drollig, dass ausgerechnet unser Toter darauf abgebildet ist. Finden Sie
nicht? Sehen Sie hier: ›Impressum‹ … Ich würde schon
kess behaupten wollen, dass er das ist.«
Wieso redete der Typ so geschwollen daher? Knirschte
er jetzt nicht sogar mit den Zähnen? »Oder sind Sie anderer Meinung, … col-lega?« Schon wieder diese triefende
Ironie. Das süffisante »collega« klingelte Isabelle inzwischen in den Ohren.
Du Vollpfosten!, hätte sie dem Italiener fast an den Kopf
geworfen, ehe sie sich das Piktogramm besah. Tatsächlich – das war der Tote, keine Frage. Die abgebildete Person, die als Kontaktmann für Interessenten von *Project B.
immobiliare società Srl.* verantwortlich zeichnete, war der
Tote vom Pinienhain. Zwei Adressen und Telefonnummern waren angegeben: eine in Bibione-Spiaggia und eine
in München. Sie versuchte, sich beide einzuprägen – der
Azzurro würde das Teil zweifellos gleich als vermeintliches Beweisstück beschlagnahmen und untersuchen lassen.
»Sie kommen morgen auf unsere Dienststelle nach Latisana, wir brauchen Ihren genetischen Fingerprint zum

Abgleich – reine Routine!«, befahl der Commandante ungerührt. Er machte eine bedeutungsvolle Pause, bleckte geradezu lasziv seine Zähne. »Natürlich nur, falls Sie nichts anderes vorhaben ... Sie machen ja vacanza.«

Ihr minderbemittelten Flachpfeifen wollt *meine* Speichelprobe? Allein schon dafür, wie er »vacanza« betonte, wäre Isabelle ihm am liebsten an die Gurgel gesprungen. Sie war auf 180. Am meisten ärgerte sie sich über sich selbst: Als sie den Aufschrei gehört hatte, hätte sie als erfahrene Fachfrau sofort hellhörig werden müssen, völlig klar ... aber sie war nun mal im Urlaubsmodus. Verflixt und zugenäht! Das hatte sie jetzt davon!

»Sollte Ihnen zwischenzeitlich doch noch etwas einfallen, wissen Sie ja, wo Sie mich finden.«

Ende der Unterredung. Materazzi schnippte achtlos seine Dienstellenkarte über den Tisch, sodass sie sich überschlug. »Morgen 10 Uhr. Sehen Sie zu, dass Sie pünktlich sind, ich habe noch andere Fälle, die auf mich warten. Fino ad allora. Buona vacanza.«

5

Isabelle war konsterniert. Als Materazzi schwungvoll abgerauscht war, machte sie sich direkt auf in Richtung Strand. Den Kopf frei bekommen. Vorbei am *Camping Villaggio Turistica Internazionale*, der malerischen Strandkapelle von Pineda und dem ehemaligen Hippie-Hotel *Tiki*, das hübsch renoviert war. In der tief stehenden Morgensonne blitzten vor ihr die Touri-Hotspots Caorle, Eraclea mare, Lido di Jesolo und Cavallino auf, sie blinzelte. Bis dorthin zu laufen war nicht möglich, da zwei großflächige Lagunen vorgelagert waren, die man nur per Boot überwinden konnte. Die digitale Temperatursäule am Cocobongo-Beach zeigte schon um diese Tageszeit erbarmungslose 35 Grad. Von irgendwoher vernahm sie mehrstimmige Kirchenglocken. Domenica-Stimmung.

Sie passierte das *Shany*, wo sie sich schon oft ein Acqua Minerale oder einen Cappuccino genehmigt hatte – heute war es ihr vergangen. Vielleicht später zusammen mit Sigi! Inzwischen war sie am Strandende angekommen, von hier ging es nicht mehr weiter. Außer man entschloss sich, um die kleine Lagune herumzuschwimmen. Freilich war die Wasserqualität hier nicht so berauschend, auch war es nicht ungefährlich, da hier Motorboote schipperten. Irgendwo hier musste sich die Tat ereignet haben! Die Spurensicherung hatte alles wieder freigegeben. So schnell? Das war eigenartig.

Unter den neugierig fragenden Blicken mehrerer Badegäste schritt sie akribisch Meter für Meter ab, der puderzuckerfeine goldgelbe Sand brannte ihr glühend heiß unter den Fußsohlen. Sie kniete sich hin und wühlte. Nicht dass sie sich einbildete, etwas zu finden, was die Italiener übersehen hatten – sie wollte einfach nur ein Gefühl für den Tatort bekommen. Das war eine Marotte von ihr. Vermutlich war der Täter seinem Opfer über eine längere Strecke gefolgt und hatte geduldig gewartet, bis der Strand in einer Sackgasse endete. Das ließ darauf schließen, dass er ortskundig war. Eine Zufallsattacke kam somit nicht infrage. Giftmorde, das wusste sie, waren immer ein Indiz dafür, dass Täter und Opfer sich kannten. Aus kriminalpsychologischen Profiler-Studien wusste sie, dass solche Täter oft einen wahnsinnigen Emotionsstau mit sich herumschleppten, der sich über einen längeren Zeitraum als Hass aufgestaut hatte und sich so entlud.

Was hatte Tante Sophia bloß mit diesem Hochglanz-Wisch vorgehabt, den Materazzi ihr so vorwurfsvoll unter die Nase gerieben hatte? War er ihr zufällig in die Hände gefallen? Kannte sie den Ermordeten? Hatte sie gar mit dem Gedanken gespielt, ihr Häuschen zu verscherbeln? Was wusste sie eigentlich über ihre verstorbene Großtante und die Geschichte dieses eigenartigen Bungalows? Hm …

Isabelle ließ ihren Blick über das schier endlose Blau der Adria gleiten. Weit draußen dümpelten blassblaue Boote im sanften Wellengang. Von irgendwoher wehten Thymian- und Pizzageruch zu ihr herüber, sanft unterlegt von Eros Ramazzottis unnachahmlich erotischer Stimme zu »Cose della vita me« aus einem Kiosklautsprecher. Das waren unbeschwerte Zeiten gewesen, als sie hier in den

2010er Jahren mit gleichaltrigen italienischen Jungs geflirtet hatte! Hatte sie hinter dem *Shany* nicht sogar mal mit zweien sehr ausgiebig die halbe Nacht im nachtwarmen Sand gekuschelt? Lange her. Sehr lange. Auf jeden Fall war es eine romantische Jugenderfahrung ohne Hintergedanken gewesen.

Bedächtig schritt Isabelle hinüber zur Strandbar *Moby Dick*, wo eine übergroße Regenbogenflagge wehte, und orderte bei dem geschmeidigen Barkeeper mit *LGBT*-T-Shirt einen doppelten Espresso. Sie fragte sich, ob er wohl ein Transgender war, und ertappte sich dabei, wie sie ihm noch mal einen verstohlenen Blick zuwarf, während sie den Kaffee trank. Doch er war ganz in seine Tätigkeit vertieft, bekam nichts von ihren Gedanken mit.

Wann hatte sie Sophia das letzte Mal gesehen? Das war mindestens vier Jahre her, noch vor Corona. Damals war sie auf der Durchreise nach Elba gewesen, um eine alte Schulfreundin zu besuchen, die dort mit einem Einheimischen eine Pension eröffnet hatte. Sophia war klasse drauf gewesen – körperlich wie geistig, auch wenn sie schon die 80 überschritten hatte. Gemeinsam waren sie geschwommen, hatten gekocht und Spaß gehabt. Auch die Villa war in einem passablen Zustand gewesen – kein Vergleich zu heute. Sie hatten vereinbart, Kontakt zu halten. Sophia hatte ihr zum Abschied noch ein Schminkkästchen und ein Erinnerungsamulett geschenkt. »Für unsere Verbindung!«, hatte sie ihr lächelnd hinterhergerufen und gerührt gewunken, fast wie eine Mutter. Und dennoch war irgendetwas in Sophias Benehmen seltsam gewesen – nur, was?

Tränen schossen ihr in die Augen. Rasch drehte sie sich ab, damit es niemand sehen konnte. Letzten Winter, kurz vor Weihnachten, war ihr dann dieser gelbe Notarbrief ins Haus geflattert, in dem stand, dass Sophia verstorben war und ihr den Bungalow vermacht hatte. »Mist, hätte ich doch bloß ...! Warum habe ich mein Versprechen nicht gehalten und sie noch mal ...?«, schimpfte Isabelle mit sich selbst. Dabei wusste sie nur zu gut, wieso es nicht geklappt hatte. Vor zwei Jahren hatte sie bei einem nächtlichen Einsatz im Rotlichtmilieu einen Streifschuss wegzustecken, der ewig nicht heilen wollte. Danach war sie bei ihrer damaligen Dienststelle Rosenheim-Traunstein in ein schweres Burnout gefallen, durch das sie monatelang außer Gefecht gesetzt war und das sich erst gebessert hatte, als sie ihre Dienststelle wechselte. Nur zu gern hätte sie Sophia im vergangenen Sommer besucht, doch da war die Tante in Rom bei einer Papstaudienz gewesen. Und nun machte sie, Isabelle, ganz allein Urlaub in der verwahrlosten Villa.

Die flotten Jungs aus der Bäckerei fielen ihr ein. Wieso hatte sie dem hübschen Zwinkerer im engen Shirt nicht spontan ihre Telefonnummer zugesteckt? Wie verklemmt war sie inzwischen eigentlich geworden?

Schluss jetzt mit den Selbstvorwürfen! Sie musste herausfinden, was passiert war ... und welche Rolle die Villa dabei spielte. Und ob Sophia auf irgendeine Art damit in Verbindung stand. Ein Glück, dass Sigi bald eintrudeln würde – mit ihm würde sie Licht ins Dunkel bringen. Am großen Hafen legte das voll besetzte Party-Ausflugsschiff unter großem Trara ab, eine große Gruppe Badegäste winkte enthusiastisch hinterher. Sie hatte keinen Blick dafür.

6

Hauptkommissar Sigi Schwaiger lenkte seinen elf Jahre alten silbergrauen Golf V auf der Ortsumgehungsstraße am Campingplatz vorbei – »Bibione Pineda« war am Kreisverkehr mit bunten Begonien eingepflanzt, neben den italienischen, deutschen, österreichischen, slowenischen und polnischen Flaggen wehte auch die Regenbogenfahne. Hier war deutlich weniger Verkehr als im Zentrum Bibione Spiaggia. Siebeneinhalb Stunden anstrengende Autofahrt mit Staus an Mautstellen und Autobahntunnels lagen hinter ihm. Und das bei dieser Affenhitze! Normalerweise zog er Aktivurlaub oder Gruppenbusreisen vor, wo er sich nicht selber ans Steuer setzen musste, doch er war voller Vorfreude auf ein paar entspannte Tage mit gutem Essen und ein paar Gläsern Chianti in inspirierendem Ambiente.

Rasch fand er sich in Pineda zurecht. In diesem beschaulichen Ortsteil reihten sich reizvolle Gartenvillen aus den 1970er bis 1990er Jahren, die damals von Deutschen und Österreichern erworben worden und mit ihren Eigentümern alt geworden waren, aneinander. Einige Bungalows waren liebevoll renoviert, andere verfielen zusehends, weil die Besitzer Dolcefarniente vorzogen oder aber früh verstorben waren und die Erben lieber an der Côte d'Azur oder in Marbella weilten.

Eine überschaubare Gartenstadt, hier sieht es ein bisschen aus wie in Klein-Germering oder München-Forstenried, fast schon spießig, dachte er bei sich. Auf jeden Fall ließ es sich gut aushalten, abseits vom Hochhaustrubel von Spiaggia oder Lignano Sabbiadoro.

Vor Nummer 76 ließ er das Auto ausrollen. ›Villa oph a‹, stand in verblassten Lettern auf dem überall bröckelnden weißen Putz, da fehlten ein S und ein i, oder? Hier musste es sein, laut *Google Maps* war er am Ziel. Doch was er sah, ließ ihn zweifeln: Am Eingang neben dem verrosteten Gartentürchen, dem ein Handgriff fehlte, stapelte sich Gerümpel, es sah aus wie beim Sperrmüllcontainer auf dem Schwabinger Wertstoffhof. Und auch die »Villa« ähnelte eher einer von vertrocknetem Mörtel zusammengehaltenen Stein-Holz-Hütte, zweifellos hatte sie ihre besten Zeiten lange hinter sich. Im Vorgarten, der diese Bezeichnung nicht verdiente, tigerte breitbeinig ein ausgehungerter Riesenkater umher, argwöhnisch beäugte er den Neuankömmling. Er hatte nur noch ein Ohr und einen Stummelschwanz.

Konnte er hier richtig sein? Bei seiner bezaubernden Kollegin Isabelle, die im Dienst immer so akkurat und herausgeputzt wirkte? Da entdeckte er sie zwischen Stechginsterbüschen: »Isa«, wie sie scherzhaft genannt wurde, fläzte in einer Hängematte und starrte gedankenverloren auf ihr rosa *iPad* mit Smiley-Aufkleber. Die Pinien, zwischen denen die Matte gespannt war, waren von knietiefem Gestrüpp umrankt. Irgendwie fühlte er sich an Pippi Langstrumpfs Villa Kunterbunt erinnert, die seine kindliche Fantasie beflügelt hatte, als er klein war. Nur dass bei Astrid Lindgren alles blühend-kreativ war – hier hingegen dominierte Chaos. Bitte nein! Er hupte zweimal.

Isabelle sah herüber, winkte. Aufreizend langsam kletterte sie aus ihrer Liegeposition und setzte sich in Bewegung – ganz anders, als er das von ihrer Dienststelle her kannte. Keine Spur dynamisch. Ihre sonst so gepflegte brünette Lockenfrisur wirkte zerzaust, das Schlabbershirt hing ihr irgendwo. War das die beherzt-zupackende Kommissarin der KPI München-Umland?

»Bonjour, Monsieur Schwaiger«, empfing sie ihn scherzend und drückte ihn zur Begrüßung fest an sich, dass er ihre Rundungen spüren konnte. »Herzlich willkommen im verwunschenen Schloss!«

Eigentlich hatte er sich auf drei, vier gepflegte Badetage in einem schnuckeligen Gartenanwesen mit Golfrasen und Swimmingpool gefreut. Diese zerlumpte Spelunke indes sah verdächtig nach Arbeit aus. Er rümpfte die Nase, was ihr nicht entging.

»Excusez moi, ich bin hier selber auf dem falschen Fuß erwischt worden. Keine Ahnung, wieso hier alles so verlottert ist. Da muss entrümpelt werden, ich habe schon angefangen.«

Entrümpeln? Von der Hängematte aus? – Sigi Schwaiger zog erneut die Nase hoch. Er sah seine Erholung davonschwimmen.

Isabelle hielt den Kopf schief. Hm, hätte sie ihren Lieblingskollegen vielleicht besser vorwarnen sollen, als sie vorgestern hier ankam? Andererseits war der doch sonst auch alles andere als ein Sauberkeitsfanatiker. Sie sagte versöhnlich: »Du, das wird hier noch eine richtige Idylle. Ein Blumenmeer in Bunt.«

Die Halbfranzösin, die seit einem halben Jahr Schwaigers Dienststelle verstärkte – und das durchaus auch optisch! –, zupfte spielerisch ihr nackenlanges gewelltes Braunhaar.»Komm erst mal rein.«

»Lass uns besser direkt mit dem Ausmisten anfangen«, schlug er seufzend vor,»sonst wird das hier nix mit *savoir vivre*.«

Isabelle ging nicht darauf ein.»Mineralwasser mit Zitrone als Vitaminspritze? Nach der langen Fahrt bist du doch sicher durstig. Das läuft uns alles nicht weg.«

»Besser einen Campari Orange. Einen doppelten.« Er wuchtete eine Riesentasche aus dem Kofferraum und trug sie ins Haus.»Zweimal Blockabfertigung am Tauern- und Katschbergtunnel, dann noch Unfallstau vor Tarvisio. Schließlich sind die Italos mit ihren Pseudoferraris in Rennmanier gebrettert, ich bin bedient.«

»Mach es dir gemütlich, ich bin gleich wieder da.«

Isabelle verschwand im Haus, um die Drinks zu holen. Der Kater näherte sich distanzlos, als wären sie alte Kumpel. Mit dem Rest seines Schwanzes strich er um Schwaigers behaarte Beine, miaute herzzerreißend. Bestimmt hat der Flöhe ... oder Würmer, dachte er leicht angeekelt, obgleich er als jahrelanges Mitglied des *Pfotenhelfer e. V.* ein Faible für Vierbeiner hatte. Dieses Tier hier war gut und gerne 50 Zentimeter lang und ähnelte fast einem Luchs. Vermutlich hatte er einfach keine andere Fress-Alternative und nahm das Durcheinander als unvermeidbar hin!

»Darf ich vorstellen: Romeo«, erklärte Isabelle, die mit zwei Karaffen herauskam,»zumindest nenne ich ihn so.«

Sie tätschelte dem Kater den Rücken, was dieser mit wohligem Schnurren quittierte.»Er war da, als ich ankam ... und denkt nicht dran wegzugehen.«

Sie setzten sich an den frisch eingedeckten Teakholztisch, den Isabelle am Vortag im Palmanova-Outlet-Center für einen Spottpreis erstanden und direkt aufgebaut hatte, und stießen an. Darauf lag ein Schachbrett mit Hunde- und Katzenfiguren aus venezianischem Marmor.

»Lust auf eine Partie? Du darfst die Hunde …«

»Jetzt nicht.«

Romeo tapste neugierig heran und schlang den Inhalt des halb vollen Napfes hinunter, der neben dem Tisch stand, als wäre es nichts. Anschließend legte er sich rücklings zu Schwaigers Füßen und ließ sich von seinen Zehen am Bauch streicheln. »Da hat's einer aber dringend nötig.«

»Ach, das hätte ich fast vergessen!«

Wie von der Tarantel gestochen sprang Isabelle auf und lief erneut ins Haus. Wenige Augenblicke später balancierte sie ein französisches Croissant sowie eine Tarte aux pommes à ma facon auf einem Kuchenteller – ihr üblicher Büro-Nachmittagssnack um diese Uhrzeit. »Frisch von der Konditorei um die Ecke«, lächelte sie verschmitzt. »Plus ein Cornetto nocciola – Nusshörnchen. Spezialanfertigung für unseren Herrn Hauptkommissar, s'il vous plaît.«

»Merci beaucoup, Isa!« Er drückte ihr einen Luftkuss auf die Wange, sein anfängliches Missbehagen war so gut wie verflogen. Sie wurde ein bisschen rot.

Nachdem sie ihre Gläser geleert hatten, senkte Isabelle den Blick. Leise sagte sie: »Du kannst dir nicht vorstellen, was hier vorhin abgegangen ist.« Inzwischen hatte Romeo sich bis zu Schwaigers Schoß vorgetastet, schmiegte seinen Kopf fordernd an dessen Bauch. Er war dankbar für jede Streicheleinheit.

»Ist dieses Wesen eigentlich kastriert?«

»Sag mal, hörst du mir nicht zu? Hier ist vorhin etwas Schlimmes passiert. Im Pinienwald wurde ein toter Urlauber gefunden.« Sie deutete mit einer saloppen Armbewegung hinter das Haus.

»Wie bitte?« Sigi Schwaiger setzte seinen Analyseblick auf, den sie von der Dienststelle her kannte. »Nicht schön. Aber was hat das mit uns zu tun? Das ist doch Sache der Kollegen hier.«

Nicht schön? Als sie schwieg, gab er sich die Antwort selbst: »Ah, ich verstehe. Weil das Opfer Deutscher war, sollen wir unsere Connections spielen lassen.« Sein Gesicht hellte sich auf, plötzlich saß er wie elektrisiert kerzengerade. Das hörte sich ja fast an wie vor ziemlich genau einem Jahr, als sie auch unverhofft in einen Urlaubsfall gestolpert waren und sich kennen und schätzen gelernt hatten.

»Im Gegenteil, ich soll mich tutto completto raushalten. Der Tote wurde hinter meinem Gartenzaun gefunden, er hat sich wohl hierhergeschleppt. Vermutlich ein Giftanschlag. Was sagst du dazu?«

Schwaiger stellte sein Glas etwas zu schwungvoll auf den Tisch, sodass die Flüssigkeit überschwappte. »Irgendwie kommt mir das bekannt vor. Kann es sein, dass du böse Buben magisch anziehst? Kaum bist du im Urlaubsmodus, gibt's bei dir ums Eck eine Leiche.« Der Kater, der ein paar Spritzer abbekommen hatte, sprang erschrocken auf und miaute vorwurfsvoll. Prophylaktisch holte er seine Krallen aus ihren Gehäusen.

»Denkst du, ich habe mir das ausgesucht?« Isabelle klang gereizt. »Ich komme nichtsahnend von der Bäckerei zurück, da wimmelt hier alles vor blauen Männchen: Carabinieri, Polizia Generale. Wuseln rum wie aufgeschreckte Heuschrecken und verwischen alle Spuren, du kannst dir gar nicht vorstellen, wie amateurhaft die sich anstellten. Die Ärztin trippelte erst über eine Stunde später vom Sonntagsgottesdienst ein, das musst du dir mal reinziehen. Und auch die SpuSis machten nicht den Eindruck, als wären sie Topkaräter ihres Faches ... Der Oberwitz aber war der Leitende Hauptkommissar. Ein Spezialexperte namens Commandante Materazzi.« Kurze Pause. »Dieser Verschnitt denkt, ich hänge mit drin.«

Schwaiger blieb die Apfeltarte im Hals stecken. »Bitte was?«

»Morgen muss ich Fingerabdrücke samt DNA abgeben«, schob sie kleinlaut nach.

»Echt jetzt? Haben diese Witzfiguren den Schuss nicht gehört? Du kannst doch noch nicht mal eine Mücke im Schlafzimmer liquidieren.«

»Das wissen die ja nicht.«

Er schüttelte den Kopf. »Hast du denn nicht gesagt, wer du bist?«

»Doch. Hat nur nicht interessiert.«

»Ach, wird sich alles finden«, äußerte Schwaiger betont nonchalant. Für Isabelles Geschmack eine Spur zu cool, wie so oft. Doch immerhin setzte er noch nach: »Diesen Fünf-Sterne-Ermittlern muss mal jemand verklickern, wie viele knifflige Fälle du schon gelöst hast. Dann werden die dich mit Handkuss ...«

Sie fiel ihm ins Wort. »Das wird nichts nützen, Frauen im Dienst nimmt dieser Chauvi nicht die Spur ernst. Seine Assistentin fungierte ausschließlich als Protokollpüppchen.«

»Wenn's weiter nichts ist, das bekommen wir hin. Das Mädel braucht dringend mal ein Coaching!« Er ließ keinen Zweifel daran, dass er sich dieser Aufgabe liebend gern annehmen würde. »Wen hat's denn überhaupt erwischt? Und wie war der genaue Modus operandi?«

Schon wieder diese unerschütterlich lässige Ausdrucksweise! Isabelle tat sich noch immer schwer damit, andererseits wusste sie nur zu gut, dass ihr Kollege diese Art von Selbstschutz brauchte.

»Einen oberbayerischen Promi-Agenten für Nobelferienvillen, der hier in Bibione eine Agenzia hatte – Georg Schretzmeier sein Name.«

»Schretzmeier ... hm!« Schwaiger hielt den Kopf schief. Hatte er nicht zu Hause diesen Namen schon mal in der Zeitung gelesen? Im Zusammenhang mit einem geplanten Stadionprojekt im Münchener Umland? »Also, mir kommt der Name nicht so ganz unbekannt vor. Ich kann mich natürlich auch täuschen.«

»Ist ja egal. Tatort wie gesagt beim Bootshafen. Wobei es für mich ein paar dicke Fragezeichen gibt. Keinerlei Kampfspuren. Als ob da zwei gemütlich nebeneinander im Sand gesessen wären und zusammen ein Bierchen getrunken hätten! Aber es lässt sich doch niemand einfach so freiwillig ein tödliches Mittel injizieren, oder übersehe ich was?«

»Na ja, außer, er wurde zuvor irgendwie außer Gefecht gesetzt – beispielsweise mit K.-o.-Tropfen im Getränk oder im Salat, so was soll's ja geben, vor allem in Urlaubsorten.«

Isabelle stockte der Atem. Na klar, so wurde ein Schuh draus. Natürlich, das war es! »Nach dem Angriff hat er sich noch bis zu meiner rückseitigen Zaunseite geschleppt. Ausgerechnet. Das ist für mich das zweite Rätsel. Oder war es schlicht und einfach Zufall?«

»Verstehe.« Schwaiger hob und senkte den Kopf. »Dann wird mir einiges klar. Deswegen denkt dieser Vollhorst von Ma…«

»Ich ärgere mich grün und blau, dass ich nichts mitbekommen habe.« Isabelle zog eine Grimasse. »Hätte ich nicht noch gedöst, wäre mir natürlich was aufgefallen. Aber weißt du, was das Kurioseste ist? Ein Prospekt von diesem Typen lag in Tante Sophias Wohnzimmerschrank. Frag mich nicht, was es damit auf sich hat! So gesehen kann ich den Superkollegen sogar verstehen … ansatzweise.«

»Das ist in der Tat ungewöhnlich.«

»Wir müssten unbedingt diese Agenzia unseres Opfers durchleuchten. Ich kann doch auf dich zählen?«

Seine Müdigkeit war wie weggeblasen. »Steig ein, das Auto ist noch warm. Allerdings müsstest du fahren, wegen meinem Campari vorhin.« Großspurig setzte er nach: »Der Täter kann sich schon mal warm anziehen, das Giftschwein greifen wir uns.«

»Wie? Jetzt?«

»Die ersten Stunden sind die wichtigsten, das muss ich dir doch nicht sagen.«

7

Kurz nach der Einmündung der Via Orsa Maggiore in den Corso del Sole mit seinen unzähligen Agenzias und Eiscafés wartete die mondäne Agenzia *Appartamenti e Ville* auf illustren Zulauf.

»Sticht optisch hervor«, bemerkte Isabelle beeindruckt, »Nobel-Stammkundschaft, Zielgruppe Topverdiener. Am besten geben wir uns als Kaufinteressenten aus und fühlen denen kritisch auf den Goldzahn. Als alte Kumpels von diesem Schretzmeier interessieren wir uns für hochpreisige Luxusobjekte, okay? Und vor allem: Wir wissen von nix.«

»Coole Strategie.« Schwaiger staunte immer wieder über Isas originelle Geistesblitze, auf die Inkognito-Masche wäre er nicht gekommen. Schwungvoll betrat er das Geschäft, hielt ihr die Tür auf.

»Moment, warte noch kurz …« Sie versuchte, ihn am Ärmel zurückzuhalten. Zu spät. So war er halt, ihr Herr Kollege.

Alles war auf Hochglanz poliert, gediegen wie eine Fünf-Sterne-Hotelhalle, nur deutlich kleiner. Auf der einen Seite eine hochwertige Sitzgruppe, auf der anderen ein geschwungener Spiegel, der bis hinunter auf den Boden reichte, daneben eine bauchige Vase mit blauen chinesischen Drachenköpfen. Die hellen Marmorfliesen zierte ein dunkelroter Teppichläufer, der bis zum brusthohen Tresen führte. Dahinter thronte eine kräftige, verlebte Blondine um die 40 mit schminkemäßig – und chirurgisch? – aufgehübschtem Gesicht. Über ihrem Kopf flatterten auf einem überdimensionalen Flatscreen Angebote hochwertiger Ferienbungalows in Dauerschleife.

Die Dame sah auf, versuchte, sich ein Lächeln abzuringen. »Scusi, geschlossen. Ein Trauerfall.« Sie zeigte auf den Eingang, wo ein rotes Schild mit der Aufschrift ›Chiuso‹ an einer langen Kette baumelte. Offenbar war vergessen worden abzusperren.

Isabelle spielte die Überraschte. »Oh, dann kommen wir ein anderes Mal wieder ...« Sie wandte sich zum Gehen und zog Sigi zum Schein mit sich, blieb dann aber nochmals stehen. »Es ist nur so, wir suchen kurzfristig eine Luxusvilla zum Kauf. Geld ist nicht so wichtig. Wissen Sie, wir sind sehr gute Bekannte.«

»Ich verstehe.« Die Dame glotzte wie eine Eule. »Nur, heute ist es leider ganz schlecht.«

Da war glasklar niederbayerische Dorfmundart herauszuhören. Schwaiger stützte sich auf den Tresen und versuchte, ihr Namensschildchen auf der Bluse zu lesen, was ihm jedoch nicht gelang.

»Wann können wir den Georg treffen? Mein Mann ...«, Isabelle deutete auf Schwaiger, der reichlich verdutzt dreinschaute, »... hatte mit ihm telefoniert. Wir sind das Ehepaar Neumüller aus Starnberg, der Schorsch weiß Bescheid.«

Ein Versuchsballon.

»Ah, Starnberg. Nun, Frau Neumüller, es ist so ... äh, Georg, also Herr Schretzmeier, ist leider nicht verfügbar.«

Nicht verfügbar – wie originell! Die Ermittler warfen sich bedeutungsvolle Blicke zu.

49

Die Tresenfrau fuhr fort:»Er ist … also, er wird Sie nie wieder beraten können. Er ist heute Morgen verstorben. Tragischer Unglücksfall. Unten am Strand. Ich stehe noch unter Schock, entschuldigen Sie bitte.«

Unglücksfall! –Interessante Interpretation.

»Das ist ja grauenvoll! Wie kam es denn dazu … hatte er etwa einen Herzanfall?«

»Nun, er wurde bei einem Überfall tödlich verletzt.«

»Wie schrecklich! Hat man die Täter gefasst?«

»Die Polizia di Stato ist noch ganz am Anfang.«

Isabelle schaute bestürzt zu Schwaiger hinüber, stupste ihn unauffällig an.»Liebling, hast du nicht vorgestern noch mit ihm ausgemacht, dass wir kommen?« Sie durchbohrte ihn fast mit seinem Blick, was so viel bedeutete wie: Spiel bloß mein Spiel weiter!

Schwaiger fand, dass seine Kollegin die neureiche Frau Neumüller erstklassig simulierte.»Herr Neumüller« verstand sofort … den»Liebling« ließ er sich auf der Zunge zergehen.

»Sicher«, erklärte er gespielt betroffen,»Georg hat gemeint, er hätte ein paar exklusive Angebote für uns.«

»Tja, wirklich sehr bedauerlich, nur … Sie können sich gar nicht vorstellen, was hier jetzt alles zu tun ist: Leute informieren, Termine absagen, um die Trauerfeier in München kümmern, der Polizia zur Verfügung stehen … vor ein paar Monaten habe ich meine Tochter bei einem Unfall verloren, und nun das.«

Schwaiger nickte mitfühlend, legte Verständnis in seine Stimme.»Sagen Sie, wer wusste denn darüber Bescheid, dass Georg frühmorgens am Strand unterwegs war?«

»Na, jeder. Das war sein Ritual.« Sie schluchzte erneut. »Unfassbar, dieses Unglück!«

Isabelle alias Frau Neumüller schauspielerte ungeniert weiter. »Wir sind auch völlig schockiert … was, Schatzi?« Sie stupste Sigi an. »Wie schmerzlich, dass Sie auch noch diese ganzen unangenehmen bürokratischen Dinge um die Ohren haben – da gibt es sicher irre viel zu tun, zumal er ja viele Freunde hatte, die benachrichtigt werden müssen, nicht wahr?«

Lakonisches Lächeln. »Eher Freund*innen*. Vielleicht wissen Sie ja, dass er dafür eine Schwäche hatte!«

»Genau. Jeder hat seine Marotten, nicht wahr?«, gab Schwaiger augenzwinkernd zurück. »Der eine zockt nächtelang im Casino, der andere trinkt über den Durst, der dritte lässt beim schwachen Geschlecht nichts anbrennen.«

»Das habe ich mir auch immer gesagt, wenngleich die Frauen teilweise schon recht jung waren. Aber der Chef ist … war einzigartig großzügig. Als ich ihn neulich um eine Gehaltserhöhung bat, ließ er sich nicht lange bitten. Was soll jetzt bloß werden?«

»Er wird uns allen fehlen«, bestätigte Schwaiger gespielt mitfühlend.

Urplötzlich fiel der Dame ein: »Ich muss unbedingt Gloria anrufen, die war neulich hier, die beiden haben sich lange lautstark im Hinterzimmer unterhalten … Sie wollte heute nochmals vorbeikommen … Wo habe ich bloß ihre Telefonnummer?«

Die Ermittler spitzten die Ohren – das klang spannend! »Hatten die beiden mal wieder Stress?«, schoss Isabelle ins Blaue hinein. Sie tat so, als wisse sie genau, um welche Gloria es gehe.

Hoffentlich überspitzt sie es nicht, bangte Schwaiger. Kurzes Zögern. »Na ja, sie war schon etwas jung für ihn ...«

»Meinen Sie *die* Gloria aus der *Boutique* ... äh ... *Boutique blu mare*?« Isabelle wandte erneut ihre »Ich-weiß-alles-Taktik« an, dabei wusste sie noch nicht mal, ob diese Boutique überhaupt existierte. »Von der hat er uns neulich vorgeschwärmt.«

»*Boutique*? Nein, das Mädel kellnert im *Dolce Venezia*, keine 500 Meter von hier. Richtung Piazzale Zenith ... dort habe ich sie neulich gesehen, diese jungen Dinger wechseln ja ständig ihren Arbeitsplatz ... Wir reden aber schon von der gleichen Gloria? Die Lombardi?«

Erstaunlich, was man mit gezielter Fragetechnik so alles aus Menschen herausbekommt, bewunderte Schwaiger seine Kollegin – er hatte noch nie eine Ermittlungspartnerin gehabt, die sich so in andere hineinversetzen und sie unauffällig aushorchen konnte. Er hingegen war eher der impulsiv-spontane Springinsfeld, der ohne Umschweife auf den Punkt kam und seine Interviewpartner oft so in die Enge trieb, bis diese komplett dichtmachten. Dafür war er sehr gut organisiert und strukturiert, was nicht unbedingt zu Isabelles Stärken zählte.

»Sicher«, bestätigte Isabelle, »von der hat er uns vorgeschwärmt.« Sie fand, dass es langsam an der Zeit war, den Abgang einzuläuten, bevor ihr Gegenüber misstrauisch wurde. »Wir könnten Ihnen das direkt abnehmen, wir wollten eh runter Richtung Strand, dann müssen Sie das nicht machen. Wir möchten Sie auch nicht länger belästigen, Frau ...«

»Stöckl. Melanie Stöckl.« Sie trocknete verstohlen eine

Träne mit dem Ärmel ihrer Bluse. War die Träne echt? Oder die Dame eine erstklassige Schauspielerin?

»Das wäre wirklich nett, danke. Und … Sie belästigen mich überhaupt nicht, ich bin froh, mit jemandem reden zu können, der Georg gut kannte.«

»Wie geht das denn jetzt weiter? Werden Sie die Agenzia weiterführen?«, erkundigte sich Isabelle scheinbar nebensächlich und fixierte ihr Gegenüber, die sich wieder gefasst hatte. Leise schob sie nach: »Ich meine nur, weil wir ja auf der Suche nach einer Villa sind … wir übernachten momentan bei Bekannten, das geht halt nicht ewig.«

»Schon klar.« Sie presste die Hände vor der voluminösen Brust zusammen. »Aktuell habe ich keinen Plan. Georg erwähnte mal, dass ein befreundeter Partner das Business weiterführt, falls ihm was zustoßen sollte. Ich nehme umgehend Kontakt mit unserem Anwalt auf.« Melanie Stöckl strich sich bedächtig mit der Hand durchs dauergewellte Haar. »Und was Ihr Anliegen angeht, da will ich gerne versuchen, Ihnen weiterzuhelfen. Wenn Sie mir ein, zwei Tage Zeit geben könnten, würde ich unsere Datenbank für Sie durchforsten, sicherlich ist ein passendes Kaufobjekt dabei … Wir werden uns dann schon einig.«

Oho! Die Fahnder fanden, dass das doch recht plötzlich kam. »Davon sind wir überzeugt, Frau Stöckl. Wir bleiben in Kontakt. Oder, Liebling?« Isabelle kritzelte ihre private Handynummer auf einen Zettel und schob ihn augenzwinkernd über den Tresen.

»Sie hören von mir.« Die Empfangschefin schickte ein verbindliches Lächeln in Richtung Isabelle.

Draußen schlug ihnen trockene Spätnachmittagshitze entgegen, die sich in allen Ecken staute. Es war noch heißer als die letzten Tage, die aufgeheizte Luft flirrte über dem Boden. Massenhaft pilgerten Familien mit Schwimmreifen und Krokodilluftmatratzen zum hoffnungslos übervölkerten Stadtstrand.

»Scheint ja sehr um ihren Chef zu trauern, die Gute!« Isabelles Stimme triefte vor Ironie.

Schwaiger grinste anerkennend. »Jede Wette, dass sie den Laden liebend gern allein weiterführen würde. Mit dem kompletten Kundenstamm.«

»Bingo.« Isabelle nahm ihren Kollegen bei der Hand. »Sie waren aber auch superb, Herr Neumüller.« Sie stupste ihn kumpelhaft, er nahm die Gelegenheit wahr und legte seinen Arm um ihre Hüfte. »Lust auf einen kleinen Gelato-Becher im *Venezia*?«

»Eher auf einen großen. Diese Gloria interessiert dich, gib's zu!«

»Dich etwa nicht? Aber ein Gelato pistacchio ist auch nicht zu verachten.«

8

Auf dem viel zu schmalen Bürgersteig des Corso del Sole mussten sie in Richtung Piazzale Zenith teilweise hintereinander gehen. Verführerische Düfte mediterraner kulinarischer Köstlichkeiten drangen aus den Lokalen, wo Meeresfrüchte und knusprig braune Holzofenpizzen nur darauf warteten, verzehrt zu werden. Vor den Geschäften wurden sie mehrfach von Aufreißern angesprochen. Im *Dolce Venezia* ließen sie sich am letzten freien Außentisch nieder. Nachdem der Kellner zwei Pfirsich-Walnuss-Eisbecher gebracht hatte, bezahlte Schwaiger direkt und gab ein großzügiges Trinkgeld. »Arbeitet hier eine Gloria Lombardi?«

Der Kellner fixierte die Besucher scharf. »Sie haben Glück, ihre Schicht beginnt in wenigen Minuten. Ich gebe Ihnen ein Zeichen, wenn sie kommt. Ich bin übrigens Diego.«

Sie nahmen noch jeder einen Latte Macchiato und beobachteten die vorbeiziehenden Menschen. Wenig später betrat eine zierliche junge Frau die Eisdiele. Sie winkte dem Kellner zu und ging zielstrebig zur Kasse, um sich anzumelden. Weiße Turnschuhe, ultrakurze Fransen-Jeans, hellblaues Crop Top-Oberteil mit nichts darunter. Ihr langes pechschwarzes Haar schaukelte bei jedem Schritt hin und her. Schwaiger schätzte sie auf höchstens 18. Eigentlich eine Jungschönheit, aber sie strahlte nicht, im Gegenteil: Sie wirkte bedrückt.

Der Kellner gab ihnen ein Kopfzeichen und wandte sich auffällig unauffällig dem Nachbartisch zu. Schwaiger war sich sicher, dass er gleich lange Ohren machen würde. Er passte die Bedienung ab, gerade als sie einen Tisch mit mehreren Urlaubern ansteuern wollte. Letztere reagierten mit ärgerlichen Blicken, weil sie ihre Bestellung nicht aufgeben konnten.

»Scusi. Tu sei Gloria Lombardi?«

Die Kommissare stellten sich vor, zeigten ihre Marken – die Angesprochene erschrak.

»Ist etwas passiert?« Sie sprach fast einwandfreies Deutsch.

»Könnten wir kurz rausgehen?«

»Perché? Ich muss bedienen, der Laden ist rappelvoll. Wenn Sie mir was zu sagen haben, sagen Sie es hier!«

»Wie Sie wollen.« Schwaiger zögerte. Wieso musste eigentlich er die unangenehme Nachricht überbringen, während Isabelle regungslos danebensaß und ihr Gegenüber genau studierte? Aber sie war nun mal die bessere Beobachterin. Außerdem hatte sie ja schon vorhin in der Agenzia die Initiative gehabt. »Nun, es ist so, dass … es tut uns sehr leid, aber wir müssen Ihnen sagen, dass Ihr Bekannter Georg Schretzmeier …«

»Ist er tot?«, fiel sie ihm ins Wort. »Ja? Ich seh's an Ihrem Blick.« Kurze Pause. »Das muss Ihnen nicht leidtun, wirklich.« Sie stellte ihr Tableau ab, schaute abwechselnd den beiden Fremden in die Augen. »Wissen Sie, er war ein Scheißkerl. Ist nicht schade um ihn. Ich werde gewiss nicht trauern. Wie ist er …?«

Donnerwetter! Schwaiger wechselte einen Blick mit seiner Kollegin, die ebenfalls über die Reaktion verblüfft war. Die Italienerin zeigte keinerlei äußerliche Regung, sie zwirbelte lediglich ihre silberne Marienmedaille am Hals. Verlegenheit? Nervosität? Oder steckte mehr dahinter? »Er wurde tot am Strand aufgefunden. Mehr kann ich Ihnen nicht sagen. Die Ermittlungen laufen.«

Sie reagierte schnell, für Isabelles Geschmack eine Spur zu schnell. »Da war er diesmal anscheinend nicht schnell genug.«

»Wie meinen Sie das?«

»War nur so dahingesagt. Vergessen Sie's!«

Die Ermittler hatten schon vieles erlebt, wenn sie Todesnachrichten überbrachten. Die Reaktionen reichten von tiefer Betroffenheit und Bestürzung über Sprach- und Fassungslosigkeit bis hin zu Nervenzusammenbrüchen. Dieses zierliche Mädchen war erstaunlich kaltschnäuzig, fast unterkühlt. »Und wieso kommen Sie zu mir? Ich bin nicht seine Tochter.«

Gefühllosigkeit? Zickigkeit? Ja, Letzteres traf es. Ihre Stimme war für ihr Alter eine halbe Oktave zu tief.

Hm, vielleicht ist sie doch schon deutlich älter, als die grazile Erscheinung vermuten lässt, überlegte Schwaiger. Bei Südländern war eine genaue Alterseinschätzung oft schwierig. Ihm fielen junge Asylbewerber ein, mit denen sie zu Hause gelegentlich zu tun hatten – deren richtiges Alter war kaum einzuschätzen, wenn sie keine Dokumente bei sich trugen.

Isabelle hielt es für besser, das Gespräch von Frau zu Frau weiterzuführen. »Sie waren mit ihm befreundet.« Das war mehr eine Feststellung, keine Frage.

Sie blies Luft aus. »Nein, es war aus. Wir hatten nur mal kurz was miteinander, doch das ist schon Monate her. Ich habe Schluss gemacht, wollte das Arschloch nicht mehr sehen.«

»Darf man fragen, wieso?«

Vielsagendes Schweigen. Sie stemmte die Hände in die Hüften. Es war offensichtlich, dass sie keine Antwort geben wollte.

»Woher kannten Sie ihn?«

Erneut keine Antwort.

»Andere Frage: Wann haben Sie ihn zuletzt gesehen?«

»Geht Sie das was an?«

»Passen Sie auf, Frau Lombardi!« Isabelle fixierte das Mädchen streng. »Sie haben zwei Möglichkeiten: Wenn Sie nicht mit uns reden wollen, werden Sie sich deutlich ausführlicher mit Polizia und Procuratori unterhalten müssen. Das wird um einiges unangenehmer. Herr Schretzmeier ist tot – unser Job ist es herauszufinden, was passiert ist. Also: Wann haben Sie ihn gesehen?«

Sie wusste nur zu gut, dass sie keinerlei Befugnis für solche Fragen hatten, aber das mussten sie der Bedienung ja nicht auf die Nase binden.

»Vor ziemlich genau zwei Wochen. Ich war bei ihm in der Agenzia.«

»Weshalb waren Sie dort?«

Genervtes Augenrollen. »Er … er hat nicht hierher gepasst, war keiner von uns. Sein Promigehabe ging uns allen auf die Nerven. Das habe ich ihm gesagt. Dass er abhauen soll. Für immer. Er hat nur gelacht.«

»Oder hatte es einen anderen Grund? Vielleicht, weil Sie ihn warnen wollten?«

»No.«

»Danach haben Sie ihn nicht mehr gesehen?«

»No.«

»Aber heute wollten Sie ihn nochmals aufsuchen.« Sie blies Luft aus. »Sie sind gut informiert. Aber das kann ich mir jetzt sparen, er lebt ja nicht mehr. Er meinte, ich kleines Luder hätte ihm gar nichts vorzuschreiben.«

»Was vorschreiben?«

»Na, dass wir ihn hier nicht haben wollen. Dieses Nobelgetue gehört nicht zu Bibione.«

Isabelle hielt den Kopf schief. »Nochmals: Was war denn konkret vorgefallen, dass Sie sich von ihm getrennt haben?«

Sie drehte sich ostentativ ab. »Mio dio, trennt ihr euch in Deutschland denn nicht?«

»Ist es nicht kurios, dass Ihr Ex-Lover ausgerechnet jetzt tot ist ... so kurz nach Ihrem letzten Treffen? Sie haben sich ja lautstark gezofft.«

Sie fuhr empört herum. Triggerte sie der »Ex-Lover«?

»Wer sagt das?«

Über Glorias Wange kullerte eine dicke Träne. Schwaiger staunte immer wieder über die Zielsicherheit seiner Kollegin. Aus Glorias Reaktion war unschwer abzuleiten, dass sie ins Schwarze getroffen hatte. Aber war dieses junge Mädel, das kaum der Schulbank entwachsen war, eine Giftmörderin? Wohl kaum. Jetzt mischte er sich ein: »Ganz direkt gefragt: War er nicht viel zu alt für Sie? Ich meine, der Altersunterschied war doch sehr beträchtlich, Sie sind ja noch keine 20.«

Die Kellnerin ließ sich auf einen Stuhl niederplumpsen. »Ich bin 23. Okay?« Sie begann zu schluchzen. Die

Ermittlerin hielt ihr ein Papiertaschentuch hin, sie nahm es, wischte sich hastig übers Gesicht.

»Also 30 Jahre Unterschied ...«, pfiff Schwaiger durch die Zähne. Isabelle stieß ihn an, dass er sich zurückhalten sollte.

»Wie haben Sie ihn kennengelernt?«

»Beim Musikfestival vor einigen Monaten an der Strandpromenade. Wir haben uns danach noch ein paarmal getroffen. Er bezahlte immer für uns und glaubte, er könne alles kaufen. Damals wusste ich noch nicht, was er für ein ...« Sie stockte.

»Was genau wussten Sie noch nicht?«

Keine Antwort. Kopfschütteln.

»Sie waren nicht seine Einzige, richtig? Oder haben Sie etwas anderes rausgefunden?«

Die Tränen liefen ihr jetzt in Sturzbächen hinunter, sie schüttelte energisch den Kopf. Es war nichts mehr aus ihr herauszubekommen. Isabelle biss sich auf die Unterlippe, sie gab Sigi ein Zeichen, dass er sich mit unsensiblen Bemerkungen zurückhalten sollte. Der Klassiker: Neureicher Blender beeindruckt halbwüchsige Teenies – wie oft hatten sie dieses Muster in ihrer Ermittlungsarbeit schon gehabt! Das Spielen mit Gefühlen, Hoffnungen, großen Plänen. Die Folge: Eifersucht, Liebesdramen, geprellte Partnerinnen! Aber das war hier noch nicht alles, hier ging es um mehr. Was hatte das Mädel über ihren Lover herausgefunden, worüber sie nicht sprechen wollte? Isabelle hatte ein Gespür dafür, dass sie etwas Wesentliches zurückhielt.

»Würden Sie uns sagen, wo Sie heute Morgen zwischen 6 und 7 Uhr waren? Dann sind wir auch schon wieder weg.« Isabelle legte der Bedienung behutsam die Hand auf die Schulter, ganz sicher hatte die sanfte Tour bei ihr mehr Erfolg. Außerdem tat ihr die Italienerin leid. Gloria verharrte in ihrer Position, Isabelle konnte fühlen, wie sich der Nackenbereich der Bedienung anspannte. »An so einem mache ich mir meine Finger nicht schmutzig. Meine deutsche Freundin wird davon ja auch nicht mehr lebendig, sie wollte nach ihrem Studium für immer nach Bibione ziehen ... doch wir hatten leider zu viel getrunken, sodass sie ... ich schäme mich so. Santa Madre di Dio!«

Das war eine Spur lauter als nötig. Der Eiskellner wurde aufmerksam, sah forschend zu ihnen herüber. Schwaiger warf ihm einen harschen Blick zu, was dieser richtigerweise als Aufforderung verstand, sich zu verzupfen.

»Was war mit Ihrer Freundin? Kommen Sie, gehen wir raus, es muss ja nicht jeder alles mitbekommen«, schlug Isabelle mit Blick auf den Kellner vor, der schon wieder neugierig herüberlinste. Sie bummelten zu dritt über den belebten Corso.

»Vergessen Sie, was ich gerade gesagt habe!«

Die Kommissarin verzog das Gesicht. Diese junge Kellnerin war eine harte Nuss. »Also, wo waren Sie heute Morgen?«

»Bei meiner Großmutter. Das Wochenende verbringe ich immer bei ihr. Fragen Sie sie doch. Ansonsten lebe ich mit meiner Mamma zusammen. Mein Vater ist ...« Pause. »Außerdem wäre es mir lieber, Sie würden ›Du‹ zu mir sagen.«

Ganz neue Töne!

»Gerne, Gloria.«

Schwaiger drehte sich ab, spitzte aber die Ohren.

»Zum Glück waren wir nur ganz kurz ...« Als sie Isabelles ungeduldigen Blick bemerkte, schob sie nach: »Er machte Geschenke, so viel verdiene ich im Café ja nicht. Meine nonna hat nur eine kleine Rente, wir brauchen jeden Euro.« Sie sah zur Seite, versuchte, jeglichem Blickkontakt auszuweichen. »Ich ... ich bin aber keine, die es für Geld macht. Nicht dass Sie was Falsches von mir denken. Ich schäme mich so.«

»Das musst du nicht, Gloria. Es ist völlig okay, da ist wirklich nichts dabei.«

Die Kommissarin fühlte mit dem Mädchen. Sie begriff, dass sie die Geschichte mit ihrer Freundin partout nicht erzählen wollte. Gab es überhaupt einen Zusammenhang?

»Pass auf, *wenn* du reden willst, ruf mich jederzeit an, okay? Vielleicht fällt dir noch etwas ein ... auch wenn es dir jetzt nicht so wichtig erscheint.« Sie kritzelte ihre Handynummer auf einen Zettel. Das Mädchen steckte ihn ein und nickte.

»Grazie. Gehen Sie bitte, ich muss nachdenken.«

»Arrive, Gloria.«

Nachdenklich bummelten sie die Strandpromenade zurück zur *Villa Sophia*. Als sie sich nach einiger Zeit umdrehten, sahen sie die Italienerin noch immer in der Ferne auf der Steinbrüstung sitzen und aufs Meer hinausstarren.

»Was es wohl mit dieser deutschen Freundin auf sich hat?«, überlegte Isabelle laut. »Mein Gefühl sagt mir, dass wir da dranbleiben müssen.«

Schwaiger zuckte die Schultern. »Ich frage mich nur, weshalb sie damals keine Anzeige erstattet hat, falls da was aus dem Ruder gelaufen ist.«

»Komm schon – Anzeige? So ein junges Mädel? Die wird von der Polizia doch gar nicht ernst genommen, so wie ich die Typen vorhin kennengelernt habe.«

»Vermutlich wird sie sich diesem Diego anvertrauen. Oder hat es schon getan. Eigenartiges Mädchen.«

»Vielleicht war sie es ja nicht selber«, brachte Schwaiger ins Spiel, »oder nicht allein.«

Isabelle grübelte: Um einen Giftmord zu begehen, brauchte es schon gewisse Kenntnisse – die traute sie diesem jungen Ding nicht zu. Von der kriminellen Energie mal abgesehen. Sie verzog gedankenverloren die Mundwinkel. »Wir sollten den Kellner im Blick behalten. Vorhin hatte ich den Eindruck, dass der auf sie steht.«

Schwaiger blinzelte in die Sonne. Er kannte seine Kollegin gut genug, um zu wissen, dass sie in zwischenmenschlichen Dingen eine erstklassige Intuition hatte. Andererseits: Einheimischer Eiskellner vergiftet deutschen Investor, weil dieser bei jungen Italienerinnen protzt – das war doch eine Spur zu platt, oder nicht?

»Spekulationen. Was wir brauchen, sind Fakten. Die werden wir uns besorgen.«

»Hallo, Mister Großspurig, offiziell dürfen wir noch nicht mal die Klofrau des Cafés interviewen, wenn sich Materazzi querstellt. Muss ich dich daran erinnern, dass wir 400 Kilometer vom Schlagbaum Bad Reichenhall entfernt sind?«

»Wortklaubereien. Da läuft gerade was gigantisch schief im Urlaubsparadies – auf die Polizia di Stato verlassen wir uns besser nicht!«

9

Auf der überdachten Terrasse der *Villa Sophia* gönnten sie sich einen kühlen Aperitif. Romeo gesellte sich wieder zu ihnen, als gehöre er schon wie selbstverständlich dazu. Er miaute herzzerreißend. Isabelle ging zum Kühlschrank und holte eine Dose Thunfisch. Gierig stürzte sich das Tier auf das zarte Filet, als hätte es tagelang nichts zu fressen bekommen.

»Da hatte aber einer Kohldampf …«

»Apropos, ich könnte auch eine große Kleinigkeit vertragen«, bemerkte Schwaiger lachend, der außer einem überteuerten labberigen Sandwich an der Salzburger Mautstation und Isabelles Kuchenstückchen nichts im Magen hatte.

»Ich lade dich zum Abendessen ein.« Sie zögerte etwas. »Hm, wie wäre es vorher noch mit einer kurzen Tatortbesichtigung? Damit du ein Bild bekommst … noch ist es hell. Falls du willst.«

Er nickte zustimmend. »Klar, jetzt um 19 Uhr sind die Restaurants sowieso hoffnungslos überfüllt.«

Auf dem Weg hinunter zum Strand duftete es nach Ginster und Jasmin. Am Rande des Pinienwäldchens kam ihnen Isabelles Nachbar entgegen – *die* Small-Talk-Gelegenheit. Vielleicht verfügte er über Insider-Infos!

»Buona sera, haben Sie das Chaos heute Morgen mitbekommen?«, grüßte Roman Hellinger schon von Weitem.

»Meine Frau und ich haben die letzte Nacht in Venedig verbracht und kamen heute um die Mittagszeit zurück, uns blieb fast das Herz stehen, als die Kripo mit mehreren Fahrzeugen in der Straße stand. Krass, nicht?«

Isabelle nickte zustimmend, sie zeigte auf ihren Kollegen. »Darf ich vorstellen? Siegfried Schwaiger, ein Kollege aus Bayern.«

»Angenehm.« Hellinger schüttelte beiden die Hand und wackelte mit dem Kopf. »Jaja, die Bayern, überall präsent. Genau wie die Franken und die Ösis. Wie lange bleiben Sie denn?«

»Ein paar Tage. Mal sehen.«

»Dann sollten Sie unbedingt einen Venedig-Abstecher in Betracht ziehen. Meine Frau und ich waren zuletzt vor einem Vierteljahrhundert in der Stadt der ewigen Liebe und eben gestern, es hat sich enorm viel verändert seither. Die Kreuzfahrtschiffe sind absurd. Und demnächst wollen die allen Ernstes Eintritt für die historische Altstadt verlangen, da sollten Sie vorher noch mal hin.« Das ließ offen, ob er diesen Trend bedauerte oder befürwortete.

Isabelle wechselte das Thema: »Kannten Sie eigentlich das Opfer? Dieser Schretzmeier soll ja eine recht große Nummer gewesen sein.«

»Nein, wir kannten ihn nicht persönlich. Aber viele große Ferienanlagen sollen über das Imperium gelaufen sein, für das er tätig war, die haben überall ihre Finger drin. Aber ein einfacher Charakter war er wohl nicht.«

»Nämlich inwiefern?«

»Manche sagten, er sei aalglatt gewesen. Andererseits hat er sich als Sponsor nie lumpen lassen: Events, Vereine, Gruppen und so weiter. Das hat ihm wiederum Sympathien eingebracht, vor allem bei den Geschäftsleuten. Weiß man eigentlich schon, was genau passiert ist?«

»Wie ich die Polizia verstanden habe, ist die Todesursache noch unklar.«

»Heftig. Wie geht denn so was am Strand?«

Isabelle ging nicht darauf ein. »Wie gut kannten Sie eigentlich meine Großtante?«

»Nun, wir hatten die ganzen Jahre fast keinen Kontakt, sie lebte sehr zurückgezogen. Irgendwann hat sie Sie mal erwähnt. Gut, dass die Villa jetzt nicht auf Ewigkeiten leer steht oder an einen windigen Russen-Bonzen verscherbelt wird. So kommt frau dann ganz plötzlich zu einem Ferienhaus, meinen Glückwunsch! Sie bringen den Schuppen wieder auf Vordermann, habe ich recht? Sie sind ja noch jung.«

Isabelle blieb der Mund offen stehen. Sollte das eine dezente Aufforderung zum Entmüllen sein?

»Eigentlich wollten wir heute schon mit Aufräumen anfangen«, antwortete Schwaiger gewohnt zwanglos an ihrer Stelle, »aber leider kam etwas dazwischen. Doch wir bekommen das hin.« Alle drei lachten.

»Wir laufen uns jetzt ja öfter über den Weg«, schloss Hellinger verbindlich. »Sehen Sie es bitte nicht als Unhöflichkeit, aber ich muss weiter – je später man in den Supermercato kommt, desto länger die Kassenschlange. Ich habe noch nichts fürs Abendessen, die Fischtheke dort ist grandios.«

»Guten Einkauf! Man sieht sich.«

Hellinger zögerte. »Hätten Sie Lust, nachher auf einen Absacker rüberzukommen? Meine Frau würde sich freuen. Einfach spontan klingeln!«

Isabelle nickte. »Sehr gerne, aber heute nicht mehr. Vielleicht morgen.«

»Wie Sie wollen.« Der Nachbar entschwand in Richtung Einkaufsmarkt, die Ermittler setzten ihren Weg zum Strand fort, der sich bereits weitgehend geleert hatte, obwohl es sich noch kaum abgekühlt hatte.

»Warum hast du seine Einladung ausgeschlagen?«

»Weil ich den vorlautesten Kriminalbeamten von ganz Bayern gleich in die angesagteste Pizzeria einladen werde. Allenfalls müsste ich mir vorher noch ein Paar neue Schuhe kaufen.«

Auf Schwaigers Gesicht standen mehrere Fragezeichen. »Da sag ich nicht Nein … Nebenbei gefragt: Fährst du immer ohne Schuhe in Urlaub?«

»Selten so gelacht. Materazzi hat doch alles mitgenommen, von den Ballerinas bis zu den Pumps – er will die Fußabdrücke am Strand mit meinen Schuhen abgleichen.«

»Dieser Schuhfetischist ist doch nicht ganz sauber.«

Inzwischen waren sie am Bootshafen angekommen, der den Strandabschnitt nach Osten hin malerisch begrenzte. Obgleich schon die Abendsonne aufgegangen war, spielten noch immer vereinzelt Eltern Boccia mit ihren Kindern oder badeten im lauwarmen Wasser, was in sanften Wellen vor sich hinschaukelte. Vermutlich ahnte keiner von denen etwas von den morgendlichen Geschehnissen. Die Landschaft erinnerte Isabelle an La Rochelle an der Atlantikküste, wo sie aufgewachsen war. »Friede, Freude, Eierkuchen. Als ob nie etwas passiert wäre … Und doch ist hier nichts mehr so wie vorher«, murmelte sie vor sich hin, gedankenverloren ließ sie den Blick schweifen. »Ich sage dir, von jedem Tatort bleibt etwas zurück, auch wenn du es auf den ersten Blick nicht siehst.«

Schwaiger witzelte:»Sehr verehrtes Publikum, Sie hören die allseits bekannte Eso-Talkerin Isabelle von *Astrology TV*.«

»Unsinn! Sogar Harvard-Wissenschaftler haben herausgefunden, dass Orte über energetische Felder verfügen.« Sie hatte die Abhandlung eines prominenten Wissenschaftlers gelesen, in der dieser nachgewiesen hatte, dass Tatorte selbst Jahre später oft Problemorte blieben. Sie schienen Unglück und Verbrechen magisch anzuziehen.»Bermudadreieck. Bronx. Kottbusser Tor. Görlitzer Park – Kriminalitätsschwerpunkte, allen Behördenbemühungen zum Trotz.«

»Dabei sieht der kleine Bootshafen doch so reizend aus …«

Sie ging nicht darauf ein.»Natürlich gibt es auch positive Energieplätze: die Pyramiden von Gizeh, den Steinkreis von Stonehenge, Ayers Rock im australischen Outback, Wallfahrtsorte.«

»Placebo. Selbsterfüllende Prophezeiung. Allerhöchstens.«

»Das erklärt nicht alles. Sogar Kapellen wurden auf Kraftorten errichtet. Mir soll keiner sagen, dass das nur Humbug ist. Lourdes, Santiago, Fatima – ziemlich viele Zufälle auf einmal …«

Sie setzten sich in den noch warmen goldgelben Sand. Weit hinten am Horizont lief ein Riesentanker im Superzeitlupentempo den Ölhafen von Mestre an, gerade verschwand er Zentimeter um Zentimeter hinter der vorgelagerten Nehrung mit den Städten Cavallino-Treporti und Jesolo.

Schwaiger blies die salzige Meeresluft durch die Lippen. »Wir müssen alles über unseren Toten wissen: Feinde, Neider, Liebschaften …«

»Wie willst du das anstellen? Ohne Zugang zum Fahndungsapparat.«

»Rico hat ihn, unser Kollege in Starnberg …«

»Vorsicht, Sigi! Ohne offizielles Amtshilfegesuch …«

»Forget it«, fiel er seiner Kollegin ins Wort, »das wird keiner erfahren. Rico hält dicht. Als letzte Option holen wir eben Cheffe ins Boot.«

Auf den Leiter der heimischen Spurensicherung, der zugleich Hundestaffelführer und Social-Media-Experte der Oberbayerischen Kriminalpolizeiinspektion war, konnten sie sich verlassen. Wenn einer was herausfand, ohne zu plaudern, dann er. Schwaiger tippte ein paar Zeilen in seinen Account und hängte einen Gutschein fürs Oktoberfest sowie einen Schnappschuss von ihnen beiden an. Isabelle fuhr sich durchs lockige Haar, es war durch die ungewohnte Meeresluft verfilzt.

»Lass uns zurückgehen, ich will mich vor dem Pizza-Dinner noch frischmachen.«

Als sie aufstanden, entdeckte sie einen karierten DIN-A5-Zettel, der halb vom Sand verdeckt war. Sie hob ihn auf, darauf stand mit dicker roter Druckfarbe eine Buchstaben-Zahlen-Kombination: ›Lev 24,19f‹.

Lang liegt der noch nicht hier, höchstens ein paar Stunden, dachte sie bei sich. »Findest du es nicht spooky, dass der Wisch gerade hier liegt? In unmittelbarer Nähe des Tatorts?«

»Den kann jeder verloren haben, hier laufen genügend Leute rum. Glaubst du im Ernst, Materazzis Leute hätten den übersehen, wenn der frühmorgens schon dagewesen wäre?«

»Er könnte ja verweht gewesen sein … oder erst nachträglich platziert worden sein. Das sieht mir nach einer Bibelstelle aus.« Schwaiger zuckte die Schultern, andererseits kannte er seine Kollegin lange genug – exakt diese Feinfühligkeit war ihre Trumpfkarte, sie hatte schon mehrere Täter mittels Intuition fast im Alleingang überführt. Schwaiger nannte dies scherzhaft den »siebten Isa-Sinn«.

»Zeig halt mal her!« Schwaiger drehte das Papier in seiner Hand, besah es sich von allen Seiten – an einer Stelle war es eingerissen. Isabelle gab die entsprechende Textstelle in ihr Smartphone ein, schnell fand sie die Verse.

»Levitikus im Alten Testament. Willst du's hören?«

»Wenn's sein muss.«

Sie las vor: »Wer seinen Nächsten verletzt, dem soll man tun, wie er getan hat: Schaden für Schaden, Auge für Auge, Zahn für Zahn; wie er einen Menschen verletzt hat, so soll man ihm auch tun.«

»Steht das wirklich da?«

»Ach? Doch nicht so ausgeschlossen, dass es was mit unserer Sache zu tun hat?«

»Hm.« Ihr Kollege war jetzt deutlich kleinlauter.

»Falls … ich meine, *falls* unser Täter das wirklich verloren haben sollte, dann …«

»… stellt sich die Frage nach dem Wieso? Exakt. Will er am Ende gar, dass es jemand findet?« Isabelle kaute an einem Fingernagel. »Ein Psychopath, der Katz und Maus mit der Polizei spielen will und sich dadurch antriggert? Das hätte uns gerade noch gefehlt.«

»Sag mal, gibt es hier nicht auch Meditationsgruppen?
Oder Yoga am Strand? Die könnten doch ...!«
Sie lachte auf. »Das glaubst du doch selber nicht! Ich
will das auf jeden Fall einem Experten zeigen.« Sie blickte
sich um. »Kennst du hier zufällig irgendwo eine Kirche?«
»Nö. Pizza, Pasta und Polenta fand ich immer span-
nender.«
»Ungläubiger!« Isabelle tippte »chiesa« auf *Google
Maps* ein – sofort poppten acht Gebetsstätten im Umkreis
auf. »Die Hauptpfarrkirche heißt Santa Maria Assunta.
Via Antares 18, zu Fuß 16 Minuten. Liegt auf dem Weg ...
Kommst du mit oder soll ich alleine hingehen?«
Schwaiger schnaufte. »Was, jetzt? Hast du mal auf die
Uhr gesehen? Es ist fast 19.30 Uhr, außerdem bin ich bar-
fuß.«
»Ich doch auch. Wie der gute alte Nazarener.« Sie
feixte, nahm kumpelhaft seine Hand. »Für Gott ist kein
Weg zu weit. Wenn's sein soll, führt er uns unterwegs an
einem Schuhladen vorbei. Wollten wir nicht sowieso zum
Abendessen die Einkaufsmeile unsicher machen?«
Schwaiger gab sich geschlagen. »Du willst shoppen.
Gleich am ersten Abend. Ihr Frauen seid alle gleich.«
Sie lachte. »Na und? Mehrere Fliegen mit einer Klappe
schlagen war noch nie verkehrt.«

10

»Schon gehört? Meuchelmord am Strand. Wie in den antiken Tragödien.«

Geschmatze am anderen Ende der Leitung. »Sokrates lässt grüßen … Oder war's Sophokles?« Pause. »Mir blubbte soeben die Online-Polizeimeldung aufs Handy, die Staatsmacht tappt im Dunkeln. ›Il tedesco immobiliario‹ kann sich jetzt im Paradies ausvögeln, zur Abwechslung hat's mal den Richtigen getroffen.«

»Immerhin. Ausgleichende Gerechtigkeit.«

»Dem, der das durchgezogen hat, würde ich spontan einen spendieren. Unbekannterweise. Und lebenslang freie Kost in den Knast, falls sie ihn doch durch Zufall schnappen sollten. Diese karierte Promi-Type lag mir schon lange quer.«

Erneutes Kichern am anderen Ende. »Exakt. Wer den Hals nie vollkriegt, endet tragisch. Uraltes Naturgesetz. Wegen dem werde ich keinen Trauerrosenkranz anstimmen, genauso wenig wie für Berlusconi. Niemand wird das tun.«

»Du bist doch sonst so gläubig. Steht nicht in der Schrift: ›Führe uns nicht in Versuchung, sondern erlöse uns von den Bösen?‹«

»Von *dem* Bösen steht da drin. *Dem*, nicht *den*.«

»Macht das einen Unterschied?«

»Einen erheblichen.« Grunzendes Lachen.

»Du hättest Theologe werden sollen.«

»Wollte ich tatsächlich mal. Ist lange her.«

Sekundenlange Stille. »Nebenbei: Wo warst du eigentlich zur Tatzeit? Rein interessehalber.«

»Dz, dz«, gab der Anrufer gespielt überrascht zurück, »ich muss schon sehr bitten. Dass du mir so etwas zutraust ...«

»Könnte ja sein, dass sich jemand dafür interessiert. Hattet ihr nicht kürzlich kräftig Zoff miteinander? Oder verwechsle ich da was? Also, falls du mal ein Alibi brauchst ...«

»Olle Kamellen ... Ich war im Bett. So einfach.«

Schallendes Lachen am anderen Ende.

»Und selber?«

»Ebenda. Wo sonst sollte man sein zu dieser unchristlichen Sonntagmorgen-Zeit?«

»Zeuginnen?«

»Kein Damenbesuch, falls du's genau wissen willst. Aber alibimäßig würde sich garantiert jemand opfern, jede Wette. Connections sind alles.«

»Eines sag ich dir: Das war nur der erste Akt, das dicke Ende kommt noch. Wie bei den antiken Tragödien.«

»Hellseherische Fähigkeiten?«

»Gar nicht nötig, eine Prise Psychologie reicht da schon. Der Täter wird sie alle der Reihe nach kaltmachen, da hat einer Blut geleckt, der lässt nicht mehr locker. Denk an meine Worte!«

»Du erschreckst mich. Bist du ganz sicher, dass du deine Finger nicht mit drin hast?«

Verächtliches Spottgelächter. »Was ist schon wirklich sicher? Rein erkenntnistheoretisch, meine ich.«

»Noch immer der alte Stoiker! Ich bin froh, dass ich dich nicht zum Gegner habe. Ganz ehrlich.«

Es knackte wieder in der Telefonleitung, anschließend rauschte es dauerhaft. »Haben wir da einen Spitzel drin?«

»Wer sollte sich für uns interessieren?«

»Auch wieder wahr. Wo wir doch so brav sind. Aber man kann nie wissen.«

»Bis dann und wann ... halt die Lauscher steif!«

»Versteht sich von selbst. Und nicht nur die Lauscher!«

11

Die Ermittler bewunderten die leicht und doch kunstvoll gestalteten Mosaiknischen in den Seitenkapellen des in den 1970er Jahren errichteten Gotteshauses. Das Innere von Maria Assunta war angenehm schlicht gehalten, und doch glänzten die Buntglasfenster mit von der Sonneneinstrahlung motiviertem Lichtspiel in einer tiefen, unaufdringlichen Spiritualität. Eine warme, behagliche Atmosphäre durchfloss die Kirche. Die Sitzbänke waren nicht fest verankert, sondern ließen sich beliebig verschieben. Eine weitere Besonderheit waren die Flügeltüren an den Seitenwänden, die sich kinderleicht auf- und zuklappen ließen – so war bei Hitze für Durchzug gesorgt; auch konnten Gläubige Gottesdienste im Freien en passant mitfeiern.

»Anheimelnd-andächtige Atmosphäre«, bewunderte Isabelle die unkomplizierte und gleichermaßen erhabene Aufmachung des Gotteshauses, »schade, dass es so was in Deutschland nicht gibt, da würde ich öfter mal in eine Andacht gehen.«

Auf dem gepflegten Rasen neben der Kirche spielten Grundschulkinder, Teenies versuchten sich am tiefer gehängten Basketballkorb oder auf dem Waveboard-Parcours, wieder andere chillten. Neben der Bibliothek am Gemeindehaus waren Tischtennisplatten und Kickertische unter freiem Himmel aufgestellt, wo sich ein gutes

Dutzend Jugendlicher die Zeit vertrieb. Schwaiger machte ein grüßendes Handzeichen, einige winkten schüchtern zurück. Der Betreuer kam federnden Schrittes herüber, er wies fein ziselierte Gesichtszüge auf. »Ciao, ti piace la nostra chiesa?«, sprach er sie freundlich an.

Als er ihre fragenden Blicke bemerkte, wechselte er sofort ins Deutsche. »Tedesco? Vacanza? Gefällt euch unsere Kirche? Io sono il Cappellano dei giovani ... ich bin Jugendkaplan Giulio.«

Die Besucher sahen sich verwundert an. Dieser ansehnliche Kerl, der wie höchstens Mitte 20 wirkte und sich kleidungsmäßig kaum von den Kids unterschied, war der Seelsorger. Zu Hause undenkbar, dachte Isabelle. Die Jugendkapläne, die sie in Deutschland kennengelernt hatte, waren meistens saturierte, verklemmt dreinblickende Dickbäuche – nicht ihr Fall!

»Beeindruckend schnörkellos, diese Architektur«, lobte Isabelle, »in meiner eigentlichen Heimat Frankreich gibt es auch einige dieser modernen Kirchen.« Sie entdeckte den priestertypischen weißen Hemdkragen. Der Cappellano machte eine joviale Geste zu den Spielenden hinüber, sein Gesichtsausdruck wirkte gelöst. »Diese Jugendlichen sind das Highlights meiner Berufung. Leider gibt es auch andere Seiten.«

»Doch nicht hier im Urlaubsparadies!«, insistierte Schwaiger leicht spitz – seit dem Missbrauchsskandal war er kein großer Bewunderer des geistlichen Standes mehr. Isabelle warf ihm einen warnenden Blick zu.

Der Cappellano ließ sich nicht aus der Ruhe bringen, lächelte den Kommissar konziliant an. »Wenn Sie wüssten, wie viel Leid gerade an einem Urlaubsort unter der Oberfläche gärt! Da braut sich einiges zusammen.«

»Wie das?«, hakte Schwaiger nach. »Hier führt doch jeder ein Leben ganz nach seiner Fasson.«

Sein Gegenüber schmunzelte überlegen. »Glauben Sie das wirklich? Ja, der Tourismus boomt, Konsum- und Feierrausch überall, aber die Löhne sind niedrig, reichen kaum zum Leben. Familienplanung können Sie hier vergessen. Viele hangeln sich mit befristeten Verträgen von Saison zu Saison, ganz wenige hingegen schwimmen im Geld – das birgt Sprengstoff. Und es wird immer schlimmer. Das ist nur ein Grund, weshalb meine Landsleute aus Protest die rechte Meloni-Regierung gewählt haben. Nur dass es die auch nicht besser machen, im Gegenteil. Unter uns: Die Sommerpartys am Strand sind mehr Schein als Sein, mancher Vergnügungswütige schleppt einen Koffer voller Sorgen und Nöte mit – Dezibel helfen da nicht. Wussten Sie, dass einige extra hierherkommen, um sich umzubringen? Ein regelrechter Kult: Exzess im Alkohol-Elysium.« Der Geistliche sprach langsam, betonte jedes Wort. Er winkte den Jungs an den Kickertischen zu, die in Torjubel ausgebrochen waren. »Früher war Bibione samt Umland *der* Inbegriff für Familienurlaub, inzwischen zieht es aber immer mehr Singles hierher wie nach Alassio oder Rimini oder Mallorca. Die Ego-Gesellschaft boomt.«

Was für eine samtig-sanfte Stimme er hat, bewunderte die Polizistin den charismatischen Jugendkaplan. Sein unaufgeregtes und zugleich tiefgründiges Wesen faszinierte sie. Wie schade, dass der schon mit Gott liiert ist! Sonst könnte ich für nichts garantieren, schwärmte sie.

Doch stopp! Sie pfiff ihre Gefühle zurück. Sie mussten ja in ihrem Fall weiterkommen.

»Dürften wie Sie etwas Theologisches fragen? Sagt Ihnen *das hier* was?« Sie pfriemelte den zusammengefalteten Zettel aus ihrer hinteren Hosentasche. Als Giulio die Buchstaben- und Ziffernfolge sah, wurde seine Miene ernst. »Lev 24: eine der am häufigsten zitierten Passagen im Alten Testament, das mag ich nicht. Blutrünstig.« Er sah seiner Gesprächspartnerin direkt in die Augen. »Darf ich fragen, was es damit auf sich hat? Woher haben Sie das?«

Isabelle ging nicht darauf ein. »Haben Sie von dem Mord an dem deutschen Investor gehört?«

»Allerdings. In *Radio Bibione* ist das seit Stunden das Hauptthema. Nur verstehe ich nicht, was …«

Schwaiger mischte sich ein. »Es ist so: Wir sind Kriminalkommissare aus Bayern. Eigentlich wollten wir nur ein paar Tage Kurzurlaub machen. Doch dummerweise … also, unter Umständen hängt dieser Wisch irgendwie mit dem Fall zusammen. Oder auch nicht.«

»Oh.« Umgehend reichte der Cappellano Isabelle den Zettel zurück, als sei er eine heiße Kartoffel – offensichtlich wollte er damit nichts zu tun haben. Zwei Hochsensible unter sich! In fast verschwörerischem Tonfall setzte er hinzu, als sei er enttäuscht: »Ich hätte Ihnen nie angesehen, dass Sie sich beruflich mit dem Bösen auseinandersetzen müssen, wie gehen Sie damit um? Sie wirken beide so … so friedfertig.«

Isabelle wurde leicht rot. »Grazie. Von Ihnen nehmen wir das als Kompliment. Und die Antwort auf Ihre Frage lautet: Lotuseffekt – wir lassen das Böse an uns abperlen.

So gut es geht. Mal gelingt es besser, mal schlechter.« Leise fügte sie hinzu: »Eher Zweiteres.«

Der Geistliche hatte seine Schrecksekunde überwunden. »Also: Levitikus ist das dritte Buch des Propheten Mose, ›Auge für Auge‹ ist ein alter hebräischer Rechtssatz. Im Christentum galt das seit jeher als primitive Vergeltungsformel: ›Wie du mir, so ich dir.‹ Wir Christen lehnen einen solchen Rachegott ab. Jesus stellt ihm ja den bedingungslos liebenden Vater gegenüber – dieser Vers war seit jeher der Spaltpilz zwischen Judentum und Christentum. Ein ewiger Zankapfel.«

»Dann ist das hier also gar nicht christlich, verstehe ich das richtig?«, hakte Isabelle nach.

»Ganz gewiss zeugt es nicht von Nächstenliebe. Nur Fundamentalisten argumentieren noch so. In der Bergpredigt distanziert Jesus sich ja explizit davon: ›Leistet dem, der euch etwas Böses antut, keinen Widerstand, sondern wenn dich einer auf die rechte Wange schlägt, dann halt ihm auch die andere hin.‹ – Gewalt mündet immer in einer Hassspirale. Wenn das nur alle so sehen würden!« Der Seelsorger schaute an ihnen vorbei. »Manchen fällt es schwer, nach Verwundungen loszulassen. Sie verfallen dann in primitive Rachefantasien, zum Glück geben nur die allerwenigsten ihren Gelüsten nach, meistens siegt die Ratio. Gott sei Dank. Sonst gäbe es noch mehr Morde.«

»Uns reicht es schon«, entgegnete Schwaiger kühl. »Halten Sie es für möglich, dass ein … nennen wir es mal ›verirrtes Schäfchen‹ hier sein Unwesen treibt und zu einer Art Rachewolf geworden ist? Sie kommen ja mit vielen Menschen in Kontakt. Vielleicht …«

Der junge Mann fiel ihm nickend ins Wort. »Bei Leuten, die nach außen besonders fromm wirken, ist durchaus besondere Vorsicht geboten, nicht selten werden so Aggressionen kaschiert. Frömmlertum als Maske sozusagen.«

»Gewissensfrage: Nehmen Sie auch die Beichte ab?«

»Natürlich. Das Bußsakrament ...«

Schwaiger fiel ihm ins Wort. »Ich will mal ganz direkt sein: Hatten Sie in letzter Zeit zufällig mal jemanden, der ...?«

Der Angesprochene trat einen halben Schritt zurück.

»Stopp, Herr Kommissar! Ich glaube, Sie überschreiten gerade eine Grenze. Worauf wollen Sie hinaus?«

Isabelle ruderte stellvertretend für Schwaiger zurück.

»Mein Kollege hat das nicht so gemeint. Uns ist schon klar, dass Sie darüber nicht sprechen können.«

»Dieses Sakrament hat eine sehr lange Tradition, viele Seelsorger haben früher als Märtyrer ihr Leben dafür hingegeben, sein Sinn ...«

»... leuchtet mir als Fahnder nicht ganz ein, sorry«, insistierte Schwaiger stur. »Sie müssten sogar einen Mörder decken, rein theoretisch?«

Seine Kollegin warf ihm erneut einen Blick zu. Ihr wurde es zusehends peinlich.

»Decken‹ ist ein hartes Wort. Nur haben Sie bitte Verständnis, dass ...«

Schwaiger kaute auf der Unterlippe herum. Ihm war unschwer anzusehen, dass er mit dem Gesprächsverlauf alles andere als zufrieden war.

»Schauen Sie, Herr Kommissar: In Ihrem und meinem Beruf ist Geduld das Nonplusultra – wie bei einer Sanduhr: Da lässt sich auch nichts durch Rütteln und Schütteln erreichen, man muss warten, bis der Sand aus dem einen Trichter durchgelaufen ist. Auch die verirrte Seele eines Straftäters verdient seelsorgerischen Beistand, wenngleich das für Außenstehende schwer zu begreifen sein mag. Gott allein obliegt es, ihn zu verurteilen. Können Sie das ansatzweise verstehen?«

Schwaiger setzte noch mal nach. »Sie könnten uns aber doch wenigstens sagen, *ob* jemand hier war – sie müssen ja niemanden direkt verpfeifen!«

Isabelle rollte die Augen über so viel Unsensibilität. Doch ihr Gegenüber ließ sich nicht provozieren. »Da kann ich Sie beruhigen: In den letzten Tagen war niemand hier. Okay?« Zuckte er bei seinen letzten Worten nicht ein wenig?

»Was nicht ist, kann ja noch werden ...«

Das Antlitz des Kaplans verzog sich zu einem breiten Grinsen, kritisch musterte er den Kommissar. »Ich gebe Ihnen mein Wort, dass ich alles dransetzen würde, ihn zu überzeugen, sich zu stellen. Eine so belastete Seele findet sonst ja sowieso keinen Frieden. Sind Sie damit halbwegs zufrieden?«

»Sehr halbwegs.« Die beiden Männer fixierten sich gegenseitig. Nonverbaler Kommunikationspoker. Schwaiger streckte die Hand zum Abschied aus. »Bleiben wir in Kontakt, Cappellano Giulio?«

Der Seelsorger griff beherzt zu. »Certo. Gott hat stets ein offenes Ohr. Für jeden.«

Als er Isabelle zum Abschied die Hand gab, glaubte sie für eine Millisekunde, ein leichtes Streicheln auf ihrem Handrücken zu spüren. Ihr wurde heiß und kalt.

»Musste das eben sein?«, beschwerte sich Isabelle, als sie auf dem Weg zur Pizzeria waren. Schwaiger blickte sie verständnislos an. Was meinte seine Kollegin? »Du warst distanzlos«, kritisierte sie, »das bringt uns überhaupt nicht weiter.« Auf Anhieb hatte sie einen Draht zu dem kultivierten Jugendseelsorger aufgebaut; sie war der Überzeugung, dass sie allein mehr aus ihm herausbekommen hätte, wenn Schwaiger nicht so unsensibel dazwischengegrätscht wäre.

»Was denn? Der kann ruhig wissen, dass wir unseren Job genauso ernst nehmen wie er seinen. Immerhin geht es auch um dich, vergessen?«

»Eben. Genau deshalb wäre es mir sehr recht gewesen, wenn du ... ach was!« Isabelle war einigermaßen verärgert.

»Ganz abgesehen davon glaube ich sowieso nicht, dass der uns eine Hilfe sein wird. Andernfalls zünde ich eine Kerze an, versprochen.«

»Wieso dann die unnötigen Sticheleien?«

»Dieser Säulenheilige mit seinem Beichtgeheimnis. Es erwartet ja niemand, dass er uns den Täter auf dem Silbertablett präsentiert. Ein dezenter Hinweis ...«

»Ich denke sowieso nicht, dass er etwas weiß. Doch er wird die Augen offenhalten, das spüre ich.«

Schwaiger war weniger überzeugt.»So vergeistigt, wie der ist ...«

»Ach was, gar nicht!«, entgegnete sie entschieden. Auf ihre Menschenkenntnis bildete sie sich etwas ein.»Hast du nicht gesehen, wie unbefangen er mit den Kids umgegangen ist? Der steht mitten im Leben, glaub mir. Genauso wie du, nur auf eine etwas andere Art.«

»Ein mitten im Leben stehender vergeistigter Geistlicher ...«

»Geht's noch?« Sie blieb stehen.

Inzwischen war es dunkel geworden. Straßenlaternen, Werbetafeln und Autoscheinwerfer erhellten die laue Nacht, an jeder Ecke belebten Straßenmusikanten mit Keyboards sowie Kleinkünstler und Souvenirverkäufer die Szenerie. In der Fußgängerzone auf der Viale Aurora war kaum ein Durchkommen. Vor der anvisierten In-Pizzeria *Green* an der Piazza Fontana verteilten die Kellner Wartenummern.

»Hier vergeht mir der Appetit, lass uns anderswo zu Abend essen!«, winkte Isabelle ab, sie entfernte sich zwei Schritte von ihrem Kollegen.»Auch wenn es die beste Pizzeria am Ort ist.« Eigentlich hatte sie schon gar keine Lust mehr auf irgendwas.

Schulterzuckend schlug Schwaiger eine andere Richtung ein. Es dauerte einige Minuten, bis sie wieder auf gleicher Höhe gingen. Sie zwängten sich über die Viale Parco dei Pini hinüber in das ruhigere Stadtviertel Lido del Sole. Kurze Zeit später saßen sie im Außenbereich einer familiär geführten Pizzeria an einem mit Sommerblumen verzierten Zweiertisch und genossen eine köstliche Lasagne Bolognese sowie Penne mit Pesto Genuese. Isabelles Ärger war verraucht.

»Zart-fluffige Konsistenz«, schwärmte sie, »so bekomme ich das nie hin. Besser wäre das in der Nobelpizzeria auch nicht gewesen. Aber doppelt so teuer.«

»D'accord«, Schwaiger kaute geräuschvoll und probierte von ihrem Teller. »Deine Béchamelsauce mit dem goldbraun zerlaufenen venezianischen Provola-Käse ist ein Gedicht. Genauso wie mein Pesto. Ich darf mir bloß nicht vorstellen, wie das schmecken würde, wenn K.-o.-Tropfen drin wären.«

Isabelle hielt entsetzt inne, legte das Besteck beiseite, stützte die Ellbogen auf. Wieso musste er das gerade jetzt sagen? In diesem wundervollen Ambiente?

Als Nachtisch genehmigten sie sich ein Tiramisu und einen Amaretto. Isabelle musterte die junge Familie am Nebentisch – hin und wieder machte sie sich einen Spaß daraus, Kinder zu studieren. Die Mutter war um einiges jünger als ihr dickbäuchiger Partner und in etwa in ihrem Alter. Dafür, dass die drei im Urlaub waren, sah Mama reichlich gestresst aus.

Wenn ich vielleicht irgendwann einmal Familie haben sollte, werde ich alles so locker wie möglich halten, inklusive mich selbst, nahm sie sich vor. Natürlich brauchte es dafür den entsprechenden Partner, und das war der Korpulente, der die ganze Zeit wie besessen auf seinem Handy herumtippte, definitiv nicht. Verstohlen schielte sie zu Schwaiger hinüber … und nahm wahr, dass auch er die drei im Visier hatte. Besonders das süße Mädchen auf dem Babystuhl – Isabelle schätzte sie auf zwei Jahre – mit dem rötlichen Kräuselhaar hatte es ihm angetan, jedenfalls flirtete er unaufhörlich mit ihr, schnitt lustige Grimassen. Dies fand Isabelle an Sigi gut: sein fantastischer Draht zu Kindern.

In dem Augenblick, als er dem Mädchen zulächelte, fragte Schwaiger sich – wie öfters in letzter Zeit –, ob er diese Familie beneiden oder bemitleiden sollte. Von Bekannten bekam er mit, dass sie mit hoher Schlagzahl zu funktionieren hatten. Diese zwei dort beneidete er jedenfalls um ihre Tochter – er hatte sich in das Mädchen, das wie eine Puppe aussah, schockverliebt. In dem Moment würgte die Kleine und spuckte ein Stück Thunfischpizza aus, direkt auf Papas Hose, der das alles andere als lustig fand. Schimpfend wischte er mit einer Papierserviette übers Hosenbein, sie rülpste geräuschvoll. Ihre Blicke trafen sich, Schwaiger blieb das Lachen im Halse stecken. Jetzt plärrte die Kleine los.

Die Ermittler saßen noch lange an ihrem Tisch unter dem duftenden Pinienbaum, unterhielten sich über Gott und die Welt. Bislang hatten ihnen stets Mut und Gelegenheit gefehlt, sich näherzukommen ... was auch der Tatsache geschuldet war, dass Kommissariatsleiter Baptist keine Paare in seinen Abteilungen duldete und in früheren Fällen stets eine Nulltoleranzpolitik gefahren hatte.

Gegen 23 Uhr stand Schwaiger auf und winkte die Kellnerin heran. »Lass uns gehen! Es war ein langer Tag, wir haben ja morgen in aller Frühe einen Termin in Latisana bei diesem Superbullen.«

Wir? – An Isabelles nach unten verzogenen Mundwinkeln war überdeutlich abzulesen, dass ihr diese Bemerkung die schöne Abendstimmung verdorben hatte. Der zwangsverordnete Abstecher piepte sie mächtig an. Das ging eindeutig gegen ihre Polizistinnenehre.

12

In dieser Nacht machte Isabelle kaum ein Auge zu. Und wenn sie doch mal einschlief, schreckte sie nach kurzer Zeit wieder hoch. Ihr Gedankenkarussell drehte sich unermüdlich, in Stresssituationen reagierte ihr Organismus immer so. Selbst die längst überwunden geglaubten Panikattacken, die sie vor Jahren heimgesucht hatten, krochen urplötzlich wieder aus der Versenkung. Die letzten Tage hatten es in sich gehabt – von wegen *vacanza*! Zuerst der Schock, als sich der Traumbungalow als verwunschene Bruchbude entpuppt hatte. Dann der rätselhafte Mord in ihrer Nähe. Und schließlich dieser Commandante, der nicht alle Latten am Zaun hatte und sie einbestellte wie einen x-beliebigen Strandganoven. Eigentlich wollte sie ja nur für ein paar Tage frei sein. Laufen, flanieren, schwimmen, shoppen, flirten. Was war aus diesen Vorsätzen geworden? Jetzt war sie drauf und dran, mitten in der Nacht ihre Sachen zu packen und das »Abenteuer Adria« abzubrechen. Nur Sigis Anwesenheit und der feste Wille, dass sie herausfinden wollte, wer hinter der feigen Attacke steckte, hielten sie davon ab. Dass die italienischen Kollegen ihr offensichtlich die Tat zutrauten, auch wenn dies nicht so deutlich ausgesprochen wurde, wurmte sie extrem, das würde sie auf keinen Fall auf sich sitzen lassen. Wie stände sie sonst da?

Sie bekam eine Vorstellung davon, wie sich ein Unschuldiger fühlen musste, der durch einen dummen Zufall in die Mühlen des Ermittlungsapparates geraten war. Nachdem sie ein paar Spritzer aus der lauwarmen Tröpfchendusche genommen hatte, weckte sie Sigi. Ohne Frühstück fuhren sie in die 20 Kilometer entfernte Kreisstadt Latisana. Während der Fahrt hing jeder seinen Gedanken nach. Als sie ankamen, trauten sie ihren Augen nicht. Das Polizeigebäude ähnelte eher einem abgehalfterten Landwirtschaftsbetrieb denn einem modernen Behördenbau aus dem 21. Jahrhundert. Ob sich in einer solchen Bretterbude überhaupt qualifizierte Polizeiarbeit betreiben ließ? Schwaiger sah seine Kollegin stirnrunzelnd von der Seite an und wusste, dass sie genau dasselbe dachte. Ähnliche Wellenlänge …

Materazzis Assistentin begrüßte den deutschen Kollegen per Augenaufschlag, welchen man als Flirtversuch auffassen konnte – Isabelle warf sie lediglich einen unterkühlten Blick zu. Kommentarlos nahm sie ihre Fingerabdrücke und reichte ihr ein Wattestäbchen, anschließend verpackte sie das Teil luftdicht in einer Metallbox, die sie in ihrem Beisein beschriftete. Vom Commandante war weit und breit nichts zu sehen.

»Wie ist eigentlich Ihr Name?«, erkundigte sich Schwaiger.

»Conte. Raffaela Conte. Sie hören von mir«, antwortete sie mit einem Augenaufschlag in seine Richtung.

Als sie wieder im Auto saßen, ließ Isabelle ihrem Frust freien Lauf: »Jetzt analysiert diese Komikertruppe in ihrem Hinterhoflabor meine Daten und jagt sie durch sämtliche EU-Straftäter-Datenbanken – so erniedrigt habe ich mich schon lange nicht mehr gefühlt. Hoffentlich können diese Ignoranten noch mehr! Mein Vertrauen hält sich sehr in Grenzen. Wenn diese Bachtölpel das nächste Mal was wollen, werden sie den offiziellen Weg über die Staatsanwaltschaft einschlagen müssen. Freiwillig mache ich nichts mehr.«

Schwaiger nickte zustimmend.»Na ja, diese Assistentin fand ich jetzt nicht *so* verkehrt, sie macht halt das, was ihr Boss anordnet. Über kurz oder lang werden wir sowieso kooperieren müssen.«

Sie stemmte die Hände in die Hüften, verkniff sich aber eine spitze Replik. Auf welcher Seite stand ihr Lieblingskollege überhaupt? War er das überhaupt noch? Auch gestern war er schon so eigenartig gewesen. Oder war sie nur gerade mal wieder besonders empfindlich? Auf jeden Fall war auch ihr klar, dass sie nur in Kooperation weiterkommen würden, was ihr nicht wirklich schmeckte.

»Ey, wie wär's zur Aufheiterung mit einem spontanen Abstecher nach Venedig?«, versuchte Schwaiger abzulenken.»Momentan können wir sowieso nichts machen. Und abends schneien wir bei Hellingers rein, vielleicht sind wir danach schlauer!«

Da war sie wieder, diese unbeirrbare Nonchalance! Isabelle hatte eigentlich vorgehabt, einen Strandliegestuhl zu mieten und sich im Ort umzuhören. Jedoch: Etwas Abstand konnte wirklich nicht schaden – vielleicht war der Tag noch nicht ganz verloren!

Über die stark frequentierte Autostrada A4/E70 düsten sie in Richtung Venezia. Isabelle suchte im Autoradio nach einem Sender, bei»blue eyes« blieb sie hängen – *der* Lieblingssong ihrer zu früh verstorbenen Mutter.»Like a deep blue sea on an blue blue day«, flötete Sir Elton John zu flächendeckenden Pianoharmonien.

Was für hübsche Augen sie hat, stellte Schwaiger fest, der sie verstohlen musterte – auch wenn sie nicht blau, sondern braun waren, sie passten ideal zu ihrem Typ. Aber waren sie nicht gerade feucht?

»Stimmt etwas nicht?«, erkundigte er sich für seine Verhältnisse erstaunlich fürsorglich. Sie schüttelte den Kopf, blickte aus dem Fenster. Wenn sie gekonnt hätte, wäre sie am liebsten ausgestiegen und zu Fuß nach Hause gelaufen. Dieser Tag war irgendwie verkorkst.

In der Altstadt stachen ihnen überall Transparente italienischer Umweltschutzorganisationen ins Auge, die gegen Kreuzfahrtschiffe und Mammut-Bauprojekte protestierten. Sie lösten zwei Vaporetto-Tickets für den Wasserbus auf dem Canal Grande und ließen sich von den Sehenswürdigkeiten der Metropolitanstadt und deren geschäftigem Treiben in den Bann ziehen. An der Rialtobrücke stiegen sie aus und tauchten in den Besucherstrom ein. Jung und Alt wuselten hin und her, Straßenkioske und Hütchenspieler dominierten das Geschehen neben der sagenträchtigen Brücke.

Sie bummelten durch verwinkelte Gässchen zu San Marco. Isabelle erkannte viele bekannte Geschäfte und Sehenswürdigkeiten wieder, mit denen sie Kindheitserinnerungen verband.

»Hier hat mir mein Dad mal ein schweineteures Marmor-Schachspiel mit Hunde- und Katzenfiguren gekauft«, dachte sie laut, als sie an einem Andenkenladen vorbeikamen. »Und dort hat meine Mom …« Sie stockte.

»Was?«

»Ach, nichts.« Sie hakte sich aus.

Während sie in einer völlig überteuerten Trattoria saßen und überlegten, ob sie noch eine Gondelfahrt machen sollten, schlug Isabelle vor: »Lass uns zurückfahren.« Laut ihrer Smart-Watch hatten sie 13 Kilometer zu Fuß zurückgelegt, vom Laufen auf dem harten Asphalt schmerzten ihr beide Achillessehnen. Eine Alterserscheinung? Vermutlich eher verspannungsbedingt durch Stress, würde ihr Arzt sagen. Aber ließ sich wirklich alles so einfach erklären?

Auf dem Rückweg machten sie halt in Cavallino-Lido di Jesolo, wo sie sich mit zwei Cappuccini auf einen Felsvorsprung setzten. Ihr Blick wanderte zu einem drahtigen Jungen – Isabelle schätzte ihn auf sechs, sieben Jahre. Er dribbelte allein mit einem Plastikfußball und kommentierte enthusiastisch jeden Schuss.

»Ich bin Manuel Neuer«, rief das Kerlchen selbstbewusst in Schwaigers Richtung, »... und du?«

Klassischer falscher Fuß für den »Löwen« Schwaiger, doch er reagierte schlagfertig. »Äh, Kylian Mbappé. Sagt dir der was?«

»Der trifft nix gegen mich. Wetten?«

»Na, dann wollen wir mal.« Kurz entschlossen schnappte sich Schwaiger den Ball, täuschte an ... und trat in einen Sandhaufen. Der Junge und Isabelle lachten lauthals.

»Jetzt ich!«, rief der Kleine überschwänglich. Schwaiger war Torwächter, der Junge nahm Anlauf ... und versenkte den Ball zielsicher neben dem Polizisten, der wie eine Bahnschranke ungelenk umfiel. Vor zwei Jahren beim Polizeifußballturnier hatte das noch bedeutend besser geklappt. Isabelle konnte sich vor Lachen kaum halten. Verstohlen linste Schwaiger zu ihr hinüber – ihm war nicht entgangen, dass sie ihn die ganze Zeit aufmerksam beobachtete. Gegenseitiges Zublinzeln. Sie hatte etwas Spezielles an sich ... was ihn vom ersten Moment an magisch angezogen hatte. Isabelle besaß kein klassisches Modelgesicht, aber sie war wohlproportioniert. Vor allem gab es eine Art Seelenverwandtschaft zwischen ihnen, keine Frage. Aber auch mehr?

Das improvisierte Duell endete zehn zu acht für den jugendlichen Welttorwart, der sich wie ein Honigkuchenpferd freute. Isabelle wurde den Verdacht nicht los, dass Sigi das Kerlchen knapp gewinnen ließ ... ein sympathischer Zug.

13

Zwei Stunden später saßen sie frisch geduscht und umgezogen auf der mediterranen Quarzitsteinterrasse von Roman und Mia Hellingers *Villa Kira*. Der Nachbar hatte Nürnberger Würstchen und Koteletts auf den Holzkohlegrill gelegt, Mia Hellinger kredenzte einen großen Topf verführerisch dampfender Spaghetti samt Salatgurken, die in Olivenöl schwammen. Als Hintergrundmusik erklang aus dem Wohnzimmer Irene Caras Welthit »Flashdance«.

»Livemitschnitt vom Bibione-Festival 1984«, kommentierte der Hausherr, während seine Frau den Gästen zwei Gläser reichte und Mineralwasser einschenkte. Seine Finger tanzten rhythmisch über den Gartentisch. »Hören Sie das parallel geführte Eröffnungsthema? Ein Hochgenuss, nicht? Zweitaktige Tonpaare – Frage und Antwort. Wie zwei Menschen. Besser als 95 Prozent von dem, was Sie heute im Radio hören. Normalerweise wäre vor 40 Jahren ein Weltstar wie Irene Cara niemals in Bibione aufgetreten. Doch der Komponist Giorgio Moroder kommt aus Lignano, das wissen die wenigsten. Heute geben sich Weltstars hier die Klinke in die Hand, eine Dua Lipa ist jedes Jahr hier Stammgast.«

»Mein Philosoph!«, neckte Mia Hellinger ihren Mann und hauchte ihm ein Küsschen ans Ohr. Isabelle schätzte das Ehepaar auf Ende 50. Sie hatte für ihr Alter eine sportliche Figur, wirkte aber eigenartig eingefallen – ganz im Gegensatz zu ihrem leicht übergewichtigen Mann, der eher der genießerische Typ zu sein schien. Er nippte an seinem Glas. »Lassen Sie uns anstoßen: Cheers!«

»Auf gute Nachbarschaft.«

»Wussten Sie, dass Bibione der erste inklusive Europastrand war? Nachhaltiger Tourismus mit erleichtertem Meerzugang, Baderollstühle mit Liftvorrichtung und Dolmetschern für Taubstumme. Super Sache.«

Schwaiger staunte. »Wenn ich das richtig verstehe, sehen Sie Bibiones Entwicklung als Urlaubsort recht positiv.«

»Absolut. Die Infrastruktur ist doch ein Traum, unsere Häuser sind enorm im Wert gestiegen, da kann man nicht klagen.«

Schwaiger kam eine Idee. »Sagen Sie, wird der Stadtstrand eigentlich videoüberwacht?« Er hatte in einem Online-Reiseführer gelesen, dass an der Côte d'Azur und an der Riviera von Cannes bis San Remo alles mit Überwachungsanlagen zugepflastert war.

»Hören Sie mir bloß auf!«, wehrte Hellinger ab. »Wollen Sie alle Badegäste auf Verdacht filmen lassen, nur weil ein Idiot tödliche Spielchen macht? In diesem Fall wär's natürlich hilfreich gewesen, schon klar.«

Nachdem sie gegessen hatten und sich einer strohumflochtenen toskanischen Sangiovese-Chiantiflasche zuwandten, ließ Isabelle die Katze aus dem Sack: »Wir würden gern mehr über den Toten von heute Vormittag wissen. Könnten Sie uns was über ihn erzählen?«

Der Nachbar blies hörbar Luft aus. Fand er die Frage stimmungsmäßig unpassend? Er ging ins Wohnzimmer, stellte den CD-Player aus, dann kam er zurück und setzte sich auf einen Hocker.

»Da bin ich vermutlich der falsche Ansprechpartner. Aber was genau wollen Sie denn wissen?«

Isabelle schaute haarscharf an ihm vorbei. »Was ich mich die ganze Zeit frage: Wie kam Schretzmeiers Prospekt in den Wohnzimmerschrank meiner Tante? Darauf kann ich mir keinen Reim machen.«

»Ich schon. Also, sobald was Neues projektiert wurde, lief alles über ihn. Wie kein anderer traf er den Nerv der Investoren. Eine ausgefuchste Verkaufsmaschine, er brachte Produkte zu fast jedem Preis an den Kunden. So weit, so clever.«

»Aber ich verstehe immer noch nicht, was meine Tante damit ...?«

Hellinger schob die Unterlippe nach vorne. »Bin schon mittendrin. Ich nehme an, dass sie vielleicht mit dem Gedanken spielte, die Villa zu verkaufen. Dabei hatte sie mir irgendwann vor Jahren mal gesagt, dass sie eigentlich wollte, dass das Häuschen in der Familie bleibt. ›Das soll mal meine Nichte bekommen.‹ Jetzt, wo ich Sie kenne, verstehe ich das auch.«

Perplex pfiff Isabelle durch die Zähne, sie hüstelte verlegen wegen des Kompliments. »Davon hat sie mir nie etwas erzählt.«

»Aber so war es. Hatten Sie zuletzt denn Kontakt miteinander?«

Isabelle biss sich auf die Lippen. »Eher weniger, leider.«

»Hm, dann könnte ich mir vorstellen, dass Ihre Tante wegen des Erbes vielleicht unsicher wurde und doch mal mit Schretzmeier Kontakt aufnahm – oder umgekehrt.

Aber das ist jetzt nur meine Vermutung, wir sprachen wie gesagt in letzter Zeit nur sehr wenig. Doch wir grüßten uns immer freundlich, wenn wir uns auf der Straße trafen.« Mia Hellinger und Isabelle räumten die Teller ab. Während die Kommissarin das Wohnzimmer durchquerte und das Geschirr in der Küche in die Spülmaschine schlichtete, stellte sie fest, dass die Villen komplett baugleich waren. Das Einzige, worin sich die Häuschen unterschieden, war die Einrichtungsqualität ... und die Bepflanzung der Gärten. Im Hellinger-Haus war alles tipptopp und frisch renoviert: ansprechende Wandfarben, Ölbilder in Pastelltönen, gemalt vom Hausherrn selbst. Über dem 65-Zoll-Flatscreen schmückte ein fast ebenso großes expressionistisches Bild das Mauerwerk. Im Eck hingen zuckersüße Babyfotos in Herzchenrahmen. Die Enkeltochter?

»Unser kleiner Goldschatz«, lächelte Mia Hellinger versonnen, als sie Isabelles fragenden Blick sah. Noch ehe die Frauen sich näher austauschen konnten, wurden sie nach draußen gerufen – die Würstchen waren durchgebraten.

Nach dem Essen brachte Schwaiger das Gespräch auf den Mordfall. »Sagen Sie, Herr Hellinger, könnten Sie sich eventuell jemanden vorstellen, der Schretzmeier ...? So ganz unter uns.«

Roman Hellinger zuckte die Schultern. »Spekuliert wird einiges. Gegner hatte der jede Menge, zum Beispiel die Klimaaktivisten – regelrechte Heißsporne. Andere munkeln was von Schwarzarbeit und ausgebeuteten Arbeitsmigranten vom Balkan, vielleicht sogar Mafiakontakte, angeblich war Schretzmeier ein Duz-Freund von Berlusconi und auf seinen legendären Bunga-Bunga-Partys präsent, aber darauf sollten Sie nichts geben, es wird viel Unfug geredet.«

Er zögerte. »Wenn Sie wollen, kann ich Ihnen den Namen dieses Umwelt-Oberfuzzis aufschreiben, Sie lassen ja nicht eher locker.« Er kritzelte einen Namen auf die Serviette. »Sie finden ihn bei der Salvataggio am Strand. Passionierter Choleriker. Gehen Sie sensibel vor!« Schwaiger las den Namen: Ricardo Rocca. Ein wertvoller Tipp. Er zog die Mundwinkel hoch, ließ den Blick schweifen.

»Wer ist eigentlich Isabelles Nachbar auf der anderen Seite?«

»Ein gewisser Herr Reinhardt aus München, Mitte 50. Bibione-Urgestein. Angenehmer Zeitgenosse. Von Beruf Physiotherapeut. Er hatte einen engeren Kontakt zu Ihrer Tante, unterhalten Sie sich doch mal mit ihm! Sein Bruder und er haben das Haus von den Eltern geerbt. Dann gibt es wohl noch eine contergangeschädigte Schwester, die sieht man fast nie hier. Er kam gestern. Bleibt meistens nur für ein paar Tage, manchmal bringt er Freundinnen mit – beim letzten Mal hatte er eine verlebte Blondine dabei, die passte so gar nicht hierher. Sein Aktionsradius beschränkt sich auf Morgenjogging am Strand, Einkaufen und Fernsehen. Glühender Sportanhänger, jedenfalls hat er Wimpel im Auto hängen und schaut halbe Nächte Champions-League-Übertragungen in Überlautstärke, was soll's? ... Da läuft er übrigens gerade ... Herr Reinhardt, Hallooo? Hi-ieer!«

Der geschmeidige Mittfünfziger, der draußen auf der Straße flinken Schrittes an Hellingers Villa vorüberspazierte, blieb stehen. Verwundert spähte er durch den mit allerlei Grünpflanzen verwucherten Gartenzaun hindurch. »Ah, hallihallo. Lange nicht gesehen ... alles roger?«

»Sicher. Und selber?«

»Hier geht's mir immer gut. Noch ein paar Jährchen in Deutschland arbeiten, dann zieh ich das Ding hier durch.«

»So lob ich mir das ... ach, übrigens: Sie haben eine neue Nachbarin. Darf ich bekannt machen: Frau Martin aus München. Sophias Nichte.«

Isabelle stand auf, ging die paar Meter zum Gartenzaun hinüber. Höflich streckte sie dem Mann die Hand durch.

»Angenehm. Isabelle.«

»Reinhardt. Wir können uns duzen, oder? Ich bin der Andy.« Sie schüttelten sich die Hand. »Auf gute Nachbarschaft. Wir reden mal ausführlich, okay?«

»Schönen Abend noch. Arrive ...«

Sie saßen noch ein paar Stunden zusammen, irgendwann stand Isabelle auf. »Vielen Dank für den angenehmen Abend. Das war hoffentlich nicht das letzte Mal, dass wir so entspannt zusammensaßen.«

»Davon geh ich schwer aus. Falls Sie irgendwas brauchen, ein Werkzeug oder so ...«

»... dann weiß ich, wo ich Sie finde. Danke. Gute Nacht.«

Es war 22.45 Uhr, als die Ermittler aufbrachen. Da sie noch nicht ins Bett wollten, unternahmen sie einen Nachtspaziergang auf der hell erleuchteten Pineda-Hauptstraße. Selbst um diese Uhrzeit waren die Eisdielen und Touri-Shops noch proppenvoll, die digitale Temperatursäule vor der *Stella maris*-Apotheke zeigte noch immer 28 Grad. Sie genehmigten sich zwei Riesenkugeln Stracciatella und flanierten in einer ruhigeren Seitenstraße weiter, wo sie die Sterne am Nachthimmel beobachten konnten.

Schwaiger blieb stehen, blinzelte zum Firmament. Es dominierte eine grell leuchtende zunehmende Mondsichel.

Wie klein und unbedeutend ihre menschlichen Probleme angesichts dieses Naturphänomens doch waren!

»Woran denkst du?«, erkundigte sich Isabelle.

»Nichts Besonderes«, wich er aus. »Wusstest du, dass die Lichtlaufzeit zum Mond hin und zurück genau 2,6 Sekunden beträgt? Für rund 800.000 Kilometer.«

Isabelle leckte gedankenverloren an ihrem Eis. »Hast du das nachgemessen?«

»Mit Laserimpulsen lässt sich das bestimmen.« Er musste an seinen Onkel denken, der als Astrophysiker beim Max-Planck-Institut in München-Martinsried arbeitete und mit vielen Astronauten per Du war. »Wenn du die Lichtgeschwindigkeit von 300.000 Kilometern pro Sekunde zugrunde legst, kommst du auf diesen Wert. Umso faszinierender, dass schon Menschen oben waren.« Er wiegte den Kopf, starrte in den Himmel, als suche er einen bestimmten Stern. »Die ISS schwebt übrigens gerade über uns.«

Sie sahen der hellen Lichterscheinung nach, die sich in beeindruckendem Tempo am Erdtrabanten vorbeibewegte.

»Apropos Mond. Hättest du Lust, noch etwas durch den *Luna Park* zu bummeln? Da ist um diese Zeit noch mächtig was los.«

»Ein andermal, für heute bin ich ziemlich geschafft. Lass uns schlafen gehen.«

»Wenn ich mich ankuscheln darf …«

»Sag bloß, du frierst bei dieser Hitze?«

»Das nicht, aber …«

Sie lachte. »Sorry, nach der Nacht auf dem Dach brauche ich im Bett jeden Zentimeter.«

14

Gegen 7 Uhr morgens wurden sie durch Schwaigers Urlaubsklingelton »Felicita« von Al Bano & Romina Power aus dem Tiefschlaf geweckt. Die Anruferin mit der leicht verrucht klingenden Stimme sprach lupenreines Deutsch, lediglich ein leichter italienischer Akzent war herauszuhören: »Signor Schwaiger, hätten Sie Zeit, sich mit mir zu treffen? Dienstlich, versteht sich.«

»Äh, mit wem spreche ich?« Schwaiger schielte unsicher zu Isabelle, die sich im Bett an der Wandseite verschlafen die Augen rieb. Sie setzte sich auf, ihr Träger-Shirt hing ihr lose am Oberkörper und bedeckte so gut wie nichts.

»Ich dachte mir, Sie und Ihre Busenfreundin hätten vielleicht ein Interesse daran, den Täter zu finden. Oder Neuigkeiten zu erfahren.«

Er setzte sich auf, wechselte das Handy vom linken ans rechte Ohr – der fiepende Tinnitus, der seit einiger Zeit sein ständiger Begleiter war, hatte sich seit Sonntag verschlimmert. Wie immer im Urlaub, wenn er zur Ruhe kam. »Frau Conte?«, murmelte er verpennt ins Mikrofon. »Sind Sie das?«

Isabelle kniete sich auf den Fliesenboden und kraulte Romeo, der maunzend angesprintet gekommen war. Hatte dieses Riesenvieh denn schon wieder Hunger?

»Schlafen Sie etwa noch?«, erkundigte sich die Commissaria, ohne ihren Namen zu nennen. Da klang eine gewisse Ironie durch. »Scusi.«

Jetzt war er hellwach. »Was verschafft mir die Ehre? Liegen die Testergebnisse meiner Kollegin vor?«

»*Kollegin*?«, wiederholte sie amüsiert. »Nein, so schnell schießen wir Azzurri nicht. Reden wir offen: Ich weiß natürlich, dass Ihre *Freundin* mit der Sache nichts zu tun hat. Die Vorladung hat mein Boss nur angeordnet, um sie zu schikanieren, offenbar gefiel ihm ihre Nase nicht.« Wieder das amüsierte Glucksen. »Bei ihm darf man nichts persönlich nehmen, Sie müssen wissen: Frau Martins Tante ist mal mit einem Besen auf ihn losgegangen, das hat er nicht vergessen. Starke Frau, übrigens, die alte Dame – in jeder Hinsicht.« Kurzes Schweigen. »Sie scheinen auch nicht gerade schwach auf der Brust zu sein.«

»Äh…hem.« Schwaiger hüstelte verlegen. Er war baff … und jetzt vollends wach. Vor allem war Isabelles erster Eindruck richtig gewesen: Der Chef der italienischen Mordkommission war ein Schlitzohr, auf das man nicht zählen konnte. Doch seine Assistentin? War ihr zu trauen?

»Sie beide und ich, wir haben doch ein gemeinsames Interesse, ermittlungstechnisch weiterzukommen«, riss Raffaela Conte ihn aus seinen Gedanken. »Niemand hat gern eine Leiche hinter seinem Grundstück liegen, oder sehe ich das falsch? Auf jeden Fall will man herausfinden, wie es dazu kam. Ich hätte da vielleicht …«

Schwaiger stutzte. Was lief da? Überging die Assistentin gerade rotzfrech ihren Boss?

»Lassen Sie uns kooperieren«, schlug sie vor. »Um den Fall aufzuklären, braucht es hochprofessionelle Ermittlungen … und keine infantilen Animositäten antiquierter Chauvis.«

Oho! Es war offensichtlich, dass sie Cheffe eins auswischen wollte. Sie hatten das Protokollpüppchen grob unterschätzt.

»Und was sagt Materazzi dazu?«

»*Commandante* Materazzi, so viel Zeit muss sein.« Die Italienerin kicherte wieder. »Was er nicht weiß …« Pause. »Hat sich krank gemeldet, heißt: Er macht blau. Wie so oft. Wie wär's also in Kombination: meine Amtskompetenz und Ortskenntnis, Ihre Erfahrung?«

»Wann und wo?«

»Gleich im *Blue Elephant*. Sagen wir 8 Uhr?«

»Ich weiß nicht, ob ich das so schnell schaffe.«

»Wie heißt das deutsche Sprichwort: ›Früher Vogel fängt den Wurm.‹ Oder irre ich mich?«

»Bis gleich.«

»Ciao, bello.«

»Ciao, bella.« Nachdem er die Stopptaste gedrückt hatte, schielte er unsicher zu seiner Kollegin. Isabelle, die das Gespräch aufmerksam mitverfolgt hatte, warf ihm einen bitterbösen Blick zu – nie hätte sie es für möglich gehalten, dass ihr geschätzter Kollege mit dieser hergelaufenen Assistenzkriminalerin schäkern würde. Eingeschnappt stapfte sie in die Küche und krallte sich einen Becher aus dem Kühlschrank, Romeo drängelte mit aufgestellten Ohren hinter ihr wie ein Dackel, schlug mit der Pfote nach ihr – vermutlich hoffte er auf eine Extraportion Thunfisch. Aber sie war nicht in Stimmung.

»Bäh, so eine Pampe! So was schimpft sich Joghurt – kein Vergleich zu den Produkten bayerischer oder französischer

Qualitätsmolkereien!«, brummte sie angefressen, als sie wieder zurückkam. »Vielleicht sollte ich wirklich zurückfahren!«

Schwaiger fühlte sich etwas schuldig, fand aber, dass sie übertrieb. Wenn die Italienerin am kurzen Dienstweg interessiert war, konnte ihnen das doch nur recht sein. Oder steckte etwas anderes dahinter? Natürlich wollte er Isabelle auf keinen Fall verprellen.

»Hm, vielleicht gehe ich erst mal alleine hin ... was meinst du?«

»Entscheide du!« Isabelle versuchte, sich nichts anmerken zu lassen, gleichwohl war sie einigermaßen geladen. »Aber lass dich nicht einlullen, *mio caro*!« Ein paar Sekunden stand beredtes Schweigen zwischen ihnen, dann warnte sie. »Du kennst diese ausgefuchste Tusse überhaupt nicht. Wer weiß, was sie im Schilde führt. Frauen können äußerst gerissen sein.«

»Aber ohne ihre Connections treten wir auf der Stelle. Lassen wir sie doch als offiziellen Arm für uns operieren! Im Gegensatz zu ihrem Alten scheint sie wirklich an der Sache interessiert zu sein und den Täter fassen zu wollen. Sie weiß nur nicht, wie, da kommen wir ins Spiel.«

»Sie hat dich um den Finger gewickelt. War klar.«

Er überlegte kurz. »Hm, ich möchte gern, dass du mitkommst. Vier Ohren hören mehr als zwei.«

»Davon hat sie aber nichts gesagt. Sie will sich explizit mit dir treffen.«

»Entweder wir beide oder gar keiner.«

»Auf dein Wort.«

»Jedenfalls kommt langsam Schwung in die Sache. Vielleicht hat sie ja eine Spur.«

»Oder nur ein loses Mundwerk.«

15

Als die Ermittler eine Stunde später das stark frequentierte
Blue Elephant-Café an der Fußgängerpromenade betraten,
hätten sie Raffaela Conte fast nicht wiedererkannt. Die
Commissaria schmückte mit ihrer umwerfenden Erscheinung einen der knietiefen Marmortische, unter den anderen Frühstücksgästen stach sie deutlich heraus. Das volle
kastanienbraune Haar, das sie im Dienst zu einem dis-
kreten Zopf zusammengesteckt hatte, trug sie offen. Wal-
lend flockte es an ihr herab und endete erst kurz über
dem Minirock, der eher ein breiter Gürtel und selbst für
Bibione-Verhältnisse reichlich gewagt war. Darüber trug
sie eine luftige hellblaue Bluse ohne BH, ihr Handgelenk
zierte ein silberner Armreif, in den Ohrläppchen baumel-
ten goldfarbene Creolen. In ihrer *Louis-Vuitton*-Handta-
sche kramte sie nach Schminkzeug.
   Wie ausstaffiert die frühmorgens schon rumläuft!
Wie aus dem Modejournal, die hat's anscheinend nötig,
schimpfte Isabelle in sich hinein, die weiße Turnschuhe
und bequeme Shorts angezogen hatte. Unwillkürlich ver-
spannten sich ihre Gesichtszüge, ihre Mimik veränderte
sich in Richtung ungehalten.
   Sie traten an den Zweiertisch, grüßten. Ohne aufzustehen, streckte sich die Italienerin Schwaiger entgegen und
hauchte ihm einen betont intimen Kuss auf die Wange,

als ob sie beste Bekannte wären, die sich zum »Frühstück danach« trafen. Süßlicher Parfümgeruch stieg ihnen in die Nase. Die Frauen nickten sich reserviert zu, was ihm nicht entging. Das konnte ja heiter werden ...

Wieso kannst du Püppchen nicht einfach deine Landsmänner anflirten?, ärgerte sich Isabelle. Sigi war für so was doch nicht empfänglich. Oder doch?

Vom Nebentisch organisierte Schwaiger einen dritten Stuhl und setzte sich schräg gegenüber, wobei sein Blick unweigerlich auf Contes naturbraune Beine fiel, die in schneeweißen Pumps steckten. Optisch eine Traumfrau. Hoffentlich konnten ihre polizeilichen Qualitäten da Schritt halten!

»Ey, was ist los?« Beherzt griff sie Schwaiger an den Unterarm, streichelte spielerisch über seine Härchen. »Sagen wir du! Ich bin Raffaela. Für euch Ela.«

Isabelle kam diese Attitüde reichlich überzogen vor. War sie denn jetzt nicht mehr tatverdächtig, oder wie? Vor allem fand sie es deutlich unter der Gürtellinie, wie distanzlos dieses durchgestylte Wesen mit *ihrem* Lieblingskollegen turtelte. Und der ging noch darauf ein – typisch Mann!

Conte fixierte beide. »Leute, bevor wir reden: Das hier muss unbedingt unter uns bleiben. Kein Wort darf dieses Café verlassen, ich bin ohne Wissen meines Capos hier. Wenn ihr mich hinhängt, bekomme ich Riesentrouble.« Ihr Kulleraugenblick durchbohrte die Deutschen.

»Verehrte Frau Conte, es geht mich zwar nichts an, aber vielleicht sollten Sie Ihrem Boss mehr die Stirn bieten, immerhin geht es ja um ein Kapitalverbrechen.« Isabelle wählte ganz bewusst die »Sie«-Anrede. Sigi warf ihr einen warnenden Blick zu. Aus seiner Sicht war das der falsche Zeitpunkt für Gezicke oder Grundsatzdiskussionen. Er nickte verbindlich in Richtung der Italienerin, zwinkerte salopp – für Isabelle eine Spur zu salopp. »Ehrensache, Ela … woher sprichst du so gut Deutsch?« Isabelle verdrehte erneut die Augen. Jetzt war vielleicht die letzte Möglichkeit, sich vom Acker zu machen. Musste sie sich das antun? Es gab so inspirierende Urlaubsziele vom Nordkap bis zur Südsee… und ganz sicher auch die passende männliche Begleitung.

Die Italienerin zog an ihrem Strohhalm, auf dem sich sogleich ihr blutroter Lippenstift abzeichnete. »Meine Mutter war Österreicherin. Ich habe meine ersten acht Lebensjahre in Klagenfurt verbracht. Als sie starb, ging mein Vater mit mir nach Portogruaro. Unscheinbares Provinzstädtchen. Seine famiglia kommt von dort, wir leben drei Generationen unter einem Dach. Aber ich nehme mir demnächst eine eigene Wohnung, die Pendelei nervt.«

Isabelle versuchte ihr Alter zu schätzen: Sie konnte 25, aber auch 35 sein. Ihr modisches Outfit stand ihr ausnehmend gut. Wenn sie nicht gewusst hätte, dass sie für die Kripo arbeitete, hätte sie auch als Adria-Ansichtskartenmodel durchgehen können – das musste sie neidlos anerkennen.

»Vergesst Materazzi! Der wird demnächst frühpensioniert. Der Alkohol. Für ihn ist der Tote nur ein ›Tedesco‹ … somit vernachlässigbar. Ausländer bringen nur Probleme und Kriminalität ins Land. Sagt er.«

Schwaiger wunderte sich. »Umso mehr müsste er doch Interesse daran haben, dass wir ihn supporten. Wenn wir den Fall aufklären, könnte er das doch auch als Erfolg in seiner Sammlung verkaufen.«

»Ich glaube, ihr müsst noch viel über italienische Mentalität lernen ...« Sie verzog ihr fein ziseliertes Gesicht.
»Kann sein, dass er früher mal ein fähiger Polizist war, inzwischen locken ihn nur noch Zocken, Juve und Pornos.«

Isabelle schüttelte den Kopf. Das war ja unerträglich. Wann kam die Dame mal auf den Punkt? Sie versuchte eine Überleitung. »Vermutlich habt ihr es in Bibione sonst eher mit kleineren Strandbetrügereien zu tun.«

»No, no. Suchtmitteldelikte sind die Nummer eins. Aber nicht die paar Desperados mit ein paar Gramm Weed. Sondern Ecstasy- und Kokspartys in Edelklubs und Freiluftdiscos. Wir versuchen, verdeckte Ermittler einzuschleusen – bringt aber nichts. Du schnappst vielleicht kleine Kiffer und realisierst zugleich frustriert, dass du an die Hintermänner nicht rankommst. Die sitzen in Nobelkanzleien in Prag, Tirana oder Belgrad ... oder in München.«

Isabelle musste die ganze Zeit an das Gespräch mit Gloria Lombardi aus dem *Dolce Venezia* denken. »Ich hätte da eine Frage: Weiß die Polizia eigentlich was über eine junge Deutsche, die hier vor Pfingsten an einer Überdosis gestorben ist? Genauere Umstände? Name? Anzeigen?«

Conte wiegte den Kopf. »Spontan klingelt da nichts bei mir ... Was hat das mit unserem Fall zu tun?«

Isabelle dachte kurz nach. »Keine Ahnung. Möglicherweise gar nichts.«

»Hm, ich mach mich mal schlau.« Sie machte sich eine Notiz aufs Handy.

»Also, wo können wir in unserem Fall ansetzen, Ela?«, fragte Schwaiger. »Wie stellst du dir unsere Zusammenarbeit konkret vor? Und habt ihr schon Spuren ausgewertet?«

»Die Laboranalyse hat ergeben, dass Schretzmeier zwei Substanzen im Organismus hatte, von denen eine tödlich wirkte.« Sie scrollte auf ihrem Handy. »Zum einen *Gammabutyrolaceton* … und noch *Tubocurarin*. Fragt mich aber nicht, was es damit auf sich hat, ich habe keine Erfahrung damit. Wenn du willst, leite ich es dir weiter. Außerdem haben die Kollegen noch Spuren von grünem Pesto im Sand gefunden. Könnte sein, dass Täter oder Opfer oder beide was gegessen haben und es runtergetropft ist.«

»*Penne, Pesto, Mord!* Klingt ja wie ein Krimi-Titel.« Trotz allem konnte Schwaiger sich ein leichtes Grinsen nicht verkneifen. Isabelle gab ihm einen Stoß. Jetzt war nicht der passende Zeitpunkt für Scherze.

»Ansonsten habe ich ein weitgehendes Informationsloch über das Opfer … dafür wären eure Verbindungen nach Bayern Gold wert! Mein Kenntnisstand ist folgender: 48 Jahre, Finanzjongleur mit B-Promi-Status und Zweitwohnsitz in Bibione. Höchst erfolgreich tätig für mehrere Bauträger, eng verbandelt mit *Project B. immobiliare Srl* mit Sitz in Jesolo. Ausschließlich Luxuskunden aus Bayern und Tirol mit exquisiten Referenzen. Finito. Um an mögliche Motive ranzukommen, sollten wir tiefer in die Biografie des Toten eintauchen.«

Schwaiger grübelte. Er dachte an Melanie Stöckl und Gloria Lombardi … und nicht zuletzt an Rico Renner. Der urbayerische Kollege war zweifellos längst aktiv geworden und würde ihn umgehend kontaktieren, sobald er selber klarsah. Allerdings wunderte er sich, dass Ela so wenig wusste – sofern es denn stimmte. Sollte er sie davon in Kenntnis setzen, was sie über Stöckl und Schretzmeier erfahren hatten? Isabelle warf ihm einen warnenden Blick zu, anscheinend traute sie der Italienerin noch nicht. Schwaiger formulierte neutral: »Ein Kollege von uns trägt aktuell in Deutschland Infos über Schretzmeier zusammen, in Kürze wissen wir mehr.« Conte hielt den Kopf schief. »Ihr habt einfach so Erkundigungen angestellt? Respekt ... hätte ich euch gar nicht zugetraut.« Anerkennend stupste sie auf seinen Unterarm und zwirbelte seine Härchen, was er wohlgefällig bemerkte. Zum dritten Mal spielte Isabelle mit dem Gedanken, aufzustehen und zu gehen.

»Aber weswegen ich hier bin: Könntet ihr mich bitte gleich mal begleiten? Ich will einem Typen auf den Zahn fühlen, der uns schon länger querliegt. Keine Ahnung, ob er was mit dem Mord zu tun hat, aber ich möchte, dass ihr ihn kennenlernt: Sechs Augen sehen mehr als zwei.«

»Was denn für ein Typ?«

»Er leitet eine Klimaschutzorganisation, die mit militanten Aktionen versucht hat, die Fertigstellung von Schretzmeiers Baby *Villaggio Paradiso* zu stoppen. So eine Art ›Klimakleber‹ auf Italienisch, wenn ihr versteht.«

»Zufällig Ricardo Rocca?«, warf Isabelle betont cool ein.

Raffaela Conte fiel alles aus dem Gesicht. »Woher zum Teufel ...?«

»Oh, oh«, Isabelle hatte jetzt Oberwasser, »was ist das denn für eine Ausdrucksweise für eine so kultivierte junge Dame?« Diese Ironie musste jetzt mal sein. »Unterschätz mir die Tedeschi nicht! Wir haben auch unsere Quellen.«

Die Italienerin überhörte die Spitze, schürzte die vollen Lippen. »Also, Treffpunkt 12 Uhr an der Via della Luna? Vor *Coco's Music Club*.«

»Wir sind extrem gespannt auf diesen Naturburschen.«
Schwungvoll stand die Commissaria auf, strich das Blei-
stiftröckchen angedeutet nach unten. »Euch beiden Tur-
teltäubchen wünsch ich einen angenehmen Restvormit-
tag!« War das die ironische Replik? Jedenfalls blinzelte sie
Schwaiger mit großen Mandelaugen zu, von Isabelle verabschiedete sie sich kumpelhaft per Handshake – immerhin!

Ehe sie ging, wechselte sie noch ihre Pumps gegen Glit-
zerturnschuhe aus der Handtasche. Dennoch hüpfte beim
Davonschreiten ihre Oberweite deutlich sichtbar.

»Was war das jetzt eben?« Isabelle wiegte den Kopf.
»Ein Hollywood-Abklatsch? Würde mich gar nicht wundern, wenn sie im Gewusel gleich dem nächstbesten Typen
an die Wäsche geht.«

»Dz, dz! Ich würde es eher ›südländisches Temperament‹ nennen.« Behutsam strich er ihr über den Ober-
arm und drückte diesen sanft an sich. Sie zog ihn weg …
und überlegte: Na ja, vielleicht war diese Ela Conte ja gar
nicht so zuwider, wie sie zuerst befürchtet hatte! Genau
wie sie hatte sie offenbar ihre Mutter sehr früh verloren –
so was prägte. Auch wenn sie ihren Auftritt vorhin etwas
übertrieben hatte. Jedenfalls schien sie an der Aufklärung
interessiert zu sein. Und sie hatte eine Megaportion Spi-
rit. Frauenpower auf Italienisch!

16

Als Raffaela Conte kurz vor Mittag aus ihrem Streifenwagen stieg, trug sie wieder ihre strenge Dienstfrisur samt Uniform – welch schroffer Gegensatz zu ihrem Auftritt von vorhin.

»Nur damit ihr Bescheid wisst ... Wir mussten in den letzten Jahren das Baustellengelände *Villaggio Paradiso* mehrfach gewaltsam räumen. Die Umweltjungs blockierten Zufahrtswege, hinderten Arbeiter am Bauen, brachten Transparente an. Herausgekommen sind Dutzende Anzeigen wegen Landfriedensbruch und gefährlichem Eingriff in den Straßenverkehr. Einmal haben sie sich auch festgeklebt.«

»Was ist daraus geworden?«

»Alles im Sande verlaufen. Bis auf eine Sache: Da ging es um Körperverletzung.« Sie klopfte auf ihr Handy. »Rocca ist ein salvavita, zu Deutsch: Rettungsschwimmer, Bibi-Baywatch sozusagen. 46 Jahre alt. Spitzname ›sperone caldo‹, Heißsporn. Italo-Männer können recht theatralisch sein.«

Nicht nur Männer, wie mir scheint! – Isabelle musste schmunzeln. Sie schielte zu Schwaiger hinüber. Als sich ihre Blicke trafen, wusste sie, dass er exakt dasselbe dachte.

»Für mich ist er auch noch aus einem zweiten Grund verdächtig«, fuhr Conte fort. »Als Baywatch weiß er genau, welche Strandpassagen videoüberwacht werden. Der Mord geschah an einer Stelle, wo eben nicht überwacht wird.«

Schwaiger horchte auf. Hatte ihr Grillnachbar nicht gesagt, dass hier nicht gefilmt würde?

»Noch mal zum Mitschreiben. Wo genau wird videoüberwacht?«

Die Commissaria zog die Kollegen weiter, um nicht aufzufallen. »Offiziell gibt es null Überwachung an Bibiones Stränden, das würde dem Fremdenverkehr schaden.«

»Und inoffiziell?«

Sie druckste herum. »Das dürft ihr keinem weitererzählen, hört ihr? Top secret. An Hotspots wie Piazzale Zenith oder Villaggio Turistico Internazionale zeichnen Beachcams schon lange jede Bewegung auf. Offiziell sind das PR-Tools, aber natürlich lassen sich so erstklassig Diebstähle, Dealergeschäfte und Schlägereien dokumentieren, gerade bei Freiluftveranstaltungen – das Material hat volle Beweiskraft vor Gericht.«

»Aber am kleinen Hafen wird nicht überwacht?«

»Noch nicht.«

Rocca thronte auf seinem Aufseherposten, auf dem die blaue und grüne Flagge wehte. Unten hatten Teenies ihre Badetücher zielgenau platziert und weit ausgeschnittene Bikinioberteile gewählt, oben ohne war zwar grundsätzlich toleriert, aber seit einigen Jahren nicht mehr üblich.

Erstaunlich, dass ein fast 50-Jähriger so viele junge Fans hat, dachte Schwaiger nicht ohne Neid. Bademeister müsste man sein!

Conte rief zu ihm hinauf. Als er sie entdeckte, verfinsterte sich sein lässiger Blick in Richtung Chauvi-Arroganz.

»Buona giornata, la cara signora Commissaria!«
Lasziv langsam vergrub er sein Handy in die Sport-
hosentasche, geradezu gnädig bemühte er sich die Holz-
treppe herunter. Als er den Kommissar bemerkte, gruben
sich tiefe Falten in seine hohe Stirn. Da lag Antipathie
in der Luft – Ela und Isabelle spürten, dass sich die beiden Alphatiere auf Anhieb nicht riechen konnten. Keine
leichte Mission!

»Signor Rocca«, eröffnete die Commissaria das Gespräch,
nachdem sie ihre Kollegen vorgestellt hatte, »wir wollten
noch mal mit Ihnen über die Körperverletzung reden. Wie
war das genau?«

Der Azzurro ließ sie auflaufen. »Studieren Sie einfach
das Protokoll, Signora!«

Schwaiger registrierte einen Haifischzahn, der wie eine
Trophäe an einem Lederhalsbändchen um Roccas Hals
hing. Unter dem knallroten »Salvavita«-Shirt spannte sich
ein beachtlicher Wabbelbauch, die stark behaarten Beine
wirkten immerhin muskulös. War so jemandem ein feiger
Giftanschlag zuzutrauen?

Mokantes Grinsen, gepaart mit eitlem Schweigen. Rocca
stemmte beide Hände in die Hüften. Er fixierte die Ermitt-
lertruppe. Um Zeit zu gewinnen, steckte er sich spielerisch
einen Zahnstocher in den Mund und kaute extracool darauf herum. »Warum vergessen Sie das nicht einfach und
freuen sich an Sommer, sole, spiaggia?«

»Perché!« Conte trat selbstbewusst einen Schritt vor.
»Dann helfe ich Ihnen mal auf die Sprünge: Sie haben bei
dieser Protestaktion Ihres Umweltschutzvereins einen
Mann tätlich angegriffen: Georg Schretzmeier.«

Verächtlich spuckte der Bademeister den Zahnstocher

in den Sand und verschränkte die stark behaarten Arme. »Dafür kommen Sie zu dritt? Grande cinema.« Lakonisch höhnte er: »Sie müssen sich allein nicht fürchten, Signora. Was macht eigentlich Ihr Boss? Vergnügt er sich gerade mal wieder im Puff, wo er sich gratis bedienen darf, weil er die Zuhälter verschont?«

Conte ging nicht darauf ein. »Sie haben Schretzmeier umgeboxt und bedroht.«

»Leicht geschubst habe ich ihn, unter Männern, er ist theatralisch umgefallen.«

»Die Zeugen hatten das ganz anders geschildert ... und *Sie* bekamen eine empfindliche Strafe.«

Jetzt explodierte Rocca. »Wir haben hier zehn Kilometer feinsten Sand, aber keine Grünflächen mehr dahinter. Müssen wir uns das gefallen lassen? Ich habe meine Strafe bezahlt ... lasst mich in Frieden! Geht schwimmen!« Er machte Anstalten, sich abzudrehen.

»Wo waren Sie am Sonntag zwischen 6.30 und 7 Uhr?« Conte stellte ihre Fragen punktgenau.

»Perché?«

»Klare Frage, klare Antwort! Also?«

»Hier am Strand. Preparazione per il giorno. Manchmal sitze ich einfach nur hier und genieße die Stille, bevor die Bambini in Scharen kommen. Tagsüber brauche ich hier Ohrenstöpsel ... War's das?«

»Schretzmeier ist tot.« Sie ließ ihre Worte bewusst ohne weiteren Kommentar wirken. Ihm fiel die Kinnlade runter.

»Che sorpresa! Hat er sich selber ...? Oder wurde er ...?«

Die Fahnder gaben keine Antwort. Das Dauergrinsen war mit einem Schlag aus dem Gesicht des Befragten ver-

schwunden.»Maledetto! Jetzt verstehe ich ... ich soll?«
Unsicherheit beherrschte nun seine Mimik.»No, no, no!
Ich bin impulsiv, aber so etwas mache ich nicht, das lasse
ich mir auch nicht anhängen.«
Das war deutlich lauter als nötig. Die Sonnenanbeterin-
nen waren aufmerksam geworden und spitzten herüber.
Klar, für wen sie Partei ergriffen.
Isabelle fixierte Rocca genau. Hm, gab es da nicht eine
leichte Ähnlichkeit zwischen Rocca und der Café-Bedie-
nung Gloria Lombardi? Die Nasenpartie? Die leicht verspannte Armhaltung? Oder sah sie schon wieder Gespens-
ter? Sie verwarf den Gedanken.
Conte hatte keine Lust auf eine öffentliche Vorstellung.
»Sie können die Nacht auch in Latisana in einer Zelle verbringen, wenn Sie nicht kooperativ sind. Also?«
Rocca schwieg herablassend. Isabelle imponierte die
kompromisslose Herangehensweise ihrer Kollegin. Vielleicht würde sie doch noch mit ihr warm werden! Sie fand,
dass sie das Großmaul richtig anpackte, um sich Respekt
zu verschaffen – sie selber hätte sich damit definitiv schwerer getan. Daran hatte sie noch zu arbeiten.
»Also schön«, schnaubte er nach einer Weile, »ich war
die letzte Woche abfeiern auf Mallorca. Hotel *Iberostar*,
Arenal. Vier Sterne. Gestern Abend bin ich mit dem Flugzeug wieder in Venedig gelandet, ich kann es also gar nicht
gewesen sein.« Er wischte auf seinem Smartphone hin und
her, als suche er nach dem Kaufbeleg. »Soll ich Ihnen das
Ticket zumailen, Signora Commissaria?«
»Nicht nötig, ich fotografier's mir ab.« Sie beugte sich
über die Unterlagen und ließ ihre Handykamera zweimal klicken.

Isabelle staunte nicht schlecht. Ein Adria-Azzurro am Ballermann, dazu noch im Vier-Sterne-Schuppen – fraglos eine Kuriosität! Falls es stimmte. Rocca sah betroffen zu Boden. »Wie ist es passiert?«

»Unwichtig.«

»Wer macht so was?«

Isabelle hielt den Kopf schief. Falls dieser Typ doch etwas mit dem Anschlag zu tun hatte, so war er ein erstklassiger Schauspieler. Irgendwas gefiel ihr nicht an diesem Wabbelbauch-Azzurro-Schönling.

Noch ehe einer der Kommissare etwas sagen konnte, fuhr er fort: »Ich bin Regionalchef der Umweltschutzorganisation *Legambiente*. Wir sind mit 115.000 Unterstützern und 1.000 lokalen Gruppen die größte Greenenvironment-Organisation in Italien – wir sind im Europäischen Klimarat sowie der *International Union for Conservation of Nature and Natural Resources*. Mit unseren Aktionen *Spiagge pulite,* also Saubere Strände, und *Puliamo il Mondo,* zu Deutsch: *Wir putzen die Welt,* sind wir europaweit bekannt. Wir setzen uns gegen Umweltzerstörung ein, gehen gegen Overtourism und illegalen Häuserbau vor, decken illegale Mülldeponien und andere Machenschaften auf, aber mit Mord haben wir nichts zu tun. Wir lehnen Gewalt ab. Falls es Sie interessiert: Ich habe Biologie studiert und kooperiere mit *Greenpeace.*«

Sieh mal an, dieser Heißsporn kann ja sogar ganz normal reden, stellte Schwaiger fest und setzte sein freundlichstes Gesicht auf. Ein umweltbesoffener Biologe als Bibi-Baywatch … was es nicht alles gab! Und klar, so ganz abwegig war das alles nicht.

»Die ausufernde Bautätigkeit ist den Einheimischen ein Dorn im Auge, richtig?«

»Natürlich. Kein normaler Mensch kann sich was davon leisten. Ich frage mich oft, wie es hier ohne diesen ganzen Overtourismus ausschauen würde? Vermutlich wäre Pineda immer noch ein Pinienhain und Spiaggia ein großer Bauernhof. Die Autobahnabfahrt in Latisana wäre nie gebaut worden und hätte nicht Hunderte Hektar Biotope zerstört. Heute hat Bibione 150.000 Betten. Das ist doch ökologischer Wahnsinn!«

Immerhin wird so dein Arbeitsplatz finanziert, du Tulpe ... und der Steuerzahler spart sich deine Frühverrentung, dachte Isabelle, zog es aber vor, nichts zu sagen. Der Begriff ›Overtourismus‹, den Rocca schon zum zweiten Mal verwendete, war ihr neu.

»Bei der Baugenehmigung für das Mega-Villaggio *El Paradiso* ging es um viel Korruption – deswegen habe ich ja auch den Typen von der Baubehörde angezeigt. Nur hat die Polizia di Stato nichts gemacht. Habt ihr jemals deswegen ermittelt? Natürlich nicht.«

Conte war perplex. »Davon weiß ich nichts, ich war damals hier noch nicht zuständig.«

»Ich aber schon. So was versickert bei euch doch immer im Nirvana.« Er hielt kurz inne. »Früher blühten hier Heiden und Sümpfe, da gab es noch Kreuzottern und Vipern, heute verschandeln Luxusanlagen bis ins Hinterland hinein alles – Lignano, Jesolo und Cavallino stöhnen genauso unter dem Flächenfraß.«

Isabelle schüttelte es – auf Amphibien in Hotelnähe konnte sie gut verzichten. Die ganze Zeit studierte sie Roccas Gestik und Mimik. So wie der Mann sich in Rage geredet hatte, das ließ schon auf reichlich Emotionsstau schließen. Und als Biologe wusste er zweifellos um die Wirkungsweise tödlicher Substanzen. War er also doch ihr Mann?

Der Azzurro blickte an seinen Gesprächspartnern vorbei. »Ich muss wieder auf meinen Turm, ich trage hier die Verantwortung ... Warum fragen Sie nicht im Bauamt? Oder beim *Paradiso*-Boss? Schretzmeier hatte dort nicht nur Freunde. Komisch, dass man der Polizei immer sagen muss, was sie tun soll, von allein kommt von euch Uniformträgern anscheinend niemand drauf.« Das war jetzt wieder der überhebliche Provo-Modus vom Anfang.

Umständlich pfriemelte er einen weiteren Zahnstocher aus seiner Turnhose, steckte ihn in seinen Mund und drehte ihnen den Rücken zu. Für ihn war die Unterredung beendet. Mühsam hievte er seine bestimmt 100 Kilogramm nach oben, von wo lautstark der Evergreen »Dolce Vita« von Ryan Paris auf *Radio Bibione* lief. Leidenschaftlich trällerte er mit, als hätte nie eine ernsthafte Unterredung stattgefunden. »We made it down in the dolce vita, wipe all your fears away.«

»Spinner!«, murmelte Conte, ihre Muskulatur war zum Zerspringen angespannt. Ihrer Körperhaltung war unschwer anzusehen, dass sie verärgert war.

Bei Isabelle begann sich ihre erste Abneigung gegenüber Materazzis Assistentin allmählich in Respekt zu verwandeln. Zweifellos hatte sie es in dieser patriarchalisch geprägten Arbeitswelt alles andere als leicht.

»Dieser Strandfeger hat sie doch nicht alle.« Beschwichtigend legte Isabelle ihren Arm auf die Schulter der Italienerin. »Cool down, Ela.«

»Grazie, Isa.« Die beiden Frauen lehnten sich aneinander. Schwaiger registrierte den offensichtlichen Sinneswandel der beiden mit Erleichterung. Halblaut überlegte er: »Wir sollten Roccas Anzeige gegen diesen Bauamtsleiter nachgehen, irgendwo muss es dazu Unterlagen geben.«

»*Wir*?« Conte war noch immer sauer. »*Ich* kümmere mich darum und melde mich wieder, okay? Ihr habt keine Ahnung, wie das mit Unterlagen bei uns aussieht. Wer weiß, in welchem Ordner oder welchem Laufwerk die versackt sind. Wo finde ich euch?«

Schwaiger stieß die Kollegin an. »Wir genehmigen uns einen Mittagssnack an einer strandnahen Imbissbar.«

»Va bene. Übrigens, Servizio müsst ihr am Strand nicht bezahlen, auch wenn es viele in Rechnung stellen. Dezenter Hinweis.«

»Gut zu wissen.« Schwaiger fiel noch etwas ein. »Roccas Alibi wäre sicher auch interessant, ich meine nur ...«

»Reizender Zusatzauftrag, Herr Kollege. Wär ich nie draufgekommen! Wird eine Weile dauern, bis ich mich durchgewühlt habe. Wie wär's morgen Abend mit einem Candlelight-Dinner zum Informationsaustausch?« Sie grinste schief. »Zu dritt ...«

»Geht klar.«

Nachdem die Commissaria weggefahren war und sie allein zurückblieben, murmelte Isabelle halblaut vor sich hin: »Ein Italo-Umweltfuzzi, der mal eben schnell mit dem Flugzeug nach Malle düst, obwohl er nicht mehr der Jüngste ist. Wenn das stimmt, fresse ich einen Besen.«

17

Sie ließen sich auf einer Bank nieder und betrachteten die vorbeifahrenden Vierrad-Mobile, die an jeder Ecke zum Verleih angeboten wurden. Schwaiger hielt den Kopf schief. »Fanatiker wie dieser Rocca können unberechenbar sein. Allerdings wäre mir das hier fast zu einfach ... der erstbeste Verdächtige als Täter.«

»Was wohl an dem Korruptionsvorwurf dran ist?«

Schulterzucken. »Abwarten, was Ela recherchiert.«

Pause. »Hättest du Lust auf eine Tandem-Spritztour? Du musst auch nicht treten.«

»Hm, ein gepflegter Shopping-Abstecher nach Caorle-Downtown wäre mir lieber«, schlug sie vor. »Bei der Gelegenheit könnten wir auch mal schauen, was aus der Künstlervilla unseres letztjährigen Mordopfers geworden ist.«

Für die 42 Kilometer nach Caorle benötigten sie eine knappe Dreiviertelstunde. Ricci Biancos Anwesen im Nobelvorort Duna verde, wo der Poptitan letztes Jahr mit einer Überdosis Natrium-Pentobarbital vergiftet worden war, fanden sie auf Anhieb. Wie es schien, war es unbewohnt. Schwaiger fragte sich, was wohl aus dem fähigen italienischen Kollegen Ricardo Lucci geworden war, mit dem sie damals kooperiert hatten. Er hatte vorgehabt, sich für höhere Aufgaben in Venedig zu bewerben. Schwaiger nahm sich vor, sich bei Ela zu erkundigen.

Während Isabelle in verschiedenen Läden zielsicher die besten Schnäppchen einsammelte, setzte sich Schwaiger auf die Stufen des zentralen Springbrunnens und vergrub sich in eine Sportzeitschrift. Bis vor wenigen Jahren hatte er selbst skurrile Sportarten von Ultimate Frisbee über Gummistiefelweitwurf bis hin zu Fischerstechen im Starnberger See betrieben, bis ihn eine langwierige Knieverletzung außer Gefecht setzte – seitdem beschränkte er sich auf passiven Sportkonsum. Beim Lesen fiel ihm seine langjährige gute Bekannte, die Pathologin Doktor Carola Faltermeier, ein, die er seinerzeit beim Unterwasserhockey im Münchener Olympiabad kennengelernt hatte. Die bizarre, weit über die weiß-blauen Landesgrenzen hinaus geschätzte Pharmakologie-Expertin hatte sich im Kellergeschoss des Uni-Klinikums am Englischen Garten ein One-Woman-Analyselabor eingerichtet und seiner Dienststelle schon oft mit ihrer Expertise ausgeholfen. Sie meldete sich sofort – dem Tonfall nach zu urteilen, hielt sich ihre Begeisterung, in der Mittagspause gestört zu werden, in Grenzen.

»Sie schon wieder, hochgeschätzter Sherlock-Holmes-Nachfolger! Können Sie nicht einfach mal in Ruhe Urlaub machen oder meinetwegen eine Runde Benzos für die Touris schmeißen … oder sich von der holden Weiblichkeit am Urlaubsort ablenken lassen? Wollten Sie nicht Ihre reizende Kollegin besuchen, oder bin ich da falsch informiert?« Gereiztes Schnaufen. »Was gibt's denn so Durchschlagendes am Chianti-Hotspot, dass Sie mir nicht mal meine wohlverdiente Pfirsichpause gönnen?«

Chianti-Hotspot? Pfirsichpause? Schwaiger kannte das Faible der Ärztin für spitze Bemerkungen. Er wusste auch, dass mal wieder eine Obstdiät bei ihr anstand. Die wievielte war das eigentlich? Er kannte sie lange genug, um zu wissen, dass es wichtig war, auf ihren flapsigen Style einzugehen und sich nicht den Schneid abkaufen zu lassen.

»Ihre Pfirsichpause respektiere ich so was von, hochverehrte Frau Doktor …«, fing er an, »und dennoch …«

»Shutten Sie doch up, veräppeln kann ich mich allein!«, fiel sie ihm ins Wort. »Butter bei die Fische. Spucken Sie's aus: Wo drückt Ihr Fake-Turnschuh?«

»Nun, wenn Sie mich so direkt fragen …« Er strich über seine Handynotizen. »Sagen Ihnen die chemischen Substanzen *Gammabutyrolacton* und *Tubocurarin* etwas? Ist Ihnen das schon mal über den Weg gelaufen?«

Sie pfiff durch die Zähne, hüstelte, schmatzte. Schwaiger fragte sich, ob sie wohl gerade einen abgelutschten Pfirsichkern ausspuckte? »Oioioi, mein lieber Doktor Watson, jetzt schlägt's aber 14. Was wollen Sie denn damit? Ihren Nebenbuhler um die Ecke bringen? Ich gebe Ihnen einen wirklich guten Rat: Lassen Sie sich dabei bloß nicht erwischen! Noch besser: Lassen Sie's einfach bleiben!«

»Also verstehe ich Sie richtig: Diese Kombination ist geeignet, einen Menschen zu töten.«

Genüssliches Kauen am anderen Ende der Leitung. »Und wie. Absolut letaler Cocktail. Zuerst flößt man oder frau dem Opfer in einem Getränk das *Gammabutyrolacton* ein – das ist der Fachausdruck für K.-o.-Tropfen, in gewissen Kreisen auch als *GBL* oder *Liquid Ecstasy* bekannt. Das ist noch harmlos. Nach ein paar Minuten, wenn das Opfer alles wie durch Watte erlebt, bekommt er

ganz cool das *Tubocurarin* in den Arm injiziert, das schafft
jeder Blinde mit Krückstock. Für Selbstmörder allerdings
denkbar ungeeignet, da gibt es sanftere Methoden. Hier
haben wir es mit einer Art Hinrichtung der widerlichen
Sorte zu tun. Mit Neurotoxinen erleben Sie Ihren Tod bei
Bewusstsein und mit vollem Schmerzempfinden. Unter
uns, wie kommen Sie da eigentlich drauf?«
»Nun, ein Urlauber hatte das Zeug im Blut. Die Polizia hat seine Leiche in Venedig obduzieren lassen. Wieder
ein B-Promi, ähnlich wie letztes Jahr.«
»Darauf sind Sie ja spezialisiert, mit Nullachtfuffzehn-
Fällen geben Sie sich ja schon lange nicht mehr ab, wie?
Doch Joke beiseite: Sagen Sie bloß, in Ihrem verwunsche-
nen Adria-Kaff läuft einer rum, der mit solchen Mittelchen
hantiert? Das war's dann jetzt aber mit Sonne, Strand und
Sangria. Sie haben es mit einer hochgefährlichen Giftmi-
scherin zu tun, sehen Sie sich vor! Trinken Sie und Ihre
entzückende Kollegin nie, nie, nie einen edlen Tropfen von
jemandem, dem Sie nicht 100-prozentig vertrauen, claro?
K.-o.-Tropfen gibt es an jedem Urlaubsort, doch in dieser
Kombination, das hat durchaus Seltenheitswert.«
»Könnten diese Tropfen eigentlich auch in Essen ein-
gemischt worden sein, zum Beispiel in Pesto?«
»Pesto? Da spricht der Feinschmecker in Ihnen, was?
Passen Sie bloß auf Ihre Linie auf, Schwaiger, sonst gehen
Ihre Chancen bei den hübschen Italienerinnen gegen null!
Doch zu Ihrer Frage: Selbstverständlich kann das Zeug
auch in Essen eingebracht werden, sehr gut sogar, denn
dann fällt der Geschmack noch weniger auf. Pesto würde
sich bestens eignen, wenn Sie mich fragen. Das spräche
vielleicht für eine Frau als Täterin.«

»Braucht es dafür spezielle Kenntnisse?«

»Nicht die Bohne. Außer einer gewissen Grundintelligenz vielleicht. Und Hartherzigkeit oder Hass. Technisch gesehen kann das der dümmste August. Sie müssen ja nur mit dem Opfer zusammen ein Gläschen Chianti trinken oder Pesto essen und ihm dann mit einer Spritze noch ein paar Tröpfchen *Curare* einhämmern, da ist nix dabei.«

Schwaiger schluckte. So ein Mist! Ausgerechnet in seinem Urlaub, wo er sich entspannen und eventuell seiner Lieblingskollegin etwas näherkommen wollte. Doch jetzt waren die Vorzeichen ganz andere, sie durften sich nicht den geringsten Fehler leisten. Vor allem benötigten sie dringend weitere Informationen.

»Sagen Sie, ist es denkbar, dass man sich noch länger bewegen kann, wenn man diesen Giftmix intus hat?«

»Ja, sicher. Zwar mehr schlecht als recht, denn bis sich das Zeug im Organismus verteilt hat, vergehen ein paar Minuten, doch Sie können noch gut 200, 300 Meter zurücklegen. Es beginnt mit Lähmungserscheinungen in den Extremitäten, irgendwann ist die Atemmuskulatur dran – das war's dann. Exitus extrem.«

»Und wo bekommt man solche teuflischen Ingredienzen her? Braucht es dafür eine spezialisierte Bezugsquelle?«

»Ach wo. Leben Sie auf dem Mond, Sie Möchtegern-Columbo? Dafür benötigen Sie noch nicht mal Darknet-Connections, lediglich einen kreativen Decknamen samt Deckadresse – und schon sind Sie mittendrin im Reich des Bösen. Googeln Sie doch mal, wenn Ihnen langweilig ist. *Tubocurarin* wird in der Medizin noch immer als Muskelrelaxans bei Operationen im Bauch- und Thoraxraum verwendet, auch wenn es mittlerweile besser geeignete Substanzen gibt. Es handelt sich um einen chemischen Abkömmling des Pfeilgiftes *Curare*, das vermutlich sogar Ihnen was sagen dürfte. Südamerikanische Lianenarten, zum Beispiel in Venezuela, enthalten eine Reihe alkaloider Gifte, welche von der indigenen Bevölkerung als tödliches Pfeilgift für die Jagd benutzt werden. Wirksam ist das Zeug jedoch nur bei direktem Blutkontakt. *Curare* führt durch die Blockierung des Acetylcholinrezeptors an der postsynaptischen Membran zu einer Muskellähmung. Nacheinander werden die Muskeln in den Beinen und Armen, an Kopf, Rumpf und Brustkorb bewegungsunfähig, der Herzmuskel ist übrigens seltsamerweise nicht betroffen. Der Tod tritt durch Atemstillstand ein. Sie röcheln nach Luft ... und ersticken trotzdem. Weitestgehend intakt bleibt das sonstige zentrale Nervensystem. Immerhin. Aber das nützt Ihnen auch nichts mehr. Und *Liquid Ecstasy* kann Ihnen jeder gut vernetzte Kellner besorgen. Leichter als Kokain. Finden Sie sogar bei den holländischen Versandapotheken, noch nicht mal illegal. War's das?«

»Eine Frage hätte ich noch: Wenn sich das Opfer doch wie in Watte fühlt, fühlt es denn dann überhaupt noch was?«

»Berechtigte Frage. Doch das *Curare* hebt in einer eigenartigen Wechselwirkung den k.-o.-Tropfen-bedingten Wattezustand teilweise auf beziehungsweise verkürzt ihn erheblich. Darüber habe ich neulich einen Artikel im Netz gelesen. Während die eine Wirkung nachlässt, setzt sich sukzessive die andere durch. Somit eine kaltherzige Todesart. Sogar bei mir hartgesottener Pathologin verändert sich davon meine Pfirsichhaut in eine Gänsehaut, und mein Pfirsich schmeckt mir nicht mehr, daran sind jetzt Sie schuld!« Kurzes Hüsteln. »Halten Sie mich auf dem Laufenden und fangen Sie das Schwein, aber seien Sie ultravorsichtig, das müssen Sie mir versprechen!«

Sie redeten noch ein paar Minuten und vereinbarten, telefonisch in Kontakt zu bleiben.

Nach eineinhalb Stunden Powershopping kam Isabelle zurück. »Du kannst sagen, was du willst, aber mir gefällt's hier fast besser als drüben in Bibione«, verkündete sie. »Die Atmosphäre ist feinstädtisch … jedoch sind die Preise sehr grenzwertig.« Sie kühlte ihre Arme im Brunnenwasser und bot ihm Amarettini-Mandelplätzchen an, die sie in einer Confetteria gekauft hatte. Kumpelhaft legte Sigi seinen Arm um ihre Taille. Während sie durch den Ort bummelten, klärte er sie über sein Gespräch mit Doktor Faltermeier auf. Sie blieb erschrocken stehen. Die Parallelen zu ihrem letztjährigen Fall waren offensichtlich, allerdings ging es hier noch einen Schritt weiter. Trotz der Temperaturen fröstelte sie plötzlich.

Am Porto Santa Margherita, dem eindrucksvollen Jachthafen, wo die Boote der Superreichen lagen, stach ihnen eine prahlerisch-bunte Bautafel ins Auge. Ansprechpartner: »Project B. immobiliare società di costruzioni Srl.«
»Das ist doch Schretzmeiers Bauunternehmen. Oder habe ich was am Auge?«
»Wie es aussieht, beherrscht der Typ den kompletten Markt an der Oberen Adria. Hauptsitz Jesolo. Nobel, nobel.«

»Zieh dir diese Horrorpreise rein! Wer, bitte schön, kauft denn zu diesen Konditionen?«

»Russische oder ukrainische Oligarchen zum Beispiel.« Schwaiger verzog das Gesicht. »Je exklusiver, umso attraktiver. Brief und Siegel, dass die Firma problemlos Investoren findet, die sitzen auf ihrem Geldspeicher wie der alte Dagobert.«

»Jetzt, wo Schretzmeier nicht mehr lebt ...?«

»Würde mich gar nicht wundern, wenn diese Organisation eine Geldwaschanlage wäre.«

»Wie meinst du das?«

»Na, Schwarzkapital aus Schutzgeldern, Drogen, Prostitution, Waffenschiebereien, Migrantentransporten. Organisationen dieser Größenordnung haben oft mehrere Standbeine, auch zweifelhafte – Stichwort Berlusconi.«

Für die Rückfahrt nahmen sie die kleinen Sträßchen durch die zauberhafte Schilfregion der Flüsse Tagliamento und Livenza, die das Vallevecchia-Naturschutzgebiet mit seinen unzähligen Kanälen und schilfgedeckten Fischerhütten begrenzten. Zwischendurch hielten sie an einer wackeligen Strandbude und genehmigten sich zwei Portionen Spaghetti Pomodoro mit einem allerdings lauwarmen und viel zu süßen Chianti.

Zurück in der *Villa Sophia*, machten sie sich ans Entrümpeln. Während der vierstündigen Aufräumaktion stapelten sie alles, was nicht niet- und nagelfest war, vor der Gartentür.

»Sobald der Wertstoffhof öffnet, bringe ich alles weg«, kündigte Schwaiger vollmundig an, »dann sieht es hier wieder manierlich aus, den Rest schaffe ich ein andermal weg.« Jetzt hatte er sich ein ausgiebiges Hängemattenpäuschen verdient.

Isabelle legte sich bäuchlings im Bikini auf ein Handtuch am Boden. »Könntest du mir den Rücken eincremen? Ich will nicht mit so einem Sonnenbrand herumlaufen wie du.«

Wer konnte da Nein sagen? Flugs schwang er sich wieder aus der Hängematte, kniete sich neben sie und verteilte die ölige Flüssigkeit auf ihrem Rücken. Genüsslich massierte er alles in die noch blasse Haut ein. Als er sich zu ihren Schulterblättern vortastete, hatten sich die kreisenden Handbewegungen längst zu einem sanften Streichen verändert – sie schüttelte ihr halblanges Braunhaar zur Seite, um die Rückenfläche zu vergrößern. Hmm, wie angenehm das war!

Ausgerechnet jetzt brausten draußen zwei Streifenwagen mit Blaulicht und Sirene vorbei. Schwaiger unterbrach die Massage, spähte gespannt durch die Hecke. Doch da waren die Autos schon wieder verschwunden.

»War das Ela?«, erkundigte sich Isabelle und stützte sich auf die Ellbogen.

Schulterzucken. »War nicht zu erkennen.«

Irgendwie war die Stimmung dahin, Schwaiger zog sich wieder in die Hängematte zurück, während Isabelle im Haus verschwand, um eine Tüte Knabberstangen zu holen. Nach einiger Zeit dösten sie beide ein. Gegen 20 Uhr wurden sie von einem lästigen Romeo geweckt, der laut miauend eine opulente Abendportion einforderte. Das Tier ließ sie keinen Moment aus den Augen, selbst nicht, als es mit der Schnauze über dem Napf hing. Wer hatte ihn wohl bisher versorgt? Was würde nur aus ihm werden, wenn sie wieder abreisten?

Nachts machte der Kater es sich wie selbstverständlich

bei Isabelle am Bettfußende gemütlich. Wenn sie schlief, wagte er sich immer weiter nach oben, bis er neben ihrem Hinterkopf lag und sich anschmiegen konnte – so ließ es sich aushalten.

18

Kriminalpolizeiinspektion Starnberg-Fünfseenland

»Zehn Mille Immobilienvermögen plus Banksafe bei der Landesbank Liechtenstein ... Wenn das mal kein erstklassiges Mordmotiv ist! Da gab's garantiert den einen oder anderen Neider.« Rico Renner, überregional geschätzter Rechercheexperte der bayerischen Oberlandkripo, war beeindruckt. Seit gut einer Stunde durchstöberte er elektronische Akten von Nachlassgerichten, Grundbuchämtern und Meldebehörden und fahndete im Netz nach biografischen Eckdaten des Mordopfers. Ihm blieb für gewöhnlich nichts verborgen – immer wenn Backgroundinfos über Verdächtige oder Tatopfer zusammengetragen werden mussten, wurde Renner konsultiert. Seiner Erfahrung nach lag der Schlüssel für so manchen ungelösten Mordfall in den persönlichen Lebensumständen der Opfer verborgen.

Je länger er forschte, umso mehr verfestigte sich sein Bild: Georg Schretzmeier war höchst profitablen Finanzgeschäften nachgegangen, teilweise an der Grenze zur Legalität, speziell an schnell wachsenden internationalen Hotspots wie Gran Canaria, Cala Rajada oder Malaga. Seit drei Jahren war die Obere Adria sein bevorzugtes Revier. Auch sein politischer Einfluss schien recht weit zu reichen. Klar, damit machte man sich nicht nur Freunde. Übers Ohr gehauene Ex-Grundstückseigentümer, neidische Konkurrenten, geprellte Handwerker, auch abgewiesene Verehrerinnen – da waren x Motive denkbar. Auffällig zudem: Mehrmals war er mit dem Finanzamt aneinandergeraten. Einmal hatte er fünfstellige Betriebseinnahmen hinterzogen, ein anderes Mal für den Umsatzsteuervorsteuerabzug Fake-Rechnungen eingereicht – laut Staatsanwaltschaft beliefen sich die hinterzogenen Steuern auf schlappe 450.000 Euro, die er 2019 samt Zinsen per Strafbefehl nachentrichten musste. Außerdem war er einmal wegen Kokainkonsums knapp am Gefängnis vorbeigeschrammt. Die verhängte Geldstrafe war ein Witz, Kategorie Portokasse. Renner wunderte sich immer wieder über manche Gerichtsurteile – zweifellos hatte Schretzmeier einen Top-Rechtsverdreher beschäftigt gehabt. Er öffnete *Skype*, wählte sich bei Schwaiger ein. Dieser ging sofort ran.

»Na, genießt ihr euren Urlaub auch schön«, stichelte Renner, »während andere im Schnürlregen darben müssen?«

»Du machst Witze! Wir sitzen hier buchstäblich auf Kohlen ... Ist das Wetter am Starnberger See wirklich so schaurig?«

»Seit Tagen. Habt ihr denn wirklich Sonne?«

»Das willst du gar nicht wissen ... schau mal!« Er machte mit seinem Handy einen 360-Grad-Video-Rundumschwenk.

»Glückspilz! Du machst mich neidisch.«

»Na ja. Nebenwirkung Sonnenbrand. Tut echt weh.«

»Jammern auf hohem Niveau. Lass dich doch von deiner Mitbewohnerin eincremen … und jetzt soll ich euch ermittlungsmäßig retten, oder wie?«

Schwaiger atmete tief durch. »Hast du was Spannendes für uns?«

»Wie man's nimmt …« Zögern. »Ruf Isabelle her, damit ich nicht alles zweimal ausspucken muss.«

»Sie macht gerade ein paar Schuhläden unsicher. Ah, jetzt sehe ich sie.« Er gab ihr ein Zeichen und setzte sich auf eine Bank neben der Piazza Fontana mit den Wasserfontänen – abends überboten sich hier Artisten und Waveboarder mit Kunststücken, Afrikaner vertickten Leuchtballons. Inzwischen war Isabelle hinzugekommen, sie winkte ins Display.

»Steuertricksereien interessieren euch vermutlich weniger … zumal die schon ein paar Jährchen zurückliegen.«

»Das ist doch sicher nicht alles, oder?«

»Strafrechtlich gesehen schon. Dealerei war nie nachzuweisen.«

»Shit!«, machte sich Isabelle Luft. Insgeheim hatte sie gehofft, Renners Recherchen würden ihnen ein Mordmotiv frei Haus liefern. Oder kam da noch was?

»Ein paar soft facts: Immobilienvermögen, Schätzwert rund zehn Mille, verteilt auf mehrere Luxuswohnungen im Münchner Süden. Man kann ihn guten Gewissens als Promi-Agenten für Nobelferienvillen bezeichnen.«

»Und sonst? Schieß schon los!«

»Banklehre bei der Stadtsparkasse, abgeschlossen als Landkreisbester. Danach Bilderbuchkarriere: Kundenbetreuer, Fondsmanager, Bereichsleiter. Dann zündete der Erfolgsturbo: selbstständiger Auslandsimmobilienvermittler für halb Europa. Auffällig: hohe Bargeldeinzahlungen und -abhebungen: mal 5.000, mal 8.000 Euro. Aber nie fünfstellig, denn dann verlangen die Banken ein Geldwäscheformular, das wollte er umgehen. Dennoch auffällig. Wer glaubt, dass Immohaie ehrlich zu ihren Kunden sind, der glaubt auch, dass Zitronenfalter Zitronen falten.« Trotz allem musste Schwaiger lachen. »Top recherchiert! Jetzt müssen wir nur noch rausfinden, wem er zuletzt auf den Schlips getreten ist. Denn hier hat er offensichtlich seinen Meister gefunden.«

»Eine Sache noch: In Vaduz existiert ein Konto auf seinen Namen. In einer Promi-Bank.«

»Liechtenstein? Das überrascht mich jetzt nicht wirklich. Wie hast du das rausgefunden?«

»Betriebsgeheimnis. Private Kontakte. Ich kenne dort ein paar interessante Leute.«

Isabelle und Sigi warfen sich Blicke zu. Zu was für Leuten hatte ihr geschätzter Kollege denn Connections?

»Und?«

»Da hab selbst ich nicht ohne Weiteres Zugriff. Im Fürstentum gilt ja das Schweizer Bankgeheimnis, aber ich hefte mich dran, grundsätzlich lässt sich jedes Konto knacken … sofern man die richtigen Leute kennt.«

»Und du kennst die?«

»Wie gesagt: Betriebsgeheimnis.«

»Dann knack dich gern durch, Rico. Unseren Segen hast du!«

»Auch den von Oberrat Baptist?« Renner zauderte etwas. »Ich mein nur … nicht, dass wir da zu invasiv vorgehen! Mir liegt kein offizielles Amtshilfegesuch aus Italien vor … oder ist mir da was durchgerutscht?« Er zog eine Augenbraue hoch.

Die Fahnder zogen die Stirn kraus. »Unter uns: Da wird erst mal auch nix kommen … technische Gründe.«

»Hey, ihr wisst aber schon, dass ich meinen Allerwertesten riskiere. Sagt bloß, ihr wurstelt auf eigene Faust?«

»Reg dich ab! Wir kooperieren mit der Mordkommission, Commissaria Conte bearbeitet den Fall. Mit Formularen ist man hier nicht so fix, du weißt doch, wie die Italiener sind.«

»Weiß der Staatsanwalt das auch?«

»Komm schon, bei Mord ist Gefahr im Verzug«, beruhigte Schwaiger, doch ganz wohl war ihm nicht. Sie mussten dringend mit Ela reden, notfalls musste sie das Amtshilfe-Formular selbst unterzeichnen, hier ging es um mehr als um territoriale Animositäten. Ein Mensch war ermordet worden, und zwar nicht irgendeiner, da stand schön öffentliches Interesse dahinter … und der Täter lief im Urlaubsparadies frei herum. Ein unhaltbarer Zustand.

»Wissen wir, wer das Vermögen erbt?«

»No testamente. Jedenfalls nicht beim Münchner Nachlassgericht. Keine Eltern, keine Geschwister, keine Kinder. Super Partie.« Er machte eine bedeutungsvolle Pause, steckte sich ein Salzbonbon in den Mund und holte tief Luft. »Allerdings bin ich da noch auf einen Namen gestoßen: Melanie Stöckl. Eventuell eine Vertraute oder Verflossene, was weiß ich … Vollmacht für das Konto in Vaduz hat sie allerdings keine, wenn ich das richtig sehe.«

Schwaiger und Isabelle bekamen Stielohren. »Stöckl? Die ist seine Büroleiterin hier in Bibione. Aber sie hat keinen Zugriff, sagst du?«

»Korrekt. Doch wer die Onlinedaten kennt, kann die

Kohle überallhin transferieren. Fühlt dem Mädel mal auf den Zahn!«

Hatte die unscheinbar wirkende Frau Stöckl mit dem urbayerischen Akzent was zu verbergen? Isabelle hielt den Kopf schief – bei ihr ein Zeichen höchster Aufmerksamkeit. Sie mussten unbedingt nochmals in die Agenzia!

»Privatleben?«, hakte Schwaiger nach.

»Laut Zulassungsbehörde ein Faible für teure Autos. Dazu häufig wechselnde Weibergeschichten ... sorry, Damenbekanntschaften.«

»Letzteres wussten wir schon«, gab Isabelle trocken zurück.

»Ach? Und mich lasst ihr ackern wie einen Ackergaul! Warum find ich das wohl unfair?«

Schwaiger schmunzelte. »Du hast uns sehr geholfen, Rico! Ganz lieben Dank! Und Grüße an alle! Bis zum Oktoberfest!«

»Okidoki. Vergiss nicht meinen Wies'n-Gutschein!«

»Geht klar. Ein Schwaiger, ein Wort.«

Der Hauptkommissar tippte auf die Stopp-Taste, schmunzelnd wandte er sich Isabelle zu. »Ich stelle mir grade vor, wie er das mit den Damenbekanntschaften rausgefunden hat. Dem ist es zuzutrauen, dass er inkognito Ex-Kolleginnen aus Schretzmeiers Sparkassenzeit hinterhertelefoniert hat ... und hattest du eine Ahnung, dass er Privatkontakte ins Fürstentum unterhält?«

»Manchmal ist es besser, wenn man nicht alles weiß ...«

Schwaiger schaute leicht irritiert. »Jedenfalls haben wir jetzt einige Anhaltspunkte. Lass uns gleich Ela beim venezianischen Candle-Light-Dinner updaten! Vielleicht hat sie auch was rausgefunden, was uns weiterhilft!«

»Irgendwie habe ich keinen Appetit auf venezianisch.«
Schwaiger wischte die Bemerkung mit einer Handbewegung weg. »Ohne Ela können wir einpacken. Wenn du nicht willst, treffe ich sie halt allein.«

»Untersteh dich! Jemand muss doch auf dich aufpassen.«

18

Spezialitätenrestaurant La Colombina, außerhalb
von Bibione an der Landstraße nach Latisana, gegen
18 Uhr

»Für morgen habe ich uns einen Termin im Bauamt Latisana gemacht. Und beim Bauträger-Vorstandsboss Signor Bianchi bekommen wir eine Privataudienz. Zu viel
der Ehre.«

Ela Conte, wieder geschmackvoll ausstaffiert – und
damit im strengen Kontrast zu Schwaiger, der als einziger Gast in kurzer Hose am Tisch saß – legte ihre *Vuit-
ton*-Handtasche auf den Tisch und griff nach der Speisen-
karte. Schwaiger war kurz irritiert, wie die Italienerin sich
als kleine Ermittlerin diese nicht ganz billigen Accessoires
leisten konnte, aber er schob den Gedanken beiseite. In
wenigen Worten setzte er sie über sein Gespräch mit der
Drogenexpertin Doktor Faltermeier in Kenntnis.

»Übrigens: Was eure deutsche *Ecstasy*-Tote angeht,
muss ich euch enttäuschen. Wir hatten eine Softwareum-
stellung, dabei sind Datensätze auf Nimmerwiedersehen
verschwunden, ein Kollege arbeitet an der Wiederherstel-
lung.« Sie zuckte die Schultern. »Darf eigentlich nicht passieren, ich weiß.«

»Vielleicht ist es ja nicht so wichtig.«

»Ich bleibe dran.« Sie bestellten als Vorspeise die venezianische Spezialität Chicheti mit Baccalà Mantecato für drei – also cremigen Stockfisch und gebratene Polenta – sowie eine große Flasche Chianti. Rasch brachten Schwaiger und Isabelle die Kollegin mit Renners Recherche-Erkenntnissen auf den neuesten Stand. Als sie Schretzmeiers Liechtenstein-Connections erwähnten, huschte ein Schatten über Contes Gesicht.

»Darüber wollte ich sowieso mit euch sprechen.« Sie blies sich eine Locke aus dem Gesicht und hauchte in verschwörerischem Tonfall: »Diese Angestellte aus Schretzmeiers Agenzia kam mir bei unserer polizeilichen Erstbefragung komisch vor. Allerdings gibt es einen Haken: ein hieb- und stichfestes Alibi.«

Da klingelte Isabelles Handy. Wie der Zufall es wollte: Melanie Stöckl war am Apparat.

»Wenn man vom Teufel spricht …«, murmelte sie, während sie das Mikrofon zuhielt.

Wie sich herausstellte, hatte die Agenzia-Assistentin ein passendes Luxusangebot aufgetan, das sie den neureichen Neumüllers präsentieren wollte. Über den Preis mochte sie am Telefon nichts verraten.

»Prima … dann sehen wir uns morgen um 12 Uhr. Vielen Dank, dass Sie an uns gedacht haben, Frau Stöckl«, schleimte Isabelle Martin alias Beatrice Neumüller. In knappen Worten klärten sie Ela auf, was es damit auf sich hatte.

»Verquatscht euch bloß nicht! Bleibt unbedingt bei eurer ursprünglichen Story, dass ihr langjährige Schretzmeier-Kumpels seid«, riet sie. »Die Agenzia wäre ein gemachtes Nest für sie, der Kundenstamm steht ja. Klasse Motiv.«

»Du hast vorhin von einem Alibi gesprochen …«

»Sie saß an besagtem Sonntagmorgen friedlich in einer Strandbar und hat gefrühstückt, sie wurde dort gesehen. Daran ist eigentlich nichts zu rütteln.«

»Eigentlich?«

»Die Bedienung schwört Stein und Bein … und ich halte sie für glaubwürdig. Ich kann mir unmöglich vorstellen, dass sie bestochen war. Die Stöckl kann ja nicht an zwei Orten gleichzeitig gewesen sein, wenn sie keine Heilige ist.«

»Hm, vielleicht nicht bestochen. Aber eventuell waren die beiden miteinander bekannt, und die Bedienung konnte Schretzmeier selbst nicht leiden. Win-win.«

»Nicht auszuschließen. Aber doch unwahrscheinlich. Und unterschreibt bloß nichts! Unser Hauptproblem in Italien ist die organisierte Kriminalität, da mischen Strohmänner und -frauen mit, das könnt ihr euch gar nicht vorstellen, auch aus Deutschland. Die Mafiosi sitzen überall und nirgends. Niemand weiß, wo, das reicht bis in den Justiz- und Polizeiapparat hinein.«

»So könnte ich echt nicht arbeiten«, bedauerte Isabelle ihre Kollegin, »da weiß man ja nie, ob der Kollege, mit dem man eingeteilt ist, sauber ist.«

Conte blickte sich nach allen Seiten um, dann wisperte sie aufgeregt: »Damit ihr gleich alles wisst: Gegen Materazzi wurde intern schon mal ermittelt. Unter uns: Ich traue dem schon lange nicht mehr. Vielleicht versteht ihr jetzt noch besser, warum ich ihn aus diesem Fall raushaben will. Aber kein Wort zu jemandem!«

Einerseits fand Isabelle Elas Outfit auch heute wieder too much, andererseits wurde ihr die Kollegin mit jedem

Treffen sympathischer. Die vitale Italienerin erschien ihr hochprofessionell und wollte – allen Widerständen zum Trotz – in ihrem Patriarchenumfeld etwas reißen. Das imponierte ihr.

»Also, ich hole euch morgen gegen 11 Uhr ab. Seht zu, dass ihr ausgeschlafen seid … und zieht euch bitte ordentlich an!«

Conte deutete auf Schwaiger, der die Nachspeisenkarte studierte, sich aber nicht entscheiden konnte. Den Seitenhieb schien er gar nicht auf sich bezogen zu haben.

»Was denkt die denn von uns!«, beschwerte er sich bei seiner Kollegin, als sich die Wege getrennt hatten und sie zur *Villa Sophia* zurückgingen. »Als ob wir Grattler wären.«

»Vermutlich meinte sie nicht uns beide, sondern nur einen. Den mit der langen Leitung.«

Auf Schwaigers Gesicht stand ein großes Fragezeichen.

19

Municipio di Latisana, uffizio edifici (Bauamt Hoch- und Tiefbau)

Giovanni Barbieri thronte selbstbewusst hinter seinem Schreibtisch wie der Vorstandsvorsitzende eines Global Players, dabei war er aufgrund seiner geringen Körpergröße kaum in der Lage, über die Tischplatte zu blicken. Sein Büro bestand nur aus dem Echtholzschreibtisch, der fast zwei Drittel des Raumes einnahm, sowie einem weißen runden Besprechungstischchen und zwei Plastikstühlen. An den Wänden hingen Schals und Fotografien seiner Lieblingsclubs *Udinese Calcio* aus der Seria A und *Venezia FC* aus der Seria B.

Ein Mini-Machtbündel, folgerte Isabelle Martin. Aber von der Selbstsicherheit eines Matteo Salvini.

»Keiner, der in der Umgebung ein Hotel oder Ähnliches plant, kommt an ihm vorbei«, hatte Raffaela Conte sie aufgeklärt. »Da läuft in Italien viel über großzügige Trinkgelder, Realisten nennen es Bestechung.«

Der Bauamtsleiter saß stocksteif und blickte haarscharf an seinen Besuchern vorbei. Schwaiger, der seine einzige lange Hose aus dem Urlaubsgepäck angezogen hatte, fand, dass Barbieri für seinen Behördenalltag auffallend schick gekleidet war. Braune Wildlederschuhe sowie eine elegante Stoffhose mit *Gucci*-Gürtel kontrastierten perfekt mit einem azurblauen Nobelmarken-Leinenhemd, der oberste Knopf stand offen. An seinen Händen glänzten Ringe. Barbieri sah aus, als wäre er der *Men's Vogue* entsprungen.

»Was führt Sie hierher, miei gentiluomini?«

Hat sich was mit Herrschaften, wenn ich mir dich so ansehe! Schwaiger musste innerlich grinsen, verkniff sich aber eine spitze Bemerkung.

Raffaela Conte machte den Anfang: »Sie haben die Ferienanlage *Villaggio El Paradiso* genehmigt, é giusto?«

Er nickte und wusste sofort, worum es ging. »Perché? Wieso fragen Sie?«

»Nun, der Vermittler, der die Wohnungen verkauft hatte, wurde Opfer eines Gewaltverbrechens – sicherlich kannten Sie ihn.«

Er knetete gedankenverloren seine Hände. »Natürlich, ich war mit Herrn Schretzmeier bekannt. Schreckliche Sache!« Er begann zu schwitzen, sein Kopf verfärbte sich leicht ins Rötliche. »Aber ich verstehe nicht ganz, weshalb Sie da zu mir kommen?«

Du Fuchs, dachte Isabelle Martin. Sie war sich sicher, dass Barbieri mit gezinkten Karten spielte.

»Reine Routine.« Conte versuchte ein unverbindliches Lächeln. »Wann haben Sie ihn zuletzt gesehen?«

Er tat so, als müsste er scharf nachdenken. »Warten Sie … das war vor ungefähr drei bis vier Wochen. Wir saßen in der Mittagspause auf ein Bier zusammen, im *Cokany*.«

»Ging es dabei um etwas Bestimmtes?«

»Nein. Das *Paradiso* ist inzwischen fast fertiggestellt, das wollte er mir mitteilen … und sich für die Kooperation bedanken.«

»Sonst nichts?«

»Nein, wir haben nur geredet und philosophiert. Über Gott und die Welt.«

Ach, herrje! Schwaiger verdrehte die Augen. Ausgerechnet diese Flachpfeife warf mit pompösen Begriffen um sich – die antiken Weisheitsgelehrten hätten sich vermutlich im Grabe umgedreht!

»Was war denn das Resultat Ihrer … ›philosophischen Betrachtungen‹?«, hakte Schwaiger nicht ohne Ironie nach.

»Wieso interessiert Sie das? Nun, Schretzmeier erwähnte beiläufig, dass er sich in zwei, drei Jahren zur Ruhe setzen wollte. Dabei war er ja noch gar nicht in dem Alter, wo man über so was nachdenkt.«

Conte bohrte weiter: »Philosophierten Sie auch über neue Projekte?« Schwaiger musste schmunzeln, dass auch Ela den Begriff spöttisch aufgriff.

»Schon. *Project B. immobiliare* hat einiges in der Pipeline … Schretzmeier sollte sich um den Vertrieb kümmern.«

»Haben Sie sich öfters privat getroffen?«

»No, wir sind … äh, waren nicht so dick befreundet, falls Sie das meinen. Aber das Bauprojekt hatte sich lange hingezogen gehabt, und deshalb …«

»Hatten Sie danach nochmals Kontakt?«

»Nein.«

»Hm. Angeblich gab es im Vorfeld Probleme mit der Baugenehmigung im Naturschutzreservat.«

Isabelle fiel auf, dass Ela sich extrem weit vorbeugte, sodass Barbieri in ihr Dekolleté sehen konnte. Psychologie? Indem sie ihm derart auf die Pelle rückte, verringerte sie den Abstand zu ihrem Gesprächspartner … und damit auch die Distanz. Anscheinend genoss ihr Gegenüber die Annäherung, er stierte regelrecht auf ihren Busen, zog sie mit den Augen aus. »Ich kann Sie komplett beruhigen, da war nichts von Belang. *Immobiliare società* ist uns seit Langem bestens bekannt. Völlig seriös, ich kann das beurteilen.«

Der Bauamtsleiter spielte den Mann von Welt, gleichzeitig zog er Ela förmlich mit den Augen aus. Isabelle hätte indes einiges darauf verwettet, dass er ein windiges Bürschchen war. Jetzt fasste Ela sich sogar noch spielerisch an ihren Ohrring, Barbieri bekam Schnappatmung. Trotzdem kamen ihre Fragen punktgenau: »Aber es war doch ein *riserva naturale*. Wie läuft denn so was mit der Ausweisung als Bauland?«

»Bei Bauprojekten muss immer ein Teil des Baumbestandes weichen, ganz lässt sich das nie vermeiden. Aber hier wurde sehr bestandschonend projektiert.«

Joviales Lächeln mit Augenblingbling – jetzt flirtete dieses Ekelpaket doch allen Ernstes mit der Commissaria. Hatte Ela ihr Spielchen etwas übertrieben? Jedenfalls ruderte sie jetzt zurück, setzte sich kerzengerade hin, als hätte sie einen Stock verschluckt. Barbieri war vollends verunsichert, begann zu schwitzen. Fühlte er sich durch das Hin und Her in die Enge getrieben? Plagte ihn ein schlechtes Gewissen?

»Ein paar Umweltaktivisten sahen das aber anders.«

»Unverbesserliche selbsternannte Klimaretter.«

Schwaiger schaltete sich ein. »Es gab mal eine Demo hier vor dem Bauamt. Und eine Anzeige gegen Sie – der Vorwurf lautete auf ›corruzione‹. Demnach hätten Sie die Baugenehmigung im Gegenzug zu einer ›Provisionszahlung‹ erteilt?«

Ihr Gegenüber wurde puterrot. »Und so einen Unfug glauben Sie? Die Anzeige wurde aufgenommen und eingestellt, weil nichts dran war. Mir ist zudem schleierhaft, was das die ausländische Polizei angeht!«

Die ausländische Polizei – war da wieder diese latente Fremdenfeindlichkeit? Das Fahndertrio glaubte kein Wort, Barbieris extreme Körperspannung und seine angespannte Mimik sprachen Bände.

»Sie hätten doch Gegenanzeige wegen übler Nachrede erstatten können«, gab Conte bedächtig zurück.

Saturiertes Lachen. »Unter meinem Niveau. Jeder weiß, dass sich diese Aktivisten ihre eigene Welt zurechtbasteln. Ihre Kollegen mussten doch immer wieder die Baustelle räumen. Solche Leute erkennen Gesetze und Staatsmacht nicht an. Gottlob gab es keine Verletzten. Finito!«

Conte reichte das Rumgeeiere. »Schmiergeldzahlungen interessieren uns von der Mordkommission nicht. Vielleicht ging es ja nur um kleinere Beträge, das könnten wir vergessen … sofern Sie kooperativ sind. Frage: Wurde Schretzmeier erpresst? Oder gar *Sie*?«

Erregt sprang er auf, sein Gesicht verfärbte sich rot. »Jetzt reicht es! Was wollen Sie mir anhängen?«

Er nahm wieder Platz. »Nochmals zum Mitschreiben: Nach allen uns vorliegenden Unterlagen und unabhängigen Expertisen unserer vereidigten Sachverständigen ist alles korrekt vonstattengegangen. Vom Bau-TÜV abgenommen.«

»*Einheimische* Sachverständige?«, mischte sich Isabelle Martin ein. »Ich meine nur, weil …«

Er fuhr ihr grob über den Mund. »Was denken Sie denn von Italien? Dass wir das nicht selber können? Oder lassen Sie in Deutschland Ihre Baustellen von ausländischen Sachverständigen begutachten? Die kennen doch gar nicht alle landesrechtlichen Besonderheiten Ihres schönen Landes.« Blasiertes Lachen. Die Kommissare konnten jede einzelne goldene Zahnkrone sehen.

Conte stand unvermittelt auf.»Gut, das war's. Kann aber sein, dass wir nochmals auf Sie zukommen, bei Mord lassen wir nicht locker.«

Die Erleichterung stand ihm ins Gesicht geschrieben. »Mit dem größten Vergnügen, Signorina Commissaria. Sie sind mir immer willkommen, wir können uns auch gern mal privat treffen. Darf ich fragen, wer Ihr Vorgesetzter ist?« Er warf Raffaela Conte einen schmalzigen Handkuss zu, den diese mit einem verächtlichen Blick quittierte. »No.«

Nachdem sie das Verwaltungsgebäude verlassen hatten und im Einsatzfahrzeug saßen, schimpfte die Commissaria wie ein Rohrspatz:»Es kostet ihn nur einen Anruf herauszufinden, dass Materazzi mein Boss ist. Wenn der spitzkriegt, dass wir ohne sein Wissen bei Barbieri waren, war's das. Ich bin erledigt.«

»Unsinn!«, beschwichtigte Isabelle,»das war nur ein Versuchsballon, um dich einzuschüchtern. Du hast genau richtig reagiert, Ela. Er wird den Teufel tun zu telefonieren.«

»Soll er mich halt hinhängen. Jede Wette, dass da was gelaufen ist, was wir nicht wissen dürfen. Die alte Geschichte: Macht korrumpiert. Aber der kriegt uns nicht mehr los.«

»Die Frage ist nur, ob es einen Zusammenhang mit dem Mord gibt«, warnte Schwaiger.»Wir dürfen uns nicht voreilig auf jemanden einschießen, nur weil er korrupt ist.«

»Auf jeden Fall war das ein Paradebeispiel, wie patriarchalisch Italien durchorganisiert ist. Da sind wir meilenweit von euch entfernt.«

Isabelle legte der aufgebrachten Kollegin eine Hand auf den Unterarm. »Das Gespräch hätte in Starnberg oder Rosenheim ganz ähnlich verlaufen können, du hast ihn aus der Reserve gelockt. Der hat was ...«

»Grazie. Für Materazzi bin ich nur eine verbeamtete Hobbynutte, die springen soll, wie es ihm in den Kram passt. Meine Mutter hatte ein Schild in der Küche hängen: »It's hard to be a woman. You must think like a man, act like a lady, look like a young girl and work like a horse.«

Isabelle klatschte sich mit der Italienerin ab. »Wenn du willst, komm doch heute Abend zur *Villa Sophia*. Dann erzählen wir dir auch, wie unser Treffen mit Melanie Stöckl gelaufen ist. Wir sehen sie gleich.«

»Gern. Bis dahin habe ich hoffentlich meinen Aktenstau aufgearbeitet und meinen Ärger eingefangen.«

»Bis gleich. Ich gönne mir jetzt einen ausgiebigen Strandlauf und ein paar Schwimmzüge im Meer, dafür bin ich ja mal hergekommen.«

»Mach das, vergiss nur nicht, dass da noch ein Mörder rumläuft ... meine Intuition sagt mir, dass es nicht bei dem einen Todesfall bleibt.«

20

Barbieri schaute den Besuchern durch die Fensterfront nach. Als sie weggefahren waren, schloss er sich im Büro ein, schaltete seinen PC aus und legte die Füße samt Schuhen auf den Schreibtisch – so konnte er am besten nachdenken.

Ob diese Commissaria und diese beiden deutschen Ermittlerfiguren wohl zufrieden waren mit dem, was er von sich gegeben hatte? Gerade diese Raffaela Conte schien ein gerissenes Luder zu sein, die war definitiv nicht auf den Kopf gefallen. Und heiß war die, Donnerwetter! Vor allem machte sie nicht den Eindruck, als ob sie sich billig über den Tisch ziehen lassen würde. Doch was hätte er anderes sagen sollen?

Warum zum Geier hatte dieser Schretzmeier auch so hoch hinausgewollt? Hätte der nicht einfach Ruhe geben können? Sie hatten doch auch so schon eine ganze Menge zusammen bewegt und haufenweise Extra-Kohle nebenher generiert. Aber dieser Nimmersatt musste ja unbedingt das ganz große Rad drehen, bis … ja, bis … Nicht genug, dass Schretzmeier sein eigenes Leben riskierte. Nein, er brachte posthum auch noch andere in Gefahr. Zu allem Überfluss schnüffelte jetzt die Polizei bei ihm herum, das konnte er am allerwenigsten brauchen. Wer konnte schon wissen, was für Quellen die hatten?

Er suchte die Waschräume auf und zog sich eine kleine Prise weißes Pulver durch die Nase. Ah, das tat gut! In dieser Sekunde ploppte eine E-Mail auf seinem Smartphone auf …

21

Die Fahnder nahmen den Besichtigungstermin mit Melanie Stöckl wahr, konnten aber nichts in Erfahrung bringen, was sie nicht schon gewusst hatten. Den Nachmittag verbrachten sie entspannt im schattigen Garten, kühlten sich gegenseitig ihre Sonnenbrände mit Eiswürfeln und verwöhnten Romeo, der ihnen nicht von der Seite wich. Um seinen Durst zu stillen, schlich er ins Badezimmer und schlabberte zu Isabelles Entsetzen Wasser aus der Toilette, den extra aufgefüllten Wassernapf indes ließ er links liegen.

Als Ela abends vor dem Gartentürchen stand, war sie wieder chic gekleidet, sah aber erschöpft aus – sie hatte einen anstrengenden Bürotag hinter sich.

»Gibt's was Neues?«, erkundigte sich Isabelle.

»Leider nein.« Conte schüttelte den Kopf. »Und bei euch? Seid ihr mit Schretzmeiers Assistentin weitergekommen?«

»Nein. Sie hat uns maßlos überteuerte Nobelvillen angeboten. Wir haben trotzdem erst mal Interesse signalisiert, um in Kontakt zu bleiben. Wir werden das Gefühl nicht los, dass sie seine Geliebte war. Und sie hat erwähnt, dass ihre Tochter bei einem tragischen Autounfall ums Leben kam – also ist sie nicht die Mutter unserer *Liquid Ecstasy*-Toten. Das Rachemotiv würde somit wegfallen. Bliebe allenfalls noch das Eifersuchtsmotiv.«

»Falls die Rührstory mit dem Autocrash stimmt … das werde ich nachprüfen.« Ela machte eine Notiz auf ihrem Smartphone, klopfte Isabelle anerkennend auf den Arm.

Isabelle überlegte laut. »Wir könnten bei der Dame natürlich ganz offiziell auf den Busch klopfen … Durchsuchungsbeschluss und Pipapo. Womöglich wäre der Kreis dann schnell geschlossen.«

Conte wog ab. »Nur falls wir gar nicht weiterkommen. Dieses Vögelchen fliegt uns nicht weg, zudem hat sie, wie gesagt, ein Alibi, somit wird es formal schwierig mit Durchsuchungsbeschluss. Was wir bräuchten, wäre ein handfestes Indiz, sonst mache ich mich lächerlich.«

Isabelle nickte. »Morgen sehe ich mir diesen Kellner aus dem *Dolce Venezia* genauer an. Bei dem hatte ich von Anfang an ein komisches Gefühl.«

Conte saß plötzlich kerzengerade. »Was für ein Kellner?«

Sie setzten die Italienerin ins Bild, klärten sie über Schretzmeiers Liaison mit Gloria auf.

»Und das sagt ihr mir erst jetzt? Diesen Herrn muss ich unbedingt kennenlernen.« Zögern. »Seid ihr jetzt noch in der Lage?«

»Wie, jetzt?« Isabelle stieß Ela an. »Du bist doch gar nicht mehr im Dienst.«

»Umso besser, meine Landsmänner machen doch sofort dicht, sobald sie eine Uniform sehen. Eine locker sitzende Bluse ohne BH und eine flotte Halbfranzösin bringen sie viel eher zum Quatschen, die Machos sind so leicht manipulierbar.«

»Na denn.« Zu dritt stiegen sie in Elas Lancia und fuhren die drei Kilometer rüber zur Piazzale Zenith. Gloria war im *Dolce Venezia* nirgends zu sehen, dafür hatte Diego alle Hände voll zu tun. Aus den Musikboxen dröhnte Reinhard Fendrichs »Strada del Sole« aus den 1970ern: »... keine Lire und keine Papiere.« Eine Gruppe Berufsjugendlicher mit Bierbäuchen in rot-weiß-roten »Team Austria forever«-Shirts, die allesamt kurz vor der Rente standen, grölte lautstark mit.

Schnell war klar, dass sie hier keine Befragung durchführen konnten. Ela stellte sich in die Warteschlange, um mit Diego sprechen zu können. Als sie dran war, kam sie direkt auf den Punkt. Der Eiskellner erschrak, zeigte sich aber kooperativ. »Meine Schicht endet in einer halben Stunde. Di fronte alle gelateria.«

»A presto.«

Die 30 Minuten vertrieben sich die Polizisten mit einer Partie Bahnengolf beim Zentralkreisel an der Viale Aurora. Gespannt gingen sie zurück zum Café, wo der Eiskellner schon auf sie wartete. Er hatte seine Arbeitskleidung gegen ein leuchtend weißes Fischerhemd eingetauscht, welches über seinen eng sitzenden Jeans flatterte. Um den Hals blitzte ein Goldkreuzchen, was mit seiner dunkelbraunen Haut kontrastierte.

In Zivil sieht er noch besser aus, stellte Isabelle bewundernd fest – Gloria und er wären rein optisch zweifellos ein Traumpaar! Um Ruhe zu haben, gingen sie einige Meter in die ruhigere Via Pleione hinein. Dort blieb die Gruppe stehen. Ela ließ sofort die Katze aus dem Sack: »Wie gut kennen Sie eigentlich Gloria?«

»Sie ist nicht meine Sex-Freundin, falls Sie das meinen.« Er zwinkerte der Commissaria distanzlos zu. Rechnete der sich allen Ernstes eine Chance bei der Fahnderin aus?

Diese trat einen Schritt zurück, um ihm so ein »Stopp« zu signalisieren.

»Aber Sie wussten Bescheid über ihre Beziehung mit Schretzmeier?«

»Vermutlich faszinierte sie sein Geld, zumindest anfangs. Sie stammt aus armen Verhältnissen, müssen Sie wissen. Aber …« Er stockte.

»… er hat sie benutzt, richtig? Und noch einige andere, stimmt's?«

»Ein Blender. Hat ganze Runden geschmissen. Wie auch Barbieri. Einige nannten sie ›die siamesischen Zwillinge‹.«

Die Fahnder horchten auf. »Heißt das, Schretzmeier und Barbieri waren oft zusammen? Und wer sind ›einige‹?«

»Na, Alteingesessene. Jedes Wochenende machten sie Klubs und Freiluftlocations unsicher. Das mit Schretzmeier musste so kommen. Er und Barbieri hatten immer wieder was mit *Speed*, *Ecs* und so am Laufen, das ist überhaupt nicht Bibione-like, verstehen Sie! Das weiß ich von Kellnerkollegen, wir reden untereinander. Wir wollen hier biederes Familienpublikum und nicht ein zweites Saint Tropez.«

Hatte Barbieri nicht beteuert, Schretzmeier nur ganz selten getroffen zu haben. Wer log da?

»Vor drei Monaten ist eine junge Studentin aus Deutschland nach dem Feiern gestorben, man hat in ihrem Körper *Liquid Ecstasy* gefunden«, sprudelte Diego heraus. »Sie war mit Gloria unterwegs … Die Ermittlungen verliefen wie durch ein Wunder im Sande. Und jetzt haben wir den zweiten Toten. Da erhitzen sich die Gemüter, weil er bekannt war und die Medien das aufbauschen, wohingegen das unbekannte junge Mädel kein Schwein interessiert hat.«

Kein Wunder, dass Gloria partout nicht darüber reden wollte – vermutlich schämte sie sich zu sehr. Aber Schweigen war doch auch keine Lösung …

»Die Polizei hatte offiziell keine Drogen gefunden. Auch nicht bei Schretzmeier. Oder nichts finden *wollen*.«

»Vorsicht, Vorsicht!« Ela Conte hob warnend den Zeigefinger. »Passen Sie auf, was Sie sagen!«

Isabelle war wie elektrisiert. »Das ist jetzt wichtig, Diego: Wissen Sie den Namen des Mädchens? Oder der Mutter? Womöglich Melanie Stöckl?«

»Stöckl? Sagt mir jetzt nichts. Könnte aber durchaus sein.« Sekundenlange Pause. »Fragen Sie doch Cappellano Giulio, der hat damals die Trauerfeier geleitet. Von Gloria werden Sie nichts rausbekommen, die mauert total. Viele Leute hier haben kein Vertrauen mehr in die Polizia, besonders die jungen. Die Geschäftsleute und Gastronomen genauso, die befürchten Nachteile und peinliches Gequatsche. Die würden sich lieber die Zunge abbeißen, als mit einem Bullen zu reden. Sorry.«

Schwaiger nickte verdrießlich – da war sie wieder, die altbekannte Mauer des Schweigens! Er machte sich nichts vor: An den Umständen an sich würden sie nichts ändern, aber er schwor sich, hier nicht eher wieder abzureisen, bis zumindest dieses Rätsel gelöst war. Doch das Puzzle war noch lange nicht fertig. Er warf Isabelle einen fragenden Blick zu, sie blickte starr vor sich hin. Aus den Augenwinkeln bekam er mit, dass sie eine *WhatsApp* an Cappellano Giulio mit der dringenden Bitte um Rückruf formulierte.

»Mit diesem Salvavita habe ich Gloria übrigens auch ein-, zweimal gesehen. Wirkte recht intim. Obwohl die altersmäßig ziemlich unterschiedlich sind.«

Isabelle wurde hellhörig.»Mit Rocca?«

Mehrmaliges Nicken.»Er hat sie in den Arm genommen, fast wie ein Vater.«

»Hm«, machte sie vielsagend. Hatte dieser Pseudo-Baywatch am Ende doch ...? In welchem Verhältnis standen die beiden miteinander? Gut möglich, dass Schretzmeier und Barbieri ihm die Freundin ausgespannt hatten, und er hatte Rot gesehen – es wäre nicht der erste Eifersuchtsmord ihrer Laufbahn gewesen. Oder ganz anders: Gloria war Roccas Tochter! Isabelle beschloss, ihre Vermutung für sich zu behalten. Langsam wurden einige Konturen klarer, gleichzeitig blieben aber auch Fragezeichen beziehungsweise es kamen neue hinzu.

Conte wollte den Vorwurf, die Polizei habe Schretzmeier geschont, nicht so stehen lassen.»Wo genau hat Schretzmeier seine Runden geschmissen?«

»Sind Sie so naiv? Sie brauchen Ihrem Kellner nach Mitternacht nur zu sagen, dass Sie was Frisches außer der Reihe haben wollen ... mit der nächsten Runde liefert er brav unter der Hand gegen Bares, so läuft das in Ferienhotspots, da muss ich gar keine Namen nennen. Manche verdienen sich so ein zweites Gehalt. Seit Jahrzehnten läuft das so, von Rimini bis Monte Carlo. Nur momentan nicht, über die Sache muss erst wieder Gras wachsen. In ein paar Wochen dann wieder. Den Selbstversuch können Sie aktuell somit getrost knicken.«

»Gewissensfrage: Haben Sie denn auch ...?«

Diego hob abwehrend die Hände.»Ich muss doch sehr bitten, Signora! Aber vergessen Sie eines nicht: Die Nachfrage nach den Spaßpillen reguliert den Markt. Ist das in den Münchner Nobeldiscos der Neureichen denn anders?«

Isabelle und Schwaiger nickten sich wissend zu. In der Tat nahmen ihre Sucht-Kollegen regelmäßig Undercover-Razzien vor … und wurden nicht selten fündig, gerade bei den Schönen und Reichen aus der Film-, Glitzer- und Medienbranche. Conte klopfte ihm anerkennend auf die Schulter. »Haben Sie eine Vorstellung, wie der Stoff nach Bibione kommt? Lieferwege et cetera.«

»Soll ich die Arbeit der Polizei machen, oder was? Werfen Sie mal einen Blick auf Großbaustellen, da geben sich genug Gestalten aus aller Herren Länder die Klinke in die Hand. Oder auf den Migrantenmärkten. Das sind aber natürlich nur die kleinen und mittleren Dealer, da geht es ums nackte Überleben. An die Hintermänner traut sich keiner ran, den Sumpf werden auch Sie nicht trockenlegen. Die Folge sind dann solche Einzelschicksale wie diese Studentin. Die Spitze des Eisberges.«

»Letzte Frage: Wo waren Sie am frühen Sonntagmorgen?«

Der Eisverkäufer nickte verstehend. »Damit das ganz klar ist: Ich hab ihn nicht … einfache Antwort: Ich war im Bett. Mit meinem Lebensabschnittspartner. Ich bin nämlich ›bi‹ … falls das für Sie okay geht.« Er nestelte ein kleines Visitenkärtchen aus der Jeanstasche. »Hier seine Telefonnummer, falls Sie mein Alibi gegenchecken wollen. Können Sie sich aber sparen.« Kurze Pause. »Finden Sie das Schwein!« Dann verschwand er in der Nacht.

Bi-Lebensabschnittspartner! Die beiden Frauen warfen sich vielsagende Blicke zu. Ein Jammer, dass so viele hübsche Männer vom anderen Ufer waren … Doch die Frage blieb: Welche Rolle spielte dieser Diego? War er wirklich so integer, wie er tat?

Wortlos bummelten sie durch die nächtlichen Straßen Bibiones, jeder hing seinen Gedanken nach. Ela wurmte es vor allem, dass Diego der Polizei vorgeworfen hatte, nicht durchzugreifen. Hatten ein paar ihrer Kollegen Geld genommen, dass sie beide Augen zudrückten? Auszuschließen war das nicht. »Soll ich euch heimbringen?«

»Nicht nötig. Wir gehen zu Fuß.«

Die Commissaria düste davon, Isabelle und Sigi flanierten über die Strandpromenade zurück nach Pineda, wo das pralle Leben tobte. Aus jedem zweiten Lokal kam Musik, und auf den Straßen sorgten Alleinunterhalter für Stimmung.

»Gönnen wir uns eine Riesenradfahrt im *Luna Park*? Als luftige Krönung des Tages?«

»Krönung? Da wird mir speiübel ... aber *Luna Park* geht okay.«

»Bestimmt gibt es dort Croissants oder Brioches als Betthupferl!«

»Höchstens übersüßtes Fettschwammiges, damit kannst du mich jagen.«

22

Luna Park Bibione, kurz vor 23 Uhr

Das hell erleuchtete Riesenrad erstrahlte weithin sichtbar und tauchte das großflächige Areal in neonhelles Flackerlicht. Wurfbuden, Karussellgeschäfte und Fressstände mit allerlei Kalorienhaltigem umsäumten das zwei Hektar große Gelände wie ein überdimensionales Hufeisen. Die meisten Besucher tummelten sich beim *Motodrom*, wo tollkühne Harakiri-Biker halsbrecherische Kunststücke vollführten und – so die Plakatierung – jeden Abend Weltrekorde brachen. An der *Scooter*-Kasse drängelten sich lautstark Familien neben frisch verknallten Teenagern. Knapp bekleidete Girls wetteiferten um die Aufmerksamkeit umherpirschender Möchtegern-Machos. *MeToo* war hier ein absolutes Fremdwort.

Auf dem unwegsamen Gelände hinter dem Riesenrad war es stockfinster. Meterlange mannshohe Myrtenbüsche und anderes dichtes mediterranes Gestrüpp teilten den Vergnügungspark von dem riesigen Schotterareal mit mehreren Dutzend zertrümmerten Bierflaschen ab, das sich dahinter anschloss und etwa zwei Fußballfelder umspannte. Hier sollte schon vor Jahren ein Touristen-Hochhauskomplex entstehen, doch traute sich bis heute kein Investor ran – in unmittelbarer Nachbarschaft zum

Luna Park mit seinem erhöhten Lärmpegel bis weit nach Mitternacht ließen sich einfach keine vernünftigen Preise erzielen. Welcher Bauträger blieb schon gern auf Kosten sitzen?

Giovanni Barbieri zündete sich eine filterlose *Gauloises* an und wartete. Es hatte kaum abgekühlt, schätzungsweise waren es noch immer knapp 30 Grad. Der Bauamtsleiter aus Latisana war zum Zerreißen angespannt. Was die Person, die ihn per Mail hierherbestellt hatte, wohl von ihm wollte? Er war auf der Hut. Jetzt, nachdem Schretzmeier tot war, mussten einige Karten neu gemischt werden ... und das sollte nicht jeder mitbekommen. Daher vermutlich dieses konspirative Treffen im Niemandsland.

»Ich habe Ihnen ein sehr interessantes Angebot zu machen«, so hatte in der E-Mail gestanden. Und: »An Ihrer Stelle würde ich mir das nicht entgehen lassen. Einmalige Chance!« Was zum Teufel sollte das bloß heißen? Nun, er war hierhergekommen, um es herauszufinden.

Fakt war: Dem narzisstischen Schretzmeier weinte keiner eine Träne nach, dafür war »il Tedesco« viel zu sehr ein egoista gewesen. Der hatte nicht nur Ferienanlagen zu Rekordpreisen verticket, sondern war sich auch für Geschäfte der halb legalen Art nicht zu schade – das pfiffen die Spatzen von allen Dächern. Welchen Fehler genau hatte Schretzmeier gemacht? Mit wem hatte er sich angelegt?

Barbieri schaute nervös auf seine Uhr – die *Cartier Calibre* zeigte 23.10 Uhr. Wo der andere wohl blieb? Ob überhaupt noch einer kam? Oder hatte sich nur jemand einen Scherz erlaubt? Der Platz hier war doch richtig, oder? Das größte Gebüsch direkt hinter dem Riesenrad. Ja, das passte.

Vielleicht hatte der andere ja die verwachsene Innenseite der großen Buschgruppe gemeint? Barbieri suchte die Sträucher Meter für Meter ab. Tatsächlich fand er nach kurzer Zeit eine Art Durchgang. Hier konnte er sich in gebückter Haltung auf die andere Seite hindurchquetschen. Er stand jetzt auf einem großen, leeren Schotterplatz, der an den Seiten lediglich mit einem einfachen Drahtzaun abgegrenzt war. Barbieri wusste, dass sich hier nachts Liebespaare trafen, um Dinge zu tun, die keiner sehen sollte. Auch Strichbubis und käufliche Damen warteten hier zuweilen auf Kundschaft. Doch jetzt war das Gelände absolut verlassen. Gespenstisch leer. Man befand sich keine 20 Meter vom *Luna Park* entfernt, nur eben an der Rückseite.

Aufmerksam lauschte Barbieri in die Umgebung. Lediglich das unmelodische Sirren von Insekten war vernehmbar. Lästige Stechmücken umschwirrten ihn. Er wedelte mit den Armen, um sich die Biester vom Leibe zu halten. Glühwürmchen markierten wandernde Punkte in der Dunkelheit.

Plötzlich hörte er ein Geräusch. Nur wenige Meter von ihm entfernt. War der andere doch da?

»Ciao, c'è qualcuno? Ist da wer?«

Totenstille. Barbieri hatte keine Lust auf Versteckspiel.

»Se sei lì, parla! Wenn du da bist, zeig dich!«

War es leichtsinnig gewesen, alleine hierherzukommen? Wer konnte schon wissen, was hier gespielt wurde? Hoffentlich war das hier keine Falle!

Von einer Sekunde auf die andere bekam Barbieri es mit der Angst zu tun. Er beschloss, zur hellen Seite zurückzugehen, wo das Leben pulsierte. Am besten genau den gleichen Durchgang, den er zuvor benutzt hatte. Er setzte sich in Bewegung, doch weit kam er nicht. In diesem Moment registrierte er seitlich hinter sich ein erneutes Geräusch und eine Bewegung nahe dem Dickicht. Er erkannte die Person.

»Ach, Sie sind es nur. Mein Gott, haben Sie mich erschreckt.«

»Das tut mir leid, es war nicht meine Absicht. Sie sind aber auch schreckhaft – macht das Ihr schlechtes Gewissen?« Die Person grinste verschlagen. »Kommen Sie, lassen Sie uns hier ein Bier zusammen trinken. Muss ja nicht jeder alles mitbekommen, es sind momentan so viele Schnüffler unterwegs, auch inkognito. Ich möchte Ihnen gerne etwas erzählen und ein Angebot machen. Eines, das Sie gar nicht ablehnen können.«

»Jetzt machen Sie mich aber wirklich neugierig. Lassen Sie hören.«

»Cheers! Auf unsere neue, lukrative Bekanntschaft. Auf Ex.« Die Person reicht Barbieri eine Flasche. Sie stießen an, dann nahmen beide einen tiefen Schluck.

23

Zur selben Zeit

Je mehr Schwaiger und Isabelle sich dem *Luna Park* näherten, umso mehr Menschen strömten von überallher zusammen. An der Ampel beim Zebrastreifen blieben sie stehen, im Nu bildete sich eine lange Schlange. Endlich sprang die Ampel um, doch sie schafften es nicht bei der ersten Grünphase.

»Wahnsinn, was hier los ist!« Isabelle hatte den *Luna Park* von früher bedeutend kleiner in Erinnerung gehabt. »Das ist ja fast wie auf dem Oktoberfest oder wie beim *Tollwood*-Festival.«

»Na ja, das Augustinerzelt mit den appetitlich verpackten Dirndln geht hier schon gewaltig ab«, scherzte er, worauf sie ihn tadelnd anstieß.

Der Haupteingang war mit Betonpollern gesichert, und ein gutes Dutzend streng dreinblickender, muskelbepackter Kontrolleure wachte mit Argusaugen am Eingang. Stichprobenartig wurden Kontrollen durchgeführt, auch Isabelle musste ihre Handtasche öffnen. Gab es sogar hier neuerdings Terrorangst?

»Guck mal, diese Menschentraube drüben beim Riesenrad? Als ob's dort Freifahrten gäbe ...« Isabelle legte den Kopf schräg. »Ehrlich gesagt gefällt's mir hier nicht besonders. Lass uns doch irgendwo bummeln, wo es ruhiger ist. Eine wohlige Nachtwanderung am Strand … nur das Rauschen des Meeres.«

Schwaiger ließ den Blick schweifen. Seine Kollegin hatte recht: der Riesenpulk und die wild durcheinanderlaufenden Menschen. Dort drüben stimmte doch irgendwas nicht – das sagte ihm sein geschultes Auge. War da was passiert? Da vernahmen sie auch schon die Sirenen mehrerer Einsatzfahrzeuge, die sich rasant dem Rummelplatz näherten. Uniformierte sprangen aus den Autos, vor dem Riesenrad wurde in Windeseile ein rot-weißes Absperrband aufgespannt. Kurze Zeit später ertönte aus dem Lautsprecher eine resolute Frauenstimme zuerst auf Italienisch, dann auf Deutsch. Schwaiger glaubte seinen Ohren nicht zu trauen: Das war doch … natürlich: Das war Ela! Kein Zweifel. Was zum Henker hatte sich da zugetragen?

»Komm, wir müssen da hin, vielleicht können wir unterstützen!« Er zog seine Kollegin mit.

»Hast du was verstanden?«, schrie Isabelle zurück.

»Die Festbesucher sollen den Bereich um das Riesenrad räumen und geordnet den *Luna Park* verlassen, es hält sich nur niemand daran. Die Polizia will weiträumig absperren.«

»Doch hoffentlich kein Terroranschlag?«

»Dann hätten wir einen Knall gehört. Wie es aussieht, hat es beim Riesenrad einen Zwischenfall gegeben … mehr habe ich nicht verstanden.«

»Hoffentlich ist niemand im Suff rausgefallen!«

»… oder rausgeworfen worden!«

Hatte Ela nicht gesagt, es würde sie gar nicht wundern, wenn noch ein weiterer Mord passieren würde?

Gegen den Strom drängten sie sich nach vorn in Richtung Riesenrad. An der Absperrung wurden sie von Uniformierten barsch aufgefordert zurückzugehen, doch sie ließen sich nicht wegschicken.

»Wir müssen zu Frau Commissaria Conte, die die Ansage gemacht hat. Wir sind Kollegen. Wo finden wir sie?«

Da entdeckte Isabelle Materazzi. Nanu, war der nicht krank gemeldet? Breitbeinig stand er vor dem Riesenrad. Als sich ihre Augen trafen, winkte er sie mit einer selbstgefälligen Handbewegung heran. Die Aufpasser hoben das Absperrband und ließen die Tedeschi in Urlaubsmontur passieren.

»Ist das dieser präpotente Wichtigtuer?«, erkundigte sich Schwaiger gereizt, während sie auf Materazzi zugingen. Schon rein optisch war der ihm in seiner herablassenden Art extrem unsympathisch.

Isabelle antwortete nicht, zielstrebig steuerte sie auf den Ermittlungsleiter zu. Hinter Materazzi erspähte sie ein lila Tablet. Ela, unscheinbar und total übermüdet, blinzelte ihnen verschwörerisch zu. Einen Augenblick schien sie zu überlegen, ob sie ihnen die Hand geben sollte, entschied sich dann aber dagegen – ganz sicher würde das ihrem Chef eigentümlich vorkommen.

»*Sie* schon wieder hier, Signorina Martin?«, blaffte Materazzi sie mürrisch an.

Isabelle zuckte zusammen. Zum Teufel! Zwei Tatorte innerhalb weniger Tage. Und beide Male war sie, Isabelle Martin, in unmittelbarer Nähe. Für den Commandante musste das ja fast so aussehen, als ob ... ach, du großer Gott!

»Was ist passiert?«, erkundigte sie sich so arglos wie möglich.

»Omicidio avvelenamento – Giftmord!«, knurrte Materazzi kurz angebunden. »Schon wieder.« Er zeigte mit einer selbstherrlichen Kopfbewegung auf Sigi Schwaiger. »Wer ist *er*?«

Er? Du Kotzbrocken!, fluchte die Ermittlerin gedanklich in Materazzis Richtung. Noch ehe sie was sagen konnte, sagte ihr Kollege mit sehr selbstbewusster Stimme: »Buona sera, Commandante Materazzi. Siegfried Schwaiger. Io sono Capo ispettore a KPI Starnberg-Fünfseenland …« Es kostete ihn einige Selbstbeherrschung, ruhig zu bleiben. Er kramte in seiner Hosentasche nach seinem Dienstausweis – zum Glück führte er ihn stets mit – und hielt Materazzi das gute Stück unter die Nase. Dieser wirkte wenig beeindruckt, zollte aber immerhin ein Minimum an Respekt, indem er einen kurzen Blick darauf warf.

»Wo ist der Tote?«, fragte Isabelle. »Können wir ihn sehen? Oder Sie irgendwie unterstützen?«

Ihr Gegenüber sollte ruhig merken, dass sie sich nicht so einfach die Butter vom Brot nehmen lassen würde, auch wenn sie »nur« eine Frau war.

Der Commandante grunzte missmutig in seinen Bart, gab seiner Assistentin ein Zeichen. »Führ die beiden zum Tatort! Aber Schutzanzüge anziehen!«

Herrlich! Dieser Oberbulle hält uns für blutige Anfänger, brummte Schwaiger in sich hinein, hielt sich aber zurück. Der Italiener hatte sich bereits abgewandt, um sich mit seinen Kollegen zu beraten. Schwaiger kam es so vor, als ob er den Blickkontakt bewusst scheute. Wortlos schlüpften sie in die schneeweißen Overalls, die Ela ihnen hinhielt.

Die Italienerin stapfte voraus. Hinter dem Riesenrad tauchte sie scheinbar ziellos in ein dichtes Gebüsch ein, hielt sich dann direkt scharf rechts. Nach einigen Metern blieb sie unvermittelt stehen. »Darf ich vorstellen: Giovanni Barbieri. So sieht man sich wieder.«

»Nein, so was!« Den Deutschen fielen fast die Augen aus dem Kopf. Schwaiger beugte sich zu der Leiche hinab. »Wenn es da keinen Zusammenhang zu unserem Gespräch von gestern gibt, gebe ich einen aus.«

Conte nickte finster. »Gleiche Täter-Handschrift wie beim ersten Mord. Einstich am Unterarm. Aber diesmal hat er oder sie zwei Bierflaschen hier liegen lassen, nichts mit Pesto. Muss aber nichts heißen, auf den ersten Blick sieht alles so aus, als ob wir es mit demselben Täter zu tun haben. Oder derselben Täterin.«

Isabelle ging vorsichtig um den Toten herum, beäugte ihn kritisch von allen Seiten. Barbieri lag mit weit aufgerissenen Augen auf der Erde, es sah unappetitlich aus. »Vielleicht würde er noch leben, wenn er uns gebeichtet hätte, was er wusste!«

»Sein Pech. Wir waren wohl nicht vertrauenerweckend genug. Vielleicht hat er ja woanders gebeichtet!«

Isabelle fiel alles aus dem Gesicht. »Wie meinst du das? Etwa … Cappellano Giulio?«

»Weiß man's?«

»Hm.« Sigis letzte Bemerkung schmeckte Isabelle überhaupt nicht. Aber war das wirklich so absurd?

Offensichtlich hatte sich jemand hier auf der Rückseite des belebten *Luna Parks* sehr sicher gefühlt. Gleichwohl sich immer mal wieder Freiluft-Wildpinkler oder Pärchen hierherverirrten. Dass gerade dieser Tatort gewählt wurde, konnte nur heißen, dass dieser Jemand sehr ortskundig war. Zusätzlich stellte sich die Frage: Hatte der Täter oder die Täterin noch weitere potenzielle Opfer im Visier?

»Ihr habt nichts mitbekommen, oder?«, erkundigte sich Conte.

Isabelle schüttelte den Kopf. »Wir waren noch gar nicht ganz da, als ihr schon angerauscht kamt.«

Schwaiger kombinierte. »Für mich ist das eindeutig: Barbieri wurde herbestellt. Normalerweise hat ja keiner was auf der Rückseite des *Luna Parks* zu suchen, oder wie seht ihr das?«

Ela nickte. »Ich werde seine Digitalanschlüsse, Terminkalender und Notizbücher auseinandernehmen. Handy hatte er keines bei sich, möglicherweise hat es der Täter mitgenommen. ... Ich ruf euch morgen Mittag an, bis dahin sehe ich hoffentlich klarer.« Sie zögerte. »Falls ich heute Nacht überhaupt ins Bett komme.«

»Fußspuren? Kleidungsfasern?« Die Deutschen wunderten sich ein wenig, dass sie einfach so am Tatort herumspazieren konnten und nirgends SpuSi-Experten zu sehen waren. Waren diese hochqualifizierten Fachleute schon wieder weg? Oder gar nicht erst hinzugezogen worden?

Conte zuckte resigniert die Schultern. »Cheffe lässt sich Zeit damit, die Jungs sind im Anrollen, ist halt schon spät.«

»Schon spät?« Schwaiger war fassungslos. Aus seiner Heimatdienststelle kannte er es nur so, dass die Spurensicherung vor allen anderen am Tatort war. Klassischer Kunstfehler. »Und so klärt der Typ Fälle auf?«

»Eben nicht. Jedenfalls viel zu wenige. Unsere Aufklärungsquote ist über die Jahre immer schlechter geworden, wir liegen bei katastrophalen 30 Prozent. Wir müssten dringend professioneller arbeiten, nur manchmal habe ich den Eindruck, daran ist niemand interessiert.«

In dem Moment erschien eine elegante Mittvierzigerin mit strenger Pagenfrisur, modischem Kostüm und sehr hohen Stöckelschuhen auf der Bildfläche. In der einen Hand trug sie ein Köfferchen. Isabelle kannte die Dame bereits: die Polizeiärztin.

»Buona sera, Dottoressa Scarletti«, grüßte Conte leicht unterwürfig und deutete eine Höflichkeitsverneigung an. »Tut mir leid, dass wir Ihren Feierabend stören mussten!«

Die Tedeschi warfen sich Blicke zu. Was war das für ein Ton unter Kollegen?

Dottoressa Scarletti öffnete mit verdrießlichem Blick ihr Metallköfferchen und beugte sich zur Inspizierung über den Leichnam, ohne den Gruß zu erwidern. Den deutschen Kollegen warf sie einen Blick zu, den man nur als arrogant bezeichnen konnte.

Schwaiger wandte sich mit Grausen ab. Ein Glück, dass wir es zu Hause nicht mit solchen Quacksalberinnen zu tun haben, dachte er. Unwillkürlich musste er an Frau Doktor Faltermeier vom Toxikologischen Institut in Schwabing denken – die coolste Fachfrau, die ihm je untergekommen war.

Sie sahen zu, dass sie Land gewannen. Sollte die blasierte Pathologin doch allein wursteln! Immerhin kramte sie jetzt in ihrer Tasche nach Handschuhen und Schutzanzug. Dass sie sich von ihren modischen Pumps nur ungern trennte, war ihren Gesichtszügen unschwer zu entnehmen.

Materazzi fing sie ab. »Was halten Sie davon?« Oho, das waren ja ganz neue Töne! Interessierte ihn ihre Meinung wirklich? Oder was steckte hinter seiner Frage?

Isabelle ließ sich nicht lange bitten: »Dürfte klar sein, dass die Morde zusammenhängen … vermutlich wird Ihre Medizinerin gleich bestätigen, dass es dasselbe Tatwerkzeug war … und damit wohl der gleiche Täter. Wo bleiben eigentlich Ihre SpuSi-Spezialisten?«

Genervtes Keuchen. »Sind unterwegs. Wir hatten nicht genug starke Lampen da. Mussten erst besorgt werden. Die Akkus sind in Reparatur.«

Die deutschen Ermittler glaubten, sich verhört zu haben. – Nicht genug starke Lampen! Ohne Worte …

»Was denken Sie, Materazzi: Könnte das Motiv in krummen Geschäften liegen, die die beiden Opfer neben ihrer beruflichen Tätigkeit gemacht haben?« Isabelle Martin beobachtete genau Materazzis Mimik, während sie die rhetorische Frage stellte.

»Ich kann Ihnen nicht folgen, Signorina?«

Stellte der sich so beschränkt? Oder reichte sein Horizont wirklich nur für Fußballwetten? Isabelle war stinksauer auf Materazzi, bemühte sich aber, professionell-höflich zu bleiben.

Schwaiger war da weniger feinfühlig: »Nun, es ist doch sehr eigenartig, dass zwei Personen kurz hintereinander Opfer ein- und desselben Modus operandi werden, oder? Da muss ein Verbindungsglied existieren. Wie es aussieht, hatte ein Dritter ein tieferes Problem mit den beiden. Oder aber jemand wollte aus einer halbseidenen Sache aussteigen, was auch immer es war.«

Der Italiener klatschte höhnisch in die Hände. »Sie

haben eine blühende Fantasie, Signor Schwaiger. Ist ein Giftmord nicht eher Frauensache?«

Isabelle unternahm einen letzten Versuch:»Was Schretzmeiers Vita angeht, können Sie jederzeit auf uns zählen. Auch ohne umständlichen Formular- und Dienstweg. Versteht sich von selbst.«

»Ich melde mich, wenn ich was brauche.«

Das konnte alles und nichts heißen. Materazzi wandte sich ab, Conte rollte die Augen – unauffällig wisperte sie Schwaiger ins Ohr:»Wir telefonieren morgen.«

Er flüsterte zurück.»Unbedingt. Wir sind gespannt wie Flitzebögen.«

Damit kehrten sie dem *Luna Park* den Rücken. Auf dem Nachhauseweg machten sie einen Seitwärtsschlenker hinunter zum Meer. Hier war noch immer Partystimmung, aber mit deutlich weniger Traffic als im *Luna Park*. Doch die Lust auf Liegestühle war ihnen vergangen, zumal Wind aufgekommen war und es in der Ferne bedrohlich donnerte. Aus Richtung Jesolo sahen sie Wetterleuchten. Wenige Minuten später regnete es in Strömen. Sie wurden klatschnass.

24

Das Unwetter hatte sich verzogen, doch es war deutlich kühler geworden. Zum ersten Mal, seit er hier angekommen war, überlegte Schwaiger, ob er einen Pullover überstreifen sollte. Isabelle war schon seit Stunden unterwegs, sie wollte in der Therme eine hawaiianische Lomi-Lomi-Spa-Spezialmassage oder eine Hot-Stone-Behandlung genießen. »Am frühen Nachmittag bin ich zurück«, hatte sie ihm zugehaucht, als er noch schlief. Und: »Wenn du Lust hast, komm doch nach!« Seine Begeisterung, im 33 Grad warmen Thermenwasser neben prustenden Deutsch-Rentnern samt Begleitköchinnen zu planschen, hielt sich jedoch in Grenzen. Da schaffte er lieber das letzte Gerümpel weg und machte einen Abstecher in den *Parco Zoo Punta Verde* nach Lignano, wo er eine Stunde zwischen Antilopen, Schildkröten und Zebras joggte. Jetzt saß er mit einem *Campari Orange* auf der Terrasse der *Villa Sophia* und kraulte Romeos Bauch, was dieser sichtlich genoss. Ihm fiel der Spruch ein, der an Isabelles Wohnungstür in Starnberg hing: »A house without a cat is not a home.«

Er ging den Fall durch. Hatten sie Naheliegendes übersehen? Sich aufs Glatteis führen lassen? Sich zu stark von Emotionen leiten lassen? Welche Rolle spielte Schretzmeiers Assistentin Melanie Stöckl? Welche Cappellano

Giulio? Rocca? Diego? Er kam zu keiner klaren Antwort. Was ihn am meisten wurmte, war, dass sie die ganze Zeit hinter Materazzis Rücken tätig sein mussten. Weshalb nur sperrte der sich so gegen grenzüberschreitende Kooperation? Lag das wirklich nur daran, dass er vor seiner Pensionierung eine ruhige Kugel schieben wollte? Wieso behandelte er seine kompetente Mitarbeiterin wie Dreck? Eines ging dem Ermittler nicht mehr aus dem Kopf: Hatte Ela nicht erwähnt, dass schon einmal gegen Materazzi intern ermittelt worden war? Was wäre nun, wenn …?

Aus dem Nebenhaus trat Andy Reinhardt in den Garten, streckte sich wie eine Katze, sah nach rechts und links … Als er ihn bemerkte, hob er einen Plastikball auf und rief herüber:»Lust auf einen kleinen Kick, Sigi?«

O nein! In den letzten Tagen hatte Schwaiger so viele spezielle Menschen hier kennengelernt. Langsam wunderte ihn gar nichts mehr.

»Ich erwarte einen Anruf«, wich er aus. Er wollte nicht völlig außer Atem sein, wenn Isa sich womöglich gleich meldete.

»Fußballtennis über den Gartenzaun geht auch … Zeig, was du kannst!« Gut gelaunt kickte der Nachbar die Kugel herüber und erwartete den Rückstoß.

Wie der kleine Junge vom Strand in Cavallino … dabei ist er wahrlich nicht mehr der Allerjüngste, dachte Schwaiger leicht amüsiert. Lausbübisch-liebenswert, der Herr Nachbar.

»Von mir aus.« Er gabelte den Ball zurück, so ging es mehrmals hin und her. Rasch kamen sie ins Gespräch.

»Als alter Bibionike kanntest du diesen Schretzmeier auch, oder?«, erkundigte sich Schwaiger.

Andy Reinhardt rollte mit den Augen, kickte den Ball weg. Hatte Sigi einen wunden Punkt angetriggert? Oder störte ihn der »alte Bibionike«?

»Man lief sich zwangsläufig über den Weg. Diese Type scharwenzelte überall rum und schwadronierte.« Reinhardt zeigte hinter die Häuserreihe.

»Du mochtest ihn nicht.«

»Arroganter Neureicher. Braucht keiner.«

Der Ermittler legte den Kopf schief. »Hattet ihr persönlich Kontakt?«

»Wenn man wie ich seit einem halben Jahrhundert hier quasi zu Hause ist, spricht man mit jedem Pfurz mal. Denk dir bloß: Wäre ich einen Tag früher angekommen, hätte ich ihn am Sonntag vermutlich getroffen – ich jogge immer frühmorgens am Strand. Da ist er mir schon öfters über den Weg gelaufen.«

»Gestern Abend gab es im *Luna Park* einen zweiten Toten.« Mehr wollte Schwaiger noch nicht verraten, dieser Andy war ihm schließlich vollkommen fremd.

»Wirklich?« Andy Reinhardt schien völlig perplex. Oder spielte er nur den Empörten? »Und wie? Ich meine, weiß man schon …?«

»Frag mich nicht so was Schweres!«

»Scheint ja in Mode zu kommen. Doch wohl hoffentlich kein Serienkiller …« Kurze Pause. »Hier hat sich viel verändert in letzter Zeit. Nicht zum Besseren. Ich bin ein Gewohnheitstier, musst du wissen.«

»Was genau hat sich denn verändert?«

Der Nachbar dachte kurz nach, schaute nach links und rechts, dann schmunzelte er verschwörerisch. »Die Damenwelt, Bro. Die besonders.«

Schwaiger zog amüsiert die Augenbrauen hoch. »Wie darf ich das verstehen?« Hatte der Herr Nachbar einen Clown gefrühstückt?

»War 'n Joke.« Kurze Pause. »Aber schau mal, die Mädels sind viel verklemmter als früher. In den 1980ern war durchwegs topless on beach angesagt, heute gibt's das nirgends mehr. Vielleicht liegt's an der Enge, vielleicht aber auch am gesamten Lifestyle. Früher konntest du deinen Liegestuhl frei aufstellen, heute löhnst du 70 Euro pro Woche für zwei Quadratmeter, wie in einer Legebatterie. Das ist doch krank. Auch die Musik: Sabrina Salerno, Amanda Lear, Olivia Newton-John, Sheila B. Devotion – das waren Kultgirls. Stattdessen gibt's hier neuerdings Auftritte von so seltsamen Pornostarlets. Als ob wir hier so was brauchen würden. Wer geht da hin, frage ich dich? Wer? Wenigstens gibt's hier noch keinen *Sangria* aus Eimern wie in Rimini. Kann aber noch kommen.«

Schwaiger musste lachen. »Aber du lässt trotzdem nichts anbrennen, das seh ich doch richtig?«

Schelmisches Grinsen. »Mei, man tut, was man kann … Manchmal läuft a bisserl was. Am ehesten bei der Beachgymnastik. Oder beim Wochenmarkt.« Er druckste herum. »Aber mit Tattoo- und Saufexzessen im *PPM* kannst du mich jagen.«

»*PPM*?« Schwaiger machte ein reichlich dämliches Gesicht.

»*Permanent-Proll-Modus*.« Reinhardt wurde rot. »Wir wollen nicht, dass das hier ein zweites Arenal wird. Mega-Park und so.«

Schwaiger hakte nach: »Woran solche Geier wie der Schretzmeier schuld sind, die alles zuballern, richtig?«

»Auch. Aber nicht nur. Ist ein allgemeiner Trend. Schau dir Venedig an, das wird immer voller und proller. Die spinnen tutto completto. Profitto, molto profitto, massimo profitto.«

Schwaiger konnte sich ein Grinsen nicht verkneifen.

»Erzähl mir mehr von Schretzmeier.«

»Unsympath. Protzte ständig vor den Mädels in den Freiluftdiscos, die altersmäßig seine Töchter hätten sein können.«

»Hat er euch allen Kaufangebote gemacht?«

»Nein, nur Sophia. Unsere anderen Grundstücke liegen baustrategisch schlechter. Du kannst ja mal die Astrid Rippberger von der Nummer 66 interviewen, die hätte liebend gern verkauft, aber Schretzmeier war nur scharf auf Sophias Grundstück. Er hat sie massiv unter Druck gesetzt.«

»Heißt?« Schwaiger speicherte den Namen Rippberger gedanklich ab, man konnte nie wissen.

»Mobbing, nächtlicher Krawall, das volle Programm. Mich hätte gar nicht gewundert, wenn er die Bude von irgendwelchen Billiglöhnern hätte abfackeln lassen. Die alleinstehende Alte rausekeln kann doch nicht so schwer sein. Dachte er. Von wegen.«

»Unglaublich!« Schwaiger schüttelte baff den Kopf. »Davon hat Herr Hellinger gar nichts erzählt, als wir mit ihm sprachen.«

Reinhardt lachte auf. »Ach, der! Das wundert mich gar nicht. Die Hellingers bekommen doch nichts mit, was in ihrem Umfeld passiert, die schließen sich in ihrer Bude ein und wollen einfach ihre Ruhe. Nur einmal im Jahr gondeln sie nach Venedig, das ist ihr Ritual. Aber ansonsten sind die schwer in Ordnung. Wir hatten die ganzen Jahre noch nie Stress miteinander, obwohl ich oft laut Musik höre oder Fußball schaue, da drehe ich den Ton ganz laut wie im Stadion. Doch sie haben nie was gesagt. Mich wundert sowieso, dass die euch eingeladen haben. Vermutlich waren sie nur neugierig auf ihre neue Nachbarin.«

Schwaiger kam aus dem Kopfschütteln nicht mehr heraus. Reinhardt fuhr fort:»Als Schretzmeier nicht weiterkam, hat er Sophia einen Ladendiebstahl angehängt: ein Billig-Gemälde aus einem Touri-Shop – völliger Humbug. Das geklaute Bild fand man bei ihr im Garten, welches ein Helfershelfer dort gut sichtbar reingestellt hatte – wie ulkig! Aber so dilettantisch. Als ob ein Dieb ein gestohlenes Bild in seinen eigenen Garten legen würde! So dumm war Sophia nicht.«

»Hat sie ihn denn nicht zur Rechenschaft gezogen?«

Er lachte bitter.»Den Schretzmeier zur Rechenschaft ziehen …« Pause.»Der kennt … Pardon, kannte jeden Wetterhahn: Municipio, Bürgermeister, Polizia, alle hatte der in der Tasche. Wer zahlt, schafft an. Sich gegen den zu stellen, hieß, sich gegen viele zu stellen. Sophia hat dem Oberpolizisten ins Gesicht gespuckt, so macht man sich keine Freunde.«

Was für ein Sumpf! Schwaiger schüttelte sich vor Ekel.

»Am Ende wollte Schretzmeier Sophia weismachen, dass es in der Villa spukt und ihr Leben auf dem Spiel steht – darauf hat sie ihn mit der Bratpfanne vom Hof gejagt. Herrlich, die Lady hatte ganz schön Mumm. Woraufhin er sie als dement hinstellte und über einen Kumpel ein psychiatrisches Gutachten erstellen ließ, bei dem herauskam, dass sie ein Messie sei. Er wollte sie in die geschlossene Anstalt abschieben.« Reinhardt hatte sich in Rage geredet. »Klar, sie ließ das Haus verlottern, aber gaga war sie nicht. Mein Wort drauf.«

»Wie ging das Ganze aus?«

»Weißt du doch. Diese Typen hatten die Rechnung ohne deine Freundin gemacht. Die gute Sophia wusste genau, was sie wollte. Schon daran kannst du sehen, dass sie auf dem Damm war. Würde mich gar nicht wundern, wenn sie Sophia vergiftet hätten. Da krieg ich so einen Hals. Die Polizia interessiert das alles nicht die Bohne, die wollen so wenig wie möglich ausrücken. Die haben aber auch recht, es ist ein strukturelles Problem, dagegen kommen sie nicht an.«

Schwaiger war bestürzt, stützte den Kopf auf die Hände. Was für eine abartige Geschichte! Als Ermittler war ihm schon einiges begegnet, aber das schlug dem Fass den Boden aus. Die Frage, die ihm auf der Zunge lag, stellte er trotzdem nicht – nämlich: Wieso habt ihr euch das alles gefallen lassen? Ihr hättet doch mehrere zusammen eine Allianz bilden können! Stattdessen fragte er: »Bist du eigentlich religiös, Andy?«

Der überlegte kurz. »Schon lange nicht mehr. Habe ich mir vor einigen Jahren feierlich abgewöhnt. Die Kirchen schaffen sich doch selber ab. Wieso?«

»Nur so. Fiel mir gerade ein.« Er wusste selbst nicht so genau, warum ihn das in diesem Moment interessierte. Er wusste nicht so recht, was er von diesem Andy halten sollte.

»Was anderes: Weißt du was über eine junge Deutsche, die hier vor einigen Monaten ums Leben gekommen ist? Da sollen K.-o.-Tropfen im Spiel gewesen sein …«

Auffällig unauffällig wandte sich Andy Reinhardt ab, mit einem Mal hatte er es eilig. »Äh ... ich muss rein, hab was auf dem Herd. Das mit dem Mädel aus Bayern ist ein längeres Thema, da muss ich etwas weiter ausholen, wir labern ein anderes Mal weiter, okay?«

»O...kay.«

Putziger Zeitgenosse, dieser Andy, wunderte sich Schwaiger. Unbefriedigt stapfte er in die Küche, bereitete für sich und Romeo eine große Portion Linguine mit Pilzsoße zu. Vielleicht hatte Isabelle Lust, nachher die Reste zu essen!

Wieso mauerte der bestens vernetzte Nachbar, als die Rede auf das tote Mädchen kam? Gab es da eine Insiderstory, die ihn als Außenstehenden nichts anging? Uralter Filz? Vielleicht war diese Frau Rippberger gesprächiger ... Er trat auf die Straße und linste zum übernächsten Grundstück hinüber. Doch die Rollläden waren runtergezogen. Dann eben ein andermal.

Wie versprochen meldete sich Ela um die Mittagszeit – sie hatte fast die ganze Nacht durchgearbeitet und war entsprechend erledigt. Immerhin konnte sie Neuigkeiten berichten. »Was denkst du, was Barbieris Akten hergegeben haben? Einen Sack Beschwerden von *Paradiso*-Käufern.«

»Heißt?«

»Nichteinhaltung von Bauplänen, minderwertiges Material und so weiter. Barbieri wurde von verschiedenen Seiten aufgefordert, sich zu kümmern. Als Vertreter der Bauaufsichtsbehörde wäre er dazu verpflichtet gewesen, doch er sonnte sich im Nichtstun, das Schmierentheater läuft schon mehrere Jahre – hervorgetan hat sich vor allem eine österreichische Bauingenieurin, die in mehrere Projekte involviert ist: Doktor Gerlinde Lackner. Sie hat ihm schwer zugesetzt, wir treffen sie gleich drüben in Lignano. Könnte *unsere* Frau sein. Macht euch auf was gefasst! Die ist schwer angepisst – sagt man doch so, oder?«

Er ging nicht darauf ein. »Und sonst?«

»Reicht dir das nicht? Tango korrupti Italiano. Barbieri lebte wie die Made im Speck: 80.000 Euro-SUV, Neubauvilla mit Swimmingpool, Auslandskonto bei der *Unicredit Austria* – die Ösis wollen eine staatsanwaltliche Verfügung oder Sterbeurkunde sehen, das dauert. Bei der Municipio kann er die Scheinchen nicht verdient haben, jedenfalls nicht regulär.«

»Vielleicht hat er ja an der Börse spekuliert. Oder im Spielcasino abgesahnt.«

»Oder im Lotto gewonnen … ganz sicher.« Höhnisches Lachen.

Also hatte Rocca mit seiner Anzeige goldrichtig gelegen. »Und jetzt hat sich jemand an Barbieri gerächt. So kann's gehen.«

»Ach ja, in seinem Blut waren übrigens wieder dieselben unaussprechlichen chemischen Substanzen wie bei Schretzmeier. Nur diesmal nicht im Pesto, sondern die K.-o.-Tropfen waren mit Bier vermischt.«

»Na, da sag ich einfach mal ›Prost‹!«

»Big Boss Materazzi ist übrigens mal wieder aushäusig, wir haben somit sturmfreie Bude. Ich schlafe jetzt zwei Stunden, dann durchleuchten wir diese österreichische Bauingenieurin. Vielleicht kennen wir hinterher das Verbindungsglied. Oder haben sogar unsere Täterin.«

»A presto, amica.«

Schwaiger schickte Isabelle eine *WhatsApp*, dass sie die Hot-Stone-Behandlung ausfallen lassen und zurückkommen solle. Da er noch Zeit hatte, holte er sich eine *Birra Moretti* aus dem Kühlschrank und rief nochmals bei Frau Doktor Faltermeier in München durch. Für sie kam die neue Nachricht nicht überraschend.

»Wieso haben Sie sich denn nicht heldenhaft der Täterin oder dem Täter in den Weg gestellt, Schwaiger? Ein paar Minuten im Wattezustand, das wäre noch mal eine ganz nette Abwechslung für Sie, oder? Nicht immer gleichzeitig nach allen Ecken ausbrechen ...«

»Da kann ich zur Abwechslung mal nicht mitlachen, Frau Doktor.«

»Ach, kommen Sie. Heute so humorlos? Doch mal ganz im Ernst: Da schleppt jemand einen Riesenhass mit sich herum – sehen Sie bloß zu, dass es keine weiteren Opfer gibt!«

Schwaiger nahm einen tiefen Schluck. »Sagen Sie, Frau Doktor: Gibt es eigentlich irgendwelche Statistiken, wie häufig K.-o.-Tropfen zum Einsatz kommen?«

»Genau kann Ihnen das niemand sagen, nicht mal Chat GPT. Aber sogenannte *Date-Rape*-Drogen, zu denen *Liquid Ecstasy* oder *Ketamin* zählen, sind total in Mode. Sie werden viel häufiger eingesetzt, als man gemeinhin vermutet, da wird leider viel zu wenig in den Schulen aufgeklärt. Gerade in Urlauberhotspots dürfte die Dunkelziffer sehr hoch sein. Viele Opfer erstatten aus Scham, Angst oder Schuldgefühlen keine Anzeige. Ursprünglich wurde die Substanz als Anästhetikum entwickelt, aufgrund seiner Nebenwirkungen jedoch nie für medizinische Zwecke zugelassen. *GBL* oder *GHB* wird in Form einer klaren, farblosen Flüssigkeit vertickt und ist bekannt für seine stark sedierende und euphorisierende Wirkung. Die ideale Partydroge, da es die soziale Hemmung reduziert. Vor allem: Es ist völlig geschmacksneutral. Ich bleibe da lieber bei meinen Pfirsichen, da weiß ich, was ich habe.«

»Bleiben denn irgendwelche Langzeitfolgen zurück?«

»Fast nie. Von der Toxizität her ist ein Starkbier oder ein großer Schnaps sogar schlimmer, weil der Alkohol nämlich die Gehirnzellen schädigt. Das machen die Amphetamine, zu denen *Ecstasy* zählt, nicht, die stimulieren nur kurzfristig.«

Schwaiger stellte seine Bierflasche zur Seite, es war ihm vergangen. Manchmal fragte er sich, ob die Pathologin über hellseherische Fähigkeiten verfügte.

»Zudem wird GBL schnell im Organismus abgebaut. Je nachdem, wie viel Sie bekommen haben, hält die Wirkung einige Minuten bis maximal einige Stunden an, aber in der Zwischenzeit kann natürlich viel passieren. Nur bei Menschen mit Herzfehlern wird es schnell lebensgefährlich, weil es die Freisetzung von Neurotransmittern wie Serotonin, Noradrenalin und Dopamin fördert, was zu einer gesteigerten Herzfrequenz führt. Somit erhöht sich das Risiko von Herzrhythmusstörungen, wie zum Beispiel Vorhofflimmern oder ventrikuläre Arrhythmien – falls Sie es so genau wissen wollen.«

»Das fand ich sehr aufschlussreich. Vielen Dank, Frau Doktor, dass Sie extra für mich Ihre Pfirsichdiät kurz unterbrochen haben. Sie haben mir sehr geholfen. Wie immer.«

»Jetzt werden Sie mal nicht lakonisch, das steht Ihnen nicht! Und noch mal: äußerste Vorsicht! Verklickern Sie das unbedingt auch Ihrer Kollegin, die ist definitiv gefährdet! Okidoki?«

Eine halbe Stunde später traf Isabelle abgehetzt und verstimmt ein, schließlich hatte sie satte 60 Euro für das Wohlfühlpaket im Voraus bezahlt. Stattdessen musste sie jetzt mit einem Pukka-Seelenzauber-Tee vorliebnehmen, währenddessen Schwaiger sie updatete.

»Bevor Ela kommt, würde ich mit dir gern noch einen Blick in dieses *El Paradiso* werfen, ist ja nur um die Ecke. Vielleicht können wir mit jemandem sprechen.«

»Für so was lässt man sein Wellnessprogramm ausfallen«, maulte Isabelle.

25

Gerade mal die Hälfte der projektierten Luxusapartments wirkte bezugsfertig, ansonsten war das Villaggio eine riesige Baustelle. Am Eingang protzte ein Werbebanner in englischen und deutschen Lettern: ›100 Paradiso Luxury Apartments – Urlaub im Paradies!‹ Minikräne und Arbeiter mit Schubkarren kreuzten ihren Weg, fast die Hälfte dunkelhäutig. Das Gelände war weiträumig angelegt, zwischen den Wohnblöcken schienen großzügige Grünflächen geplant zu sein – aktuell dominierten allenthalben aufgeschüttete Erdhaufen. Sofern man einigermaßen fantasiebegabt war und dem Riesenplakat Glauben schenkte, durfte man sich ausmalen, wie das Ganze irgendwann aussehen könnte, wenn es denn fertig war.

Als sie über den Hauptweg flanierten, fiel ihnen ein etwa 40-jähriger Mann mit Blaujacke auf, der, einige Meter entfernt auf dem Boden kniend, mit einem scharf riechenden Reinigungsmittel die frisch verlegten Marmorfliesen im Innenhof schrubbte, als gäbe es kein Morgen. Als Einziger trug er keinen gelben Sicherheitshelm.

»Scusi, sind Sie der Hausmeister?« Schwaiger sprach den Mann von der Seite an.

Der Angesprochene sah kurz auf. »Può essere. Kann sein.«

Schwaiger hielt ihm seinen internationalen Polizeiausweis unter die Nase – dass sie ohne offiziellen Ermittlungsauftrag hier waren, musste er dem Mann ja nicht auf die Nase binden. »Wir ermitteln wegen des Gewaltverbrechens an Georg Schretzmeier, er war ja für *Paradiso* tätig. Sie kannten ihn?«

»Er hat die ganze Anlage verkauft. Ein enormer Verlust für die Firma.«

»Wann sahen Sie ihn zuletzt?«

Er kratzte sich am Ohr. »Ungefähr vor drei Wochen. Wir hatten nie etwas miteinander zu tun. Wir spielten in verschiedenen Ligen.«

Kurz hielt der Mann inne, um anschließend umso fester weiterzuschrubben. War ihm die Befragung unangenehm? Dabei flüsterte er leise, als hätte er Sorge, dass andere etwas mitbekommen könnten: »Ich weiß gar nicht, ob ich mit Ihnen reden darf. Fragen Sie den Capo, Signor Bianchi – da bräuchten Sie allerdings einen Termin.«

Schwaiger ging nicht darauf ein. »Das geht schon in Ordnung. Gab es Stress in der letzten Zeit? Haben Sie da was mitbekommen?« Als er registrierte, dass der Mann sofort verneinen wollte, schob er nach: »Ich meine, man sieht sicherlich das eine oder andere, wenn man wie Sie mit offenen Augen …« Seiner Erfahrung nach hatten Hausmeister für gewöhnlich ihre Sinne überall. Genau genommen war das ja auch ihre Aufgabe.

»Nein, nichts gesehen.«

»Aber gehört?«

Kopfwackeln. Er schwieg eisern. Schwaiger entschied sich für eine andere Taktik. »Wie lange sind Sie schon für Signor Bianchi tätig?«

Längeres Überlegen. »13 Jahre. Ein Jahr vor der Geburt meiner Tochter Gianna, sie ist jetzt zwölf. Anfangs war ich Maurer, doch ich habe es am Rücken. Ich bin hier der Mann für alles. Wofür ist das wichtig?«

Wenn der Hausmeister schon so lange hier war, würde er sicher den Teufel tun, jemanden hinzuhängen. Aber vielleicht war ihm wenigstens eine Andeutung zu entlocken!

»Kannten Sie auch Barbieri?«

Er nickte. »Ein Großkotz. Hält sich für eine Art Halbgott. Aber das haben Sie nicht von mir.«

»Er wurde gestern Nacht im *Luna Park* ermordet.«

»Follia! Wahnsinn!« Er fing zu zittern an, brauchte mehrere Schrecksekunden, bis er sich wieder fasste. »Wenn man so lange dabei ist wie ich, kennt man alle Figuren im Business.«

»Noch mal gefragt: Gab es Streit?«

Er rappelte sich auf, schniefte unappetitlich in ein Papiertaschentuch. »Die haben sich richtig angeschrien.«

»Barbieri und Schretzmeier?«

Der Mann schwieg, aber sein Blick verriet, dass Isabelle richtiglag.

»Worum ging es da?«

»Ich habe mehrmals das Wort ›commissione‹ gehört. Mehr weiß ich nicht.«

Commissione? Schwaiger und Isabelle sahen sich an. Ging es um Provisionen? Bestechung? Fühlte Schretzmeier sich von Barbieri übers Ohr gehauen? Oder umgekehrt?

»Wann war das genau?«

»Vor einigen Wochen, danach habe ich die beiden nicht mehr gesehen.«

»Hatten Schretzmeier und Barbieri hier Feinde? Oder Neider?«

»Beide waren keine bescheidenen Ragazzi, um es zurückhaltend zu sagen.«

»Könnten Sie sich vorstellen, wer die beiden auf dem Gewissen hat?«

»Nach Schretzmeiers Tod fehlten plötzlich einige der Afro-Migros, unsere Bauhelfer ... von einem Tag auf den anderen waren die weg.«

Schwaiger und Isabelle stutzten. »Wie das? Schwarzarbeit?«

In diesem Moment ertönte ein Pfiff und ein Ruf: »Luigi! Vieni!« Wie elektrisiert sprang der Mann auf, ließ alles stehen und liegen.

»Ciao. Ich muss ...« Kurz darauf war der Mann in einer Bauhütte verschwunden. Die Ermittler blieben zurück.

»Komisch ist das schon mit den Bauhelfern, die von einem auf den anderen Tag verschwunden sind. Ob am Ende einer von denen ...?«

»Nein, das denke ich nicht.« Isabelle schüttelte den Kopf. »Eher Angst vor Kontrollen ... das ist auf Baustellen auf der ganzen Welt so – warum sollte das hier anders sein?«

26

Elas Lancia fuhr vor der *Villa Sophia* vor, sie hupte zweimal. Noch ehe das Duo zusteigen konnte, überreichte sie Isabelle eine große *Juve*-Plastiktüte. »Mit Dank zurück: dein Schuhsortiment, Cheffe hat sich dran sattgesehen.« Sie konnte sich ein spöttisches Feixen nicht verkneifen. »Tatortrelevante Spuren hat er keine gefunden.« Isabelle nahm es inzwischen von der witzigen Seite. »Die Hochhackigen hätte ich ihm gern überlassen, damit er beim High-Heels-Run auf dem *Christopher Street Day* Furore machen kann. Etwas Lockerheit würde ihm nicht schaden, aber da ist vermutlich eh Hopfen und Malz verloren.«

Für den Weg in den Nachbarort Lignano Sabbiadoro brauchte das Trio eine knappe Viertelstunde. Vor einer Gelateria auf der Viale Venezia nahe dem Parco San Giovanni Bosco trafen sie die österreichische Bauingenieurin Doktor Gerlinde Lackner. Die smarte Mittfünfzigerin löffelte genüsslich einen Amarena-Kirsch-Eisbecher mit übergroßer Schlagobershaube. Als sie die Ermittler erblickte, winkte sie ihnen zu.

»Haben wir telefoniert? Ich habe Ihnen extra Plätze frei gehalten und schon Getränke bestellt. Sie mögen doch hoffentlich *Pellegrino*?«

Schwaiger fielen die Worte von Frau Doktor Faltermeier ein – wie hatte sie noch gesagt? »Nehmen Sie nie,

nie, nie ein Getränk von jemandem, dem Sie nicht 100-pro-zentig vertrauen.«Wenngleich hier wohl kaum Gefahr bestand, schickte er dennoch einen Warn-Smiley an die Kolleginnen, die beide umgehend mit einem Checker-Smiley reagierten. Vorsicht konnte nicht schaden.

Schwaiger versuchte ein höfliches Lächeln.»Das ist supernett von Ihnen, doch momentan steht uns der Sinn eher nach was Süßem.«

Nachdem Eisbecher geordert waren, legte Frau Doktor Lackner direkt vollmundig los:»Vorab als Tipp: Legen Sie sich bloß nie eine Ferienwohnung zu! In der ersten Euphorie mag das eine coole Idee sein, doch es ist eine Spardose, glauben Sie mir! Und ganz sicher keine lukrative Geldanlage.«

»Wieso das denn?«, warf Schwaiger ein, dessen Traum schon immer ein eigenes Apartment im Süden gewesen war.»Man kann doch jederzeit hinfahren und muss nie wieder für seinen Urlaub bezahlen.«

»Denken Sie! Und wie viele Wochen pro Jahr wollen Sie dort verbringen, na? Wenn Sie nicht mindestens drei Monate Ferien haben, zahlen Sie immer drauf! Die laufenden Kosten wie Müllabfuhr oder Anschlüsse fressen Ihnen die Haare vom Kopf – von den Grundsteuern ganz zu schweigen, die italienische Bürokratie langt bei Ausländern hemmungslos zu, pro Jahr kommen da Tausende Euro zusammen. Für das gleiche Geld können Sie wochenlang Urlaub in einem Fünf-Sterne-Hotel auf den Malediven machen … bei null Verpflichtungen.«

»Vermieten geht doch immer …«

»Ach? Und manierliche Mieter, die kein Chaos hinterlassen, wachsen auf Bäumen, oder wie? Und machen Sie nie die Rechnung ohne den Fiskus, sonst sind Sie mit einem Bein im Gefängnis«, ergänzte die Bauingenieurin salbungsvoll. »Ein weiterer Aspekt kommt noch hinzu: Als FeWo-Besitzer meldet sich sofort Ihr schlechtes Gewissen, wenn Sie vielleicht doch mal woanders Urlaub machen wollen, denn die Kosten bleiben ja auf jeden Fall bestehen. Anders gesagt: Die schönste Ferienwohnung wird schnell zum goldenen Käfig.«

Isabelle fragte sich ernsthaft, ob sie unter diesen Umständen die *Villa Sophia* überhaupt behalten wollte. Was würde da noch alles an Behördenkram auf sie zukommen?

»Weshalb wir eigentlich da sind«, nahm Ela Conte den Faden auf, »Sie kannten Schretzmeier und Barbieri?«

»Klar«, gab die Dame kampfeslustig zurück, »da muss ich aber ausholen. Meine Geschichte beginnt vor einigen Jahren mit dem *Villaggio Sirius* hier in Lignano. Bauträger war *Bianchi società Srl* ...«, die Dame nahm einen großen Löffel Sahne und schlug die Beine übereinander, »... Teil zwei ist *Villaggio Paradiso*, da kommt dann Schretzmeier ins Spiel.«

Sich als Bauingenieurin in dieser Männerdomäne zu behaupten, war gewiss kein Honigschlecken – garantiert verfügte die Dame über Infos, die sie weiterbrachten!

»Fangen wir mit dem *Sirius* an«, holte Gerlinde Lackner aus. »Mein Mann und ich kauften zwei Wohnungen: 500.000 Eier, unser ganzes Erspartes. Eine wollten wir dauervermieten, die andere selber nutzen.«

»Klingt erst mal toll«, warf Schwaiger ein.

Sie kicherte bitter. »Große Pläne, kurze Freude. Als wir einzogen, waren alle Wohnungen zehn Prozent kleiner als angegeben. Aber das war nur der Anfang.«

»Haben Sie das denn nicht vorher gemerkt? Als Fachfrau?«, wunderte sich Isabelle.

Die Gefragte zog die Stirn kraus. »Junge Frau, ich habe
in Österreich x Großbaustellen geleitet, da gab es nie Probleme. Von daher reichte meine beschränkte Fantasie nicht
aus, um mir das vorzustellen. Als die gesetzliche Gewähr-
leistung nicht mehr griff, gab eine Sache nach der anderen den Geist auf: Fliesen sprangen, Wände rissen; eine
Reparatur jagte die nächste. Fast alles musste komplett
ausgetauscht werden. Wie sich herausstellte, hatten die
eine gebrauchte Heizung verbaut und als neu verkauft.
Das Problem war nur, dass Bianchi inzwischen Konkurs
angemeldet hatte, seine Barmittel waren längst auf den
Cayman Islands. Insgesamt mussten alle Käufer doppelt
so viel berappen wie laut Notarvertrag.«

»Krass«, warf Schwaiger leise ein, um ihren Redefluss
nicht zu stören.

»Eines Tages krachten uns die Stellplätze unter dem
Hintern zusammen.« Sie patschte die Hände horizontal
zusammen, um das Gesagte plastisch zu verdeutlichen.
»Stellen Sie sich das mal vor: Ich rede nicht von einer Tiefgarage, sondern von oberirdischen Parkplätzen.«

»Wie geht denn so was?« Isabelle konnte sich das gar
nicht vorstellen.

»Unterirdische Erosion. Eines heißen Augusttages
platzte der Asphalt unter der tagelangen Hitze, und
unsere Autos standen eine Etage tiefer, die waren nur
noch Schrott. Unter der Straßendecke hatte sich eine
riesige Luftblase gebildet. Zu den ›Bauexperten‹ hatte
sich anscheinend nicht rumgesprochen, dass Erde auch
arbeiten kann, gerade in Meernähe. So wurde ein Teil des

Bodens vom Regen unterspült und weggeschwemmt ... Bianchi war wie gesagt pleite, und wir blieben auf den Kosten sitzen.« Sie zögerte kurz. »Wenn Sie wollen, kommen Sie doch mit zu meiner Wohnung, es sind nur 200 Meter von hier.«

Sie zahlten und folgten Frau Doktor Lackner über die belebte Hauptstraße. Nach wenigen Metern bog sie rechts in eine Seitenstraße Richtung Strand ab. Dafür, dass die Anlage noch keine Dekade alt war, wirkte das *Villaggio Sirius* stark in die Jahre gekommen. Überall bröckelte Putz von den Häuserwänden, die Steinplatten waren uneben verlegt und setzten Moos an.

Innen sah es noch schlimmer aus. Das Treppenhaus war heruntergekommen, das Geländer saß locker, alles machte einen billigen Eindruck. Doktor Lackners Wohnung befand sich im ersten Stock. Sie schloss auf und ließ die Polizisten eintreten.

»Passen Sie auf, das Holzbalkongeländer ist morsch!«, warnte sie, als Isabelle sich anlehnen wollte. Erschrocken zog diese ihre Hände zurück.

»Konnten Sie denn gar keine Nachbesserungen geltend machen?«

»Wie denn? Greifen Sie mal einem nackten Mann in die Tasche! Viele von uns sind auf fünfstelligen Zusatzkosten sitzen geblieben, ein Jahr später stand dann noch die gesamte Tiefgarage einen Meter hoch unter Wasser. Musste abgepumpt und aufwendig nachgebessert werden, weil schlampig verpresst worden war. Wieder auf Kosten der Eigentümergemeinschaft, versteht sich!«

»Erstaunlich, dass solche Zockerfirmen überhaupt ...« Da fiel Schwaiger etwas ein. »Stopp! Sie sagten doch gerade: Bianchi war pleite ... wie kann er denn dann den Auftrag für das *Villaggio Paradiso* bekommen haben?«

Lackner lachte bitter. »Protektion. Der Typ macht doch seine ganzen Deals im Puff, da bin ich übrigens nicht die Einzige, die das sagt. Nach dem Konkurs machte er drei Monate später wieder auf, unter neuem Namen und mit einer neuen Geschäftsführerin: Rita Bianchi ist seine Schwester, sie ist nur auf dem Papier verantwortlich, ihr Bruder leitet die Geschäfte wie eh und je. Seine Luxusjacht gehört auf dem Papier seiner Mutter, benutzt hat sie sie nie. Bianchi selbst hat wieder eine vollkommen weiße Weste. Und sollte es noch mal eng werden, macht er wieder Pleite, das Spielchen kann er noch lange weiterspielen, er hat noch zwei weitere Schwestern. So läuft das hier, Bianchi ist keine Ausnahme.«

»Und bei den Gläubigern staut sich Ärger auf«, kombinierte Isabelle Martin.

»Jetzt kommen wir zu Teil zwei: das *Villaggio Paradiso*. Hier kam noch etwas anderes hinzu: die fehlende Baugenehmigung. Als diese Anlage vor drei Jahren im Naturschutzgebiet von Pineda geplant wurde, versprach Schretzmeier hochglanzmäßig das Blaue vom Himmel. ›Ökologisch urlauben, Ferien im Reservat, naturnahes Bauen!‹ Dabei war es ein lupenreiner Schwarzbau. Viele Käufer sind aus allen Wolken gefallen, als diese Naturschützer protestierten. Willkommen in der Realität! Da waren die ersten Kaufpreisraten längst eingesackt, in Deutschland wäre so was rechtlich gar nicht möglich. Drei Viertel aller Wohnungen sind bis heute nicht beziehbar, weil die Besitzverhältnisse noch geklärt werden müssen – der Baufirma gehörte beim Baubeginn noch nicht mal das Areal. Da wurden auch mal eben Waldbrände gelegt, um Bauland zu generieren, das ist im Süden nicht unüblich. Trotzdem ist Bianchi inzwischen mit über einem Jahr im Herstellungsverzug. So gesehen habe ich damals noch Glück gehabt.«

Schwaiger konnte das alles kaum glauben. »Gibt es denn gar keine Sicherungsmechanismen, die so was verhindern?«

»Hier baut jeder, wie er will. Niederbrennen von Wäldern ist, wie gesagt, eine gängige Methode. Wo kein Kläger, da kein Richter. Beim *Paradiso* wurde gegen alle Auflagen verstoßen, in puncto Brandschutzsicherheit, aber auch Umweltschutz. Da wurden tonnenweise verseuchte Materialien verbaut, Formaldehyd war noch das harmloseste. Zufällig kenne ich mich damit aus, ich arbeite auch als Bausachverständige.«

»Über welche Größenordnungen reden wir da?«

»Enorme. Schwaches Trägermaterial, Lackierungen mit gesundheitsschädlichen Dämpfen. Dazu Dämmstoffe der höchsten Gefahrenklasse. Leicht entzündlich.«

»Aber wieso wird dieser Mist denn überhaupt verbaut?«, wunderte sich Isabelle Martin. »So was will doch keiner haben.«

»Wieso?« Doktor Lackner schaute sie an, als käme sie geradewegs vom Mond. »Weil die spottbillig sind. Hergestellt in Nordmazedonien oder Albanien. Billigst-Plagiate. Ein Bauträger kann so je nach Größe einer Anlage hohe zweistellige Millionenbeträge einsparen, deshalb verwenden sie minderwertige oder gebrauchte Baustoffe. Das *Paradiso* müsste jetzt schon komplett saniert wer-

den, bevor man darin leben kann. Oder verbringen Sie
gern in chemieverseuchten Apartments Ihre schönsten
Tage des Jahres?«

»Haben denn da alle Aufsichtsbehörden geschlafen?«

»Wir sind im Mutterland von Korruption und Mafia-
Clans. Hier können Sie mit dem nötigen Kleingeld fast
alles regeln.«

»Hm, in Sizilien oder Kalabrien könnte ich das ja noch
verstehen«, wandte Schwaiger ein, »aber im Norden ...?«

»Da lohnt es sich doch am meisten. Nirgendwo entstan-
den im letzten Jahrzehnt so viele Ferienwohnungen wie an
der Adria.« Die Bauingenieurin hatte sich in Rage geredet.
»Die Hälfte von dem, was Sie an Hotels und Gewerbe-
parks sehen, geht auf das Konto von Schattenwirtschaft,
die ist der größte Konjunkturtreiber. Bauaufsichtsbehör-
den in südlichen Ländern sind zahnlose Papiertiger, die
ihre Bezeichnung nicht verdienen.«

»Soviel ich weiß, gibt es doch internationale EU-
Abkommen, oder nicht?«, insistierte Schwaiger. Er warf
Isabelle einen Blick zu, sie verstand sofort. Beide dachten daran, was der Hausmeister vom *Villaggio El Paradiso* gesagt hatte: Von einem Tag auf den anderen waren
die afrikanischen Bauhelfer weg gewesen.

»Gestatten Sie, dass ich lache!«, antwortete Doktor
Lackner. »Kein Italiener wird sich jemals etwas aus Brüssel
diktieren lassen. Zahlen dürfen die Resteuropäer gern, aber
mitreden ... niente. Da wurden für zig Millionen Euro
Brücken gebaut, die aus EU-Fördertöpfen abgezapft sind.
Denken Sie nur an den Einsturz der Autobahnbrücke bei
Genua im Juli 2018 – das Unglück kostete 42 Menschen
das Leben. Wie hatte der Chef der Autostrada-Betreiber-

gesellschaft gesagt: ›Die Brücke war in Ordnung. Die letzten Kontrollen waren noch keine zwei Monate her, aber aufgefallen war nichts.‹ – Auslöser der Katastrophe war ein defektes Träger-Stahlseil, normal hätte das jedem Gutachter oder Sachverständigen auffallen müssen, diese Dinger geben ja nicht von heute auf morgen ihren Geist auf. Inzwischen weiß man, dass die Prüfgesellschaft geschmiert war. Im Baugewerbe gibt es viele dunkle Kanäle. In den Amtsstuben will gar keiner wissen, was auf den Baustellen abgeht.«

Isabelle Martin fand, dass sie vom Thema abkamen. Ihre Hoffnung war es gewesen, von Frau Lackner eine persönliche Einschätzung über Bianchi zu erhalten – ohne eine solche wollte sie auf keinen Fall nach Bibione zurückfahren.

»Halten Sie es für denkbar, dass Bianchi – weshalb auch immer – Schretzmeier und Barbieri aus dem Weg geräumt hat, weil sie aufbegehrten? Würden Sie ihm zutrauen, zwei Morde zu begehen, um die beiden loszuwerden?«

»Tja, eher nein.« Frau Doktor Lackner blies in die Luft, verdrehte theatralisch die Augen. »Was ich mir gut vorstellen kann, ist, dass einer aussteigen wollte oder so! Sicher wussten sie untereinander genug vom anderen, um einander ans Messer zu liefern, wenn sie das gewollt hätten … Aber dass Bianchi zwei Menschen umgebracht haben soll, erscheint mir dann doch etwas weit hergeholt. Eher schätze ich ihn so ein, dass er versucht hätte, sich mit ihnen zu einigen. Finanziell.«

Schwaiger runzelte die Stirn. Bianchi – der große Unbekannte. Wie sollten sie den greifen? Ausgerechnet drei kleine Polizisten. Schimanski hatte es vorgemacht, aber

der war für Duisburg-Ruhrort zuständig, und auch nur
fürs Fernsehen. Dies hier war echt.

»Vielen Dank für das aufschlussreiche Gespräch, Frau
Doktor Lackner«, bedankte sich Conte stellvertretend für
die Kollegen, »von unserer Seite aus war's das. Was ich
noch fragen wollte: Haben Sie Alibis für die Tatzeiten?«
»Sie können gern mein Bewegungsprofil checken, wenn
Sie mir das Handy morgen wiederbringen. Und halten Sie
mich auf dem Laufenden!«, verabschiedete sich die Bauingenieurin und schüttelte allen die Hand. »Mich interessiert
brennend, was Ihre Ermittlungen ans Tageslicht fördern.«
»Versprochen.«

Conte war zufrieden. Nun verfügten sie über Insider-
informationen, was für das Gespräch mit Bianchi ein
gesprächstaktischer Vorteil war – eventuell konnten sie
ihm eine Falle stellen! *Falls* er mit den Morden etwas zu
tun hatte …

Auch Isabelle überlegte. Verkrampft spähte sie auf ihr
Smartphone. Warum rief Cappellano Giulio nicht zurück?
Ahnte oder wusste er am Ende doch etwas? Sie verstand
langsam gar nichts mehr.

27

Der Telefonanrufer kicherte schaurig. »Hab ich's dir neulich nicht gesagt: ›Nobel-Schorsch‹ war nur der Auftakt. Der erste Akt des Promi-Dramas. Barbieri war Nummer zwei.«

Der andere: »Du machst mir Angst ... Bist du sicher, dass du clean bist?«

Höhnisches Glucksen. »So clean wie die Jungfrau Maria.«

»Der war gut.« Pause. »Lass uns abwarten, was die Polizia rausfindet. Die Italiener sind ja keine großen Leuchten, aber die deutschen Commissari scheinen was auf dem Kasten zu haben.«

»Nur dürfen die nicht so, wie sie wollen.«

»Gut Ding will Weile haben.«

»Ich hätte schon eine Idee, wo die suchen könnten.«

Zustimmendes Grunzen. »Sehe ich auch so. Aber ich hänge in diesem Fall niemanden hin. Zum Glück fragt uns keiner.«

»Denk an meine Worte: Eine Tragödie hat mindestens drei Akte, in der Antike sogar fünf. Ich hätte auch schon eine vage Vorstellung, wem die fragwürdige Ehre des dritten Aktes gebührt.«

»Jetzt erschreckst du mich aber wirklich.«

»Das sagtest du bereits. Aber wie gesagt: Man muss

nur zwei und zwei zusammenzählen. In dem Fall ergibt es drei.«

Japsendes Lachen. »Mathe war noch nie meine Stärke. Aber ich habe eine vage Ahnung, wer dir vorschwebt ... Wann sehen wir uns?«

»Nach dem letzten Akt. Dauert nicht mehr lang.«

»Vielleicht ist diese luftig bekleidete Polizistenbiene aus Bayern ja schneller.«

Herzerfrischendes Lachen am anderen Ende der Leitung.

28

Am nächsten Morgen

»Buongiorno, Sigi. Seid ihr schon wach? Oder besser gesagt: aufnahmefähig?«

Schwaiger setzte sich im Bett auf. »Was gibt's, Ela?«

»Der Pizzabäcker aus dem *Cokany* hat sich bei der Polizei gemeldet. Er hat einen Fahndungsaufruf in *Radio Bibione* gehört und will eine Aussage machen, ich bin schon unterwegs. Könntet ihr hinkommen? Sagen wir, in 15 Minuten?«

Schwaiger sprang aus dem Bett und stieß dabei mit der Stirn gegen die Stehlampe. »Wir sind quasi abfahrbereit. Bis gleich.« Er wischte über die Stopp-Taste und massierte sich die schmerzende Stelle.

»Isabelle, aufwachen! Das war Ela, wir treffen gleich einen Zeugen im *Cokany*. Hast du eine Ahnung, wo das ist?«

»Sekündchen.« Per Smartphone machte sie das Lokal ausfindig. »Strandklitsche, nicht weit von hier. Mit angeschlossenen Tennisplätzen. Laut *Google*-Bewertung gibt es dort besonders leckere Pizzen.«

»Dann können wir ja dort gleich frühstücken.«

Ela wartete bereits am Parkplatz. Die weißen Plastikstühle waren noch verzurrt, lediglich drei Tische waren eingedeckt. Sie traten ein.

»Paolo?«, sprach die Commissaria den jungen Mann in Jeans und T-Shirt an, der am Kaffeeautomaten stand und sich ein Heißgetränk zapfte. Conte stellte ihre deutschen Kollegen vor, aus dem Lautsprecher erklangen die *Bee Gees* mit »Staying alive«. »Feel the city breaking and everybody shaking ...« *Radio Bibione*, was sonst.

»Kaffee?« Conte schüttelte den Kopf.

»Für mich einen Espresso bitte.« Das war Isabelle.

Der dunkelhaarige schlanke Mann Anfang 20 holte drei Espressi mit Zuckertütchen. Sie ließen sich an einem der Außentische nieder, am Horizont schob sich die Sonne Stückchen für Stückchen immer weiter nach oben. Postkartenromantik pur!

»Also, was haben Sie am Sonntagmorgen beobachtet? Und weshalb melden Sie sich erst fünf Tage später?« Conte war ihre Verärgerung deutlich anzumerken.

»Zuerst habe ich mir nichts dabei gedacht, dass da dieser junge Typ die ganze Zeit rumlungerte. Vorn bei den Liegestühlen. So als ob er auf jemanden wartete. Das kommt schon mal vor, dass Leute einfach so rumsitzen. Aber er wirkte so zappelig, der Eiskellner vom *Dolce Venezia*.«

»Diego Casti?«

»Seinen Namen weiß ich nicht. Als ich im Radio hörte, dass ... also, ich will niemanden hinhängen.«

»Hinhängen? Hier geht es um Mord! Ist Ihnen sonst was aufgefallen?«

Er setzte einen Nachdenkblick auf. »Niente.«

»Aber dass Sie den Eiskellner gesehen haben, da sind Sie sich ganz sicher?«

»Assolutamente.«

»Grazie. Besser als nichts ... Sollte Ihnen noch was einfallen, melden Sie sich sofort! Und morgen geben Sie Ihre Aussage im Präsidium zu Protokoll!«

Sie verließen das *Cokany*, Schwaiger platzte heraus:»Da hat uns dieser Diego ja einen schönen Bären aufgebunden, von wegen im Bett mit seinem Homo-Freund.«

»Das muss er uns erklären«, erzürnte sich Conte.»Wenn ich was hasse, dann, wenn ich angeflunkert werde. Auch wenn ich nicht offiziell im Dienst war.«

»Hoffentlich hat er Frühschicht!«

Fünf Minuten später parkte Raffaela Conte auf dem Piazzale Zenith. Im Gegensatz zum *Cokany* war das *Dolce Venezia* proppenvoll. Gloria war nirgendwo zu sehen, dafür werkelte Casti für zwei. Die Commissaria fackelte nicht lange.»Diego Casti, Sie kommen sofort mit nach draußen! Avanti!«

Er wusste genau, worum es ging. Seine Augen weiteten sich.»Bin ich verhaftet?«

»So gut wie.«

»Cazzo!«, wurde er mit südländischem Temperament ausfällig. Wutentbrannt warf er eine Serviette, die er in der Hand hielt, zu Boden und gab seinem Kollegen hinter der Theke ein Zeichen, sich um die Gäste zu kümmern.

Als sie im Streifenwagen saßen, konfrontierte Conte ihn:»Sie waren nicht zu Hause im warmen Bett, als der Mord geschah. Geben Sie es zu, Sie haben Schretzmeier umgebracht.«

Er sackte in sich zusammen.»No. No.« Das war kaum hörbar.

»Ich glaube Ihnen kein Wort. Sie waren es. Weil er Ihre Freundin Gloria angebaggert hat. Das wollten Sie sich nicht bieten lassen, richtig?«

Jetzt schrie er seinen ganzen Frust raus:»Mamma mia! Ich doch nicht.«

»Aber Sie haben am Sonntagmorgen auf ihn gewartet. Was wollten Sie von ihm?«

»Ihm noch mal in aller Deutlichkeit sagen, dass seine Promi-Nase und sein Nobelgehabe hier nicht erwünscht sind. Ich wusste, dass er am *Cokany* vorbeikommt. Aber er kam nicht zurück.«

»Was haben Sie dann gemacht?«

»Ich bin ein Stückchen in Richtung des Bootshafens gegangen. War ja seine tägliche Route.«

»Weiter! Lassen Sie sich nicht alles aus der Nase ziehen!«

»Er war nicht da, ich habe niemanden angetroffen. Nur im Sand gab es eine Kuhle. Als ob zwei Menschen hier gesessen hätten. Aber keine Blutspuren oder so, trotzdem bekam ich es irgendwie mit der Angst.« Er dachte kurz nach.»Ich habe mich nach allen Seiten umgesehen und bin den Spuren gefolgt, bis in den Pinienhain hinein. Dort sah ich ihn liegen. Mausetot.«

»Ach, und das haben Sie natürlich sofort gesehen!«

»Der Brustkorb hob sich nicht mehr. Ich habe mich zu ihm runtergebeugt, ob ich seinen Atem höre. Wissen Sie, ich bin Ersthelfer. Aber es war nichts mehr zu machen.«

Die Ermittler warfen sich Blicke zu. So konnte es tatsächlich gewesen sein! Damit wäre auch klar, von wem die dritte Fußspur stammte, die Materazzis Leute sichergestellt hatten.

»Haben Sie irgendetwas angefasst? Das Opfer selbst? Oder ein Kleidungsstück?«

»Niente. Nehmen Sie meine Fingerabdrücke! Was Sie wollen, Sie werden nichts finden. Ich bin wirklich unschuldig.«

»Ist Ihnen noch jemand begegnet?«

»Nur Cappellano Giulio.«

»Bitte *wer*?« Schwaiger fiel alles aus dem Gesicht. Nicht schon wieder diese Predigtfigur! Was zum Henker machte der am heiligen Sonntagmorgen zur Tatzeit am Hafen? Mit diesem Herrn galt es ein heißes Hühnchen zu rupfen!

»Sind Sie sich da sicher?«

»100-prozentig.«

»Aber Sie haben nicht mit ihm gesprochen?«

»Nein, er bemerkte mich ja gar nicht. Wir gingen in größerem Abstand aneinander vorbei. Er wirkte sehr in sich versunken. Als ob er betete.«

Ela Conte öffnete die Wagentür. »Sie können wieder gehen.«

Er atmete überrascht auf. »Bin ich nicht verhaftet?«

»Erst mal nein. Aber meine Kollegen erwarten Sie auf der Wache zum Spurenabgleich, sobald Sie hier Schluss haben. Wie Sie dahinkommen, ist mir egal. Wenn Sie nicht erscheinen, lasse ich Sie umgehend festsetzen. Und ob Sie ein Verfahren wegen unterlassener Hilfeleistung bekommen, entscheide ich später.«

»Grazie, Signora Commissaria. Mille grazie. Ich werde mir ein Taxi nehmen.«

Erleichtert rannte er zurück ins Café, das sich immer mehr füllte. Die Ermittler blieben allein im Auto zurück und berieten.

Gerade jetzt kam über die Funkanlage ein Gespräch rein. Die Stimme des Kollegen klang aufgeregt, er sprach sehr schnell. Conte lauschte angestrengt, ihre Mimik verfinsterte sich. Als die Stimme verstummte, überlegte sie kurz, dann wandte sie sich an Schwaiger und Isabelle: »Ein Notfall, ich muss dringend zurück zur Wache ... Soll ich euch irgendwo absetzen?« Da klang eindeutig durch: Eigentlich kommt es mir auf jede Sekunde an!

»Wir steigen aus«, bestimmte Isabelle kurzerhand. Sanft schob sie Sigi aus dem Streifenwagen und warf die Tür zu. Conte raste mit Martinshorn und Blaulicht davon.

»Die hatte es aber eilig«, stellte Schwaiger trocken fest.

»Ob das mit unserem Fall zu tun hat?«

»Glaube ich nicht.« Isabelle starrte Löcher in die Luft. Sie vermochte nicht, in diese Ela hineinzuschauen. Genauso wenig wie in den Cappellano – was war so schwer daran zurückzurufen?

Schwaiger riss sie aus ihren Überlegungen. »Jetzt kralle ich mir diesen Giulio!«, kündigte er an. »Der führt uns doch an der Nase rum. Und wehe ihm, wenn der keine schlüssige Erklärung liefern kann!«

»Lass mich das machen, bitte!« Isabelle wählte die Nummer des Pfarramtes. Sie wollte nicht, dass Sigi noch mehr Porzellan zerschlug. Sie zermarterte ihr Hirn. Sollte sie sich so in dem Geistlichen getäuscht haben? Weshalb hatte er neulich so brüsk dichtgemacht? Im Pfarramt lief wieder nur der Anrufbeantworter.

»Immer noch ausgeflogen«, kommentierte sie gedankenverloren und hinterließ eine Nachricht.

Schwaiger zog die Stirn in Falten. »Ich werde den Eindruck nicht los, dass alle irgendwas wissen, aber mauern«, knurrte er angefressen, »uns Tedeschi kann man ja an der Nase herumführen. Zum Kotzen!«

Isabelle antwortete nicht. Sie hatte den Eindruck, dass sie etwas übersehen hatte. Nur was? Und wieso war es so schwierig herauszufinden, wer das tote deutsche Mädchen vom Strand war? Lag da der Hund begraben?

29

Sitz der Baufirma *Project B. immobiliare società* war ein mondäner Glaspalast am Rande von Jesolo unweit des Canale Cavetta. Der Geschäftsführer, Alfredo Bianchi, war zugleich Arbeitgeber für knapp 300 Beschäftigte. Von seinem hypermodernen Büro aus hatte er einen hübschen Blick auf die gepflegte Grünanlage samt Zierteich und Votivkapelle. Bianchi war schlank, groß gewachsen, sein ehemals schwarzes Haar wies einige graue Strähnen auf. Die kantigen Gesichtszüge und sein ausgeprägtes Kinn verliehen ihm große Ähnlichkeit mit der Hollywoodlegende Richard Gere. Sein durchtrainierter Körper steckte in einem dunklen *Armani*-Maßanzug, sein linkes Handgelenk wurde von einer zu fest sitzenden *Rolex Pearlmaster* mit auberginefarbenem Ziffernblatt eingeschnürt – so ein Edel-Chronograf kostete gut und gerne 50.000 Euro. Sofern es kein Plagiat war.

Bianchis Assistentin, die in ihrem schwarzen, viel zu weit ausgeschnittenen Einteiler jederzeit als Topmodel-Kandidatin hätte durchgehen können, stellte Wasser- und Saftflaschen sowie Gläser auf einen knietiefen Tisch, anschließend huschte sie elfengleich durch die Seitentür. Bianchi schenkte sich *Rokko No Mizu*-Mineralwasser aus einer Glasflasche mit japanischen Schriftzeichen ein: Trinkkultur vom Feinsten. Er ermunterte seine Besucher, sich zu bedienen. Das Fahndertrio entschied sich für traditionelles *Acqua panna*.

»Vielen Dank, dass Sie uns so zeitnah empfangen, Herr Bianchi! Wir wissen das zu schätzen, bei Ihrem prall gefüllten Terminkalender.«

Ela Conte wählte diesmal ihre geschmeidige Gesprächstaktik. Sie achtete bewusst darauf, ihr Gegenüber zu bauchpinseln, bloß nicht zu forsch zu erscheinen, und gewährte wieder tiefe Einblicke – sie wollte nicht wieder so abblitzen wie bei Giovanni Barbieri. »Wir haben ja bereits telefoniert. Frau Martin und Herr Schwaiger«, sie deutete auf ihre Begleiter, »meine Kollegen aus Bayern. Wir wären Ihnen sehr dankbar, wenn wir Deutsch reden könnten.«

»Ah, Monaco di Baviera. Ich liebe das Oktoberfest … die Dirndln … und Ihre liebenswerte Sprache.« Schmunzeln. Häme? »Wie war das gleich: Oach…katzl…schaf?«

»…schwoaf«, half Schwaiger nach. »Oachkatzlschwoaf! Die Australier brauchen normalerweise drei Maß, bis sie das fertigbringen«, scherzte er, »die Italiener sind da deutlich schneller, man sieht's an Ihnen.«

Am liebsten hätte er sich auf die Zunge gebissen. Hoffentlich empfand Bianchi das nicht als übergriffig! Isabelle warf ihm einen ärgerlichen Blick zu – wie konnte ihr Kollege in dieser schwierigen Situation nur derart unsensibel sein?

Doch ihr Gegenüber wirkte bei diesem Männerwitz blendend amüsiert, lachte schallend, klopfte dem Hauptkommissar leger auf die Schulter. Doch rasch wechselte er wieder in den Fokus-Modus. »Was kann ich für Sie tun? Ich habe nur wenig Zeit … Im Übrigen wundert es mich etwas, dass Ihr Vorgesetzter nicht dabei ist, Frau … äh … Conti?«

»Conte, mit e. Nur ein paar Auskünfte«, nahm Ela die Spitze gelassen, »anlässlich der Gewaltverbrechen an Schretzmeier und Barbieri. Aber Sie können natürlich auch gerne ausführlich der Staatsanwaltschaft Rede und Antwort stehen, falls Ihnen das lieber ist. Ich dachte nur ...« Ein Versuchsballon. Er schluckte ihn. »Schon gut. Hoffentlich kann ich Ihren Ermittlungen weiterhelfen!«

Genießerisch nahm er einen kleinen Schluck aus seinem Glas, leckte sich degoutant mit der Zunge über die Lippen. Wie eklig! Isabelle schüttelte es, sie fühlte sich abgestoßen. Die ganze Zeit hatte sie überlegt, woher sie das Edelwasser kannte, jetzt wusste sie es – kürzlich hatte sie eine Reportage gesehen: Eine Literflasche dieses teuersten Wassers der Welt aus Nippon kostete rund 130 Euro. Ihre Abscheu steigerte sich weiter, sie verspürte einen Stich im Oberbauch – da war sie wieder, die altbekannte psychosomatische Reaktion. Ignorieren!

»Halten Sie es für möglich, dass der Tod Ihres Mitarbeiters im Zusammenhang mit der Baustelle *Villaggio Paradiso* steht?«, hörte sie Ela fragen.

»Wie meinen Sie das, Signora?«

»Nun, er hat in Ihrem Auftrag Wohnungen verkauft – da liegt es doch nur nahe zu vermuten, dass ...«

»Una seconda!« Er fiel ihr ins Wort. »Zunächst mal: Herr Schretzmeier war nicht mein Mitarbeiter, sondern selbstständig, er arbeitete auf eigene Rechnung, das zur Richtigstellung. Und was Ihre Frage angeht: Sein Tod hatte gewiss nichts mit uns zu tun. Es ist absurd, dass Sie das überhaupt in Erwägung ziehen. Da muss es um sehr private Dinge gegangen sein.«

»Hat er diesbezüglich mal etwas angedeutet? Irgendwelche Schwierigkeiten?«

Bianchi dachte kurz nach, nippte erneut am Glas. »Nicht, dass ich mich erinnere … Nein, da war nichts … Wie kamen Sie eigentlich darauf, einen möglichen Zusammenhang zwischen seiner Ermordung und der Baustelle herzustellen?« Das klang angriffslustig, da war Argwohn in seiner Stimme.

»Nun, es gab da mal«, Ela Conte gab jetzt ihre anfängliche Zurückhaltung auf, »gewisse ›Probleme‹, wenn ich recht informiert bin.«

Respekt! Schwaiger lachte sich ins Fäustchen. Lass dich nicht einschüchtern, Ela!

Am besten führe ich das Gespräch, hatte Conte ihre Kollegen vor dem Termin noch gebrieft. Jetzt war ihm auch der Grund klar. Sie wusste, wie sie ihren Landsmann zu nehmen hatte, zweifellos hatte sie sich gut vorbereitet.

Der Geschäftsführer stellte sich dumm. »Helfen Sie mir auf die Sprünge!« Klar, er wollte Zeit gewinnen. Auf seiner Stirn bildeten sich erste Schweißperlen.

Gleich hat sie ihn, triumphierte Schwaiger innerlich.

»Nun, unklare Besitzverhältnisse, eine fehlende Baugenehmigung, ungenehmigte Brandrodungen im Naturschutzgebiet, Schwarzarbeit.« Ela legte den Finger punktgenau in die Wunde.

»Ach, das! Woher wissen Sie …?«

»Nun, wir hatten ein sehr ausführliches Gespräch mit Herrn Barbieri … bevor er das Zeitliche segnete, Sie verstehen? Er hat uns noch einiges gesagt.«

Klassischer Bluff! Martin und Schwaiger warfen sich Blicke zu, diese Ela war wirklich mit allen Wassern gewaschen. Bianchi konnte ja nicht wissen, was genau Barbieri ihnen offenbart hatte.

»Missverständnisse. Hat sich alles rasch aufgeklärt. Das konnte Ihnen Herr Barbieri sicher alles bestätigen.«

»For, soso …«, murmelte Conte, »ecco come è.« Sie ließ ihre Worte wirken. Sekundenlang sagte keiner ein Wort, dann legte sie nach. »Massenhaft illegale Migranten als Bauhelfer würde ich jetzt nicht gerade als ›Missverständnis‹ bezeichnen.«

Genervtes Ausschnaufen, er saß jetzt eindeutig am kürzeren Hebel. »Ach, kommen Sie! Was wollen Sie mir anhängen? Sollten Sie nicht lieber Morde aufklären?«

»Afrikaner ohne Arbeitserlaubnis, ohne Sozialversicherung … klare Gesetzesverstöße. Dafür gibt es Zeugen.«

Bianchi ächzte gequält. »Einzelfälle, von denen ich nichts wusste. Als es mir zugetragen wurde, habe ich umgehend gehandelt und die Verantwortlichen entlassen. Ich lege höchsten Wert darauf, dass auf meinen Baustellen alles sauber ist. Es geht um unseren Ruf, unsere Tradition.«

»Tra-di-zio-ne?« Conte wiederholte genüsslich das Wort, als rollte sie die einzelnen Silben wie kleine Perlen in ihrem Mund hin und her. Gezielte Provokation? »Waren Sie nicht neulich noch insolvent? Das Bauregister …«

Bianchi schwitzte jetzt stark, sein Hals schwoll an, man konnte seine Adern sehen. Er atmete deutlich schwerer als zu Beginn des Gesprächs. Mit den Fingern nestelte er nervös an seinem Krawattenknoten.

»Unser Liquiditätsproblem hatte verschiedene Ursachen, das auszubreiten würde hier zu weit führen.« Das klang ein bisschen wie: »Das verstehen *Sie* sowieso nicht.« Er machte eine lange Pause, die Kommissare hielten es aus. »Zum Verständnis: Als Bauträger erbringen wir nur die wenigsten Bauleistungen selber, wir beschäftigen Subfirmen. Viele Handwerker kennen wir schon seit längerer Zeit, aber es kommen stets neue externe Dienstleister hinzu. Die Auftragslage ist nach der Corona-Delle wieder gut, Handwerker sind Mangelware. Welche Leute die wiederum beschäftigen, darauf habe ich keinen Einfluss. Ich kann ja nicht jedem kleinen Subunternehmer einen Aufpasser zur Seite stellen.«

»Sie delegieren das Problem demnach weiter … und sind selber fein raus! Habe ich Sie da richtig verstanden?« Wieder eine ziemlich forsche Aussage, wie Schwaiger fand. Hoffentlich überspannte Ela jetzt den Bogen nicht! Auch Isabelle runzelte die Stirn.

Bianchi verzog das Gesicht. »Signora, was soll diese Ausdrucksweise? Gerade habe ich es Ihnen geduldig erklärt«, echauffierte er sich lautstark. »Wenn Sie sich nicht mäßigen, zwingen Sie mich, Ihrem Vorgesetzten Meldung zu machen. Selbstverständlich kooperiere ich mit der Polizei und stehe Ihnen für Auskünfte zur Verfügung, aber nicht auf dieser Basis.«

»Entschuldigen Sie bitte, Herr Bianchi! So war das nicht gemeint«, entgegnete die Commissaria fast kleinlaut. Taktik? Schwaiger glaubte, Ela inzwischen so gut zu kennen, dass sie genau wusste, was sie tat. Sicher kochte sie innerlich angesichts so viel Arroganz. Sie rutschte nach vorne, sodass Bianchi ihr fast bis auf den Bauchnabel schauen konnte – was seine Zunge löste. »Wir haben Verträge mit Subfirmen, alle müssen sich verpflichten, italienisches Arbeitsrecht einzuhalten.« Er kramte in seiner Schublade nach dem entsprechenden Ausdruck und legte ihn vor die Ermittler auf den Tisch.»Hier! Aber wir können beim besten Willen nicht jedem kleinen Betrieb hinterher-schnüffeln. Jedenfalls haben wir uns sofort von dubiosen Subfirmen getrennt, die unseren guten Namen beschädig-ten. Demnächst werden wir da noch genauer hinschauen. Seien Sie versichert, dass ich in Zukunft selber ein Auge darauf haben werde.« Auf jeden Fall hatte er schon mal ein Auge – genaugenommen sogar zwei – auf Elas Busen.

»Andere Frage: Weshalb gab es so massive Verzöge-rungen bei *El Paradiso*? Mehrere Wohnungen sind ja bis heute nicht bezugsfertig, obwohl sie das schon vor acht Monaten sein sollten ...«

»Problemchen bei den Abnahmen«, beschwichtigte er. Jetzt stand Bianchi auf, ging hin und her. Die Anspannung war zum Greifen nahe. Ahnte er, worauf es hinauslief?

»Hm, wie man hört, gab es Sicherheitsmängel und min-derwertige Baustoffe et cetera.«

Jetzt setzte sich Bianchi fast im Zeitlupentempo in sei-nen Ledersessel hinter dem Schreibtisch – er suchte ganz klar den räumlichen Abstand zu seinen drei Gästen. Er schlug die Beine im 90-Grad-Winkel übereinander und verschränkte die Hände hinter dem Kopf:»Die Ferienan-lage wäre längst fertiggestellt, wenn wir nicht immer wie-der künstlich aufgehalten worden wären.«

»Die Umweltaktivisten?«, warf Isabelle Martin ein.

Er lachte.»Ach, woher! Diese Loser sind nervig, ja. Klet-terten bei Nacht und Nebel über unsere Zäune, besetzten die Baustelle, klauten Material. Das Zeug musste alles erst wieder nachbestellt werden. Ärgerliche Sache. Vor allem kostspielig. Aber ein ernsthaftes Problem stellten sie nie dar. Das eigentliche Problem waren Käufer, denen wir nichts recht machen konnten. Einige ließen durch Gutachter jede einzelne verbaute Schraube vermessen. Völlig hysterisch. So kann keine Baufirma der Welt vernünftig arbeiten.«

»Welche Rolle spielte Schretzmeier dabei?«

»Herr Schretzmeier ist ... äh, war der beste Adria-Experte, er gehörte zu den Top Ten in Europa. Niemand konnte ihm ein X für ein U vormachen. Optimalbesetzung ... wird schwer werden, wieder so jemanden zu finden.« Er gestattete sich eine längere Kunstpause. »Sofort, nachdem die Bautafel aufgestellt und er im Internet inseriert hatte, war alles verkauft. Normalerweise läuft so was anfangs eher schleppend an. Hier rissen die Leute uns alles aus den Händen, so schnell konnten wir gar nicht schauen.« Er schaute nervös auf die Uhr und hob entschuldigend die Hände. »Ich habe gleich einen Termin, heute ist unheimlich viel los.«

Die Fahnder wechselten vielsagende Blicke. Ganz offensichtlich waren sie dem Baufirmenchef mit ihrer Fragerei ganz schön auf die Füße gestiegen, dass er jetzt verlangte, das Gespräch zu beenden. Dennoch: Die entscheidende Frage war noch nicht gestellt. Conte gab Schwaiger ein Zeichen, dieser übernahm den Höhepunkt.

»Sie können gleich zu Ihrem Termin, Signor Bianchi, nur noch eine letzte Frage.« Fast entschuldigend fügte er hinzu: »Wir müssen sie stellen: routinehalber.«

»Und die wäre?« Ihr Gegenüber lauerte wie eine Hyäne hinter seiner blank geputzten Schreibtischplatte.

»Wo waren Sie am letzten Sonntagmorgen und am Donnerstagabend?«

Ihm fiel alles aus dem Gesicht, mit dieser Frage – ausgerechnet aus dem Mund des deutschen Ermittlers – hatte er nie und nimmer gerechnet.

»Verstehe. Das sind die Zeitfenster, wo Schretzmeier und Barbieri …«

»Sie können natürlich gerne Ihren Rechtsbeistand zurate ziehen …«, bot Schwaiger an.

Bianchi lachte bitter, er schüttelte den Kopf. »Also, dass Sie das von mir denken … Ich muss wirklich sagen, ich bin etwas indigniert. Sie glauben doch nicht im Ernst, dass ich meinen Partner … Wir waren ein Superteam.« Er gönnte sich eine lange Pause. »Also, in der Nacht von Samstag auf Sonntag war ich in München, ich bin erst nach dem Frühstück zurückgefahren. Fragen Sie gern im Hotel *Vier Jahreszeiten* nach. Danach saß ich fast zehn Stunden im Auto, ich bin erst gegen Abend hier angekommen, es war unheimlich viel Verkehr.«

Schwaiger und Isabelle blinzelten sich zu. Er selbst stand an diesem Tag auf der gleichen Strecke ebenfalls stundenlang im Stau. Das Alibi stimmte also vermutlich. »Und am Donnerstagabend war ich mit Geschäftspartnern in Triest, dafür gibt es mehrere Zeugen.« Auch das klang sehr selbstsicher. Natürlich, der feine Herr hatte vorgesorgt, alles andere wäre auch seltsam gewesen – sicher machte sich so einer nicht selbst die Hände schmutzig.

»Bene«, sagte Conte und stand auf, ihre Kollegen erhoben sich ebenfalls. »Questo è tutto, Herr Bianchi.«

»Ach, übrigens«, äußerte Schwaiger fast beiläufig in bewährter Columbo-Manier beim Hinausgehen, »wer führt jetzt eigentlich Herrn Schretzmeiers Agenzia weiter?«

»Na, ich.« Die Antwort kam wie aus der Pistole geschossen, als sei das das Selbstverständlichste der Welt.

Oho! Die Ermittler glaubten, sich verhört zu haben. »Wir waren uns einig, dass jeder das Geschäft des anderen in dessen Sinne weiterführen würde. Mein Anwalt kann Ihnen das Schreiben heraussuchen …« Schwaiger musste sich sehr zusammennehmen, um nicht laut »Du Schlawiner!« zu rufen. Beherrscht und sehr leise sagte er: »Ach so, Sie profitieren also von seinem Tod.« »So wie Sie das sagen, klingt das sehr anklagend. Wo haben Sie das gelernt, so negativ zu denken? Bei der bayerischen Polizei?«

»Vor allem lernt man da, alles kritisch zu hinterfragen«, gab Schwaiger ausweichend zurück. »Aber Sie haben ja schon versichert, dass Sie ein Ehrenmann sind, was wir zur Kenntnis nehmen. Nochmals danke für Ihre Zeit.« Die Fahnder schüttelten dem Geschäftsführer nacheinander die Hand – sie war jetzt total schweißnass.

»Hoffentlich finden Sie den oder die Täter rasch!« Der Geschäftsführer setzte wieder seinen anmaßenden Blick vom Anfang des Gesprächs auf. Als Schwaiger den Raum schon fast verlassen hatte, zirpte er geschwollen hinterher: »Oachkatzschwoof!«

Der Hauptkommissar hielt kurz inne, drehte sich nochmals um. »L und a«, vermeldete er trocken. »Sie haben das l und das a verschluckt: Es heißt *Oachkatzlschwoaf.*« Triviales Lachen. »Beim nächsten Oktoberfest-Besuch werde ich mich an Sie erinnern, Herr Schweißer.«

30

»Diesem Dünnbrettbohrer gebe ich gleich einen ›Schweißer‹!« Schwaiger war auf 180, als sie auf dem Weg zum Parkplatz waren.
»Heute so dünnhäutig, Sigi?« Isabelle konnte sich ein flüchtiges Grinsen nicht verkneifen.
Conte schloss den Lancia auf, ließ die Kollegen einsteigen. »Dieser Kotzbrocken macht sich nicht die Hände schmutzig, dennoch werde ich mir zum Abgleich die Checkout-Daten vom *Vier Jahreszeiten* und aus Triest kommen lassen. Alibi-Bluffs gibt es immer mal wieder.«
Isabelle hatte Bianchis Körpersprache genau studiert. Natürlich hätte der den Teufel getan, seine Kumpels zu eliminieren. Hatten sie sich komplett verrannt und spielte das Korruptions- beziehungsweise Bauthema am Ende gar keine Rolle in den Mordfällen? Ging es vielleicht um etwas ganz anderes? Jagten sie einem Phantom hinterher, weil sie alle drei blind waren? Und warum ließ Cappellano Giulio sie immer noch zappeln? Da passte irgendwas nicht zusammen!
Conte setzte ihre Kollegen bei der *Villa Sophia* ab. Während Schwaiger sich mit einer Bierdose in die Hängematte zurückzog und mit Filzstift und einem großen Blatt Papier alles nochmals durchging, joggte Isabelle zum Bootshafen. Sie setzte sich in den Sand, ließ den Blick schweifen,

schaute aufs sanft bewegte Meer hinaus, brütete. Himmelherrgott, hatten sie denn alle miteinander Tomaten auf den Augen?

Auf dem Heimweg lief sie ein paar Umwege, plötzlich stand sie vor der Kirche Maria Assunta. Weit und breit keine Spur vom Cappellano. Von zwei Jugendlichen, die im Gras picknickten und fasziniert auf ihre Handys starrten, erfuhr sie, dass er auf einem Meditationsseminar sei. Ausgerechnet jetzt?

31

Am späten Nachmittag

Ein zwangloses Vorabendpicknick im feinen Sand von
Lido del Sole – das Ermittlertrio breitete seine mitgebrach-
ten Badetücher vor der ersten Liegestuhlreihe aus. Schwaiger hatte Ölteigteilchen für die Frauen besorgt, für sich
hatte er im Rucksack herzhafte Mortadella und venezianischen Schinken verstaut. Da die Sonne erbarmungslos
herabknallte, nahmen sie ein ausgiebiges Bad im Meer.
In ihrem zitronengelben Bikini, der perfekt mit ihrer
dunkelbraunen Haut und ihrem schwarzen Langhaar kontrastierte, stach Ela fast noch deutlicher hervor als neulich im *Blue Elephant*.
»Mietschirm?«, bot Schwaiger an. Seine sonnenbrand-
geschädigte Haut begann sich zu pellen, schmerzte.
»Danke, nein. Acht Euro Tagesgebühr, das geht gar
nicht.«
Überall wurde *Boccia* gespielt, kreischende Kinder-
gruppen veranstalteten Schlammballschlachten, Sandbau-
künstler errichteten erstaunliche Bauwerke. Dazwischen
fliegende Händler, die Sonnenbrillen, -hüte und überdi-
mensionale Badetücher sowie »Coco, bello coco« feil-
boten. Isabelle deckte sich mit einem Kokosgetränk und
bunten Tüchern ein. Der Obolus, den der spargeldürre

Händler mit dem geflochtenen Rastazopf und Dutzenden Freundschaftsbändchen am Fußgelenk dafür wollte, erschien ihr reichlich hoch, dennoch verzichtete sie aufs Handeln. Hocherfreut über seinen Verkaufserfolg stapfte der Africano weiter.

»Das war leider ein Fehler«, kritisierte Conte, »der schreibt jetzt eine Rundmail, dass bei dir was zu holen ist, in wenigen Minuten können wir uns vor Verkäufern nicht mehr retten.«

So war es, dennoch empfand Isabelle Mitgefühl. »Die laufen den ganzen Tag mit ihren schweren Tüchern rum und verticken so gut wie nix. Dass denen das nicht zu blöd ist!«

»Zumal die Lizenzgebühren, die sie abgeben müssen, gesalzen sind. Wir Polizisten sollen das überprüfen, aber wir pfeifen dem Bürgermeister was. Soll der sich doch selber zum Affen machen, wenn er bei den Ärmsten mitverdienen will!«

»Prima Einstellung.«

»Na ja, dafür werdet ihr überall mit gefälschten Turnschuhen, *Rolex*-Uhren und *Gucci*-Taschen überschüttet. Dagegen sind wir machtlos, der Schwarzmarkt spielt Katz und Maus mit uns.«

»Mache ich mich eigentlich strafbar, wenn ich so was kaufe?« Isabelle hatte schon mit dem Gedanken gespielt, sich modische Fake-Accessoires zuzulegen.

»Nein. Allenfalls könnte der Zoll deine Käufe beschlagnahmen, aber das kommt nie vor. Die Händler an den Strandpromenaden von Grado bis Rimini sind Kleinstfische. Woher kommt eigentlich dein flotter Sportschuh, Sigi?«

»Interessante Frage.« Er schnürte das stylische Status-
symbol auf, besah sich das Größenschildchen im Innen-
futter. »Vietnam«, stellte er kleinlaut fest, »aber er ist definitiv ein Original: 195 Euro im Schuhfachgeschäft.«
»Siehst du, auch da wird mit zweierlei Maß gemessen.
Die Sportartikelhersteller sind riesige Global Player und
verdienen sich goldene Nasen mit den asiatischen Hun-
gerlöhnen, die Africanos hingegen haben gar keine Wahl.
Aber unsere Morde haben damit nichts zu tun, da kann
ich euch beruhigen. Gifttaten ... das ist nicht deren Handschrift, und echte Mafiosi arbeiten mit Schalldämpfern,
agieren in Metropolen, ich kenne mich da aus. Schretzmeier und Barbieri waren ›emotionale Beziehungsdramen‹,
da ging es um tiefe Gefühle. Auch Bianchi sehe ich nicht,
zumal seine Alibis passen – ich hab das nachgeprüft.«

Schwaiger sagte: »Lasst uns mal sammeln, was wir
haben. Also, denkbar wären diese Gloria und die Archi-
tektin Doktor Lackner, beide hätten ein Motiv, wobei ...«

Ela fuhr sich mit der Hand über die Stirn. »Ja, die Lackner ist definitiv wunderlich. Die hat viel Geld mit dem
Bianchi-Deal verloren. Aber unwahrscheinlich, dass sie
sich ihren Ruhestand durch zwei Morde verdirbt. Und ihr
Handy-Bewegungsprofil ist okay, auch wenn sich so was
natürlich faken lässt.« Kurze Pause. »Bei Gloria wäre ich
mir gar nicht so sicher«, fuhr sie fort. »Wie leicht hätte sie
Schretzmeier in eine Falle locken können ... ein angedeu-
teter Kuss, eine simulierte leidenschaftliche Umarmung,
für eventuelle Beobachter sieht alles nach einem innigen
Liebespaar aus. Sie wartet den Zeitpunkt ab, bis sie ganz
allein sind, und sie lädt ihn zu einem präparierten Getränk
ein. Vergessen wir nicht, er hat sie betrogen. Und was

ihre deutsche Freundin angeht, da habe ich eine Anfrage an die Tourismuszentrale gestellt, aber noch immer keine Antwort. Vielleicht sprechen wir noch mal mit Gloria!« Sie saßen eine Weile wortlos da, bis Schwaiger bemerkte: »Lassen wir diese beiden mal so stehen … Also weiter: Diego Casti?«

Conte überlegte laut: »Seine Fingerabdrücke zeigen null Übereinstimmung mit unseren Spuren.«

»Okay. Schauen wir uns die Stöckl noch mal an. Raffiniert genug wäre sie allemal, insbesondere mit einem starken Motiv: das Konto in Vaduz.«

Conte zuckte die Schultern. »Wie gesagt, sie war zur ersten Tatzeit an einer Strandbar, als eine der ersten Tagesgäste – hat die Bedienung ausgesagt. Und was sie mit Barbieri zu schaffen gehabt haben sollte, erschließt sich mir auch nicht. Wozu hätte sie den über die Klinge springen lassen sollen?«

Isabelle musste zugeben, dass Ela recht hatte. Sofern das Alibi stimmte, konnten sie ohnehin einpacken.

»Dann bleibt ja nur noch Ricardo Rocca übrig, zumal der angeblich auch was mit der jungen Deutschen hatte. Das ergäbe einen Doppelhass auf Schretzmeier und Barbieri. Hinzu kommt, dass er als Biologe natürlich um die Wirkungsweise der tödlichen Substanzen wusste.«

Isabelle fixierte Ela. »Du müsstest ihn zu einem Speicheltest einbestellen, das macht ihr mit anderen anständigen Leuten ja auch.«

Ela verstand den Seitenhieb. »Freiwillig verlässt der seinen Wichtigtuerposten am Strand nie und nimmer.« Conte seufzte. »Das Problem ist sein Alibi, er war ja auf Malle.« Mit der Staatsanwaltschaft hatte sie wenig Erfahrung, bislang war dies stets Materazzis Part gewesen. Sie schlug sich mit der Faust aufs Knie. »Ihr könnt euch gar nicht vorstellen, wie ich mich für diesen Blindgänger schäme – so was treibt als Commandante sein Unwesen.«

Grob überschlug sie, ob sie einen formalen Antrag aus Materazzis Mailaccount heraus riskieren oder gar seine Unterschrift fälschen sollte … und kam zu keinem Ergebnis.

»Wolltest du Roccas *Ballermann*-Alibi nicht noch checken?«, wollte Isabelle wissen. »Der ist doch echt alles andere als ein Malle-Saufkopf, ich finde das eigenartig.«

»Bin noch dran.« Brandheiß fiel der Commissaria ein, dass ihr das durchgerutscht war, weil sie kaum wusste, wo ihr der Kopf stand, und ihr System immer wieder abstürzte – hatte da jemand aus den eigenen Reihen einen Virus eingeschleust? Nicht ausgeschlossen, so was hatten sie schon mal gehabt. Sie fluchte.

»Andere Frage, Isa: was Neues in Sachen Sankt Cappellano?«, erkundigte sich Schwaiger.

»Hätte ich dir schon gesagt«, gab Isabelle spitz zurück. Sie ärgerte sich über sich selbst, noch mehr aber über den Seelsorger. »Er ist für ein paar Tage weggefahren.« Es sollte möglichst locker klingen, aber es gelang nicht.

»Wird ja immer besser«, eiferte sich Schwaiger. »Ich hab's ja gleich gesagt, da ist was oberfaul. Mich würde inzwischen gar nichts mehr wundern.«

»Unsinn! Du willst doch nicht etwa andeuten, dass Giulio …« Doch auch Isabelle schmeckte es gar nicht, dass er abgetaucht war. Nicht, dass der am Ende doch … immerhin bekam er das ganze Elend seiner Schäfchen hautnah mit … Aber nein! Isabelle verwarf diesen Gedanken sofort wieder. Auf jeden Fall hätten sie mehr Energie darauf verwenden sollen, die Angehörigen der toten Studentin zu finden, anstatt sich mit dem Bauprojekt zu verrennen! Ihre Intuition sagte ihr, dass da der Schlüssel im Heuhaufen lag.

»Gleich morgen durchforste ich das Urlaubs-Melderegister und die Strandverwaltung, so sollten wir an den Namen des Mädchens kommen«, weckte Conte sie aus ihren Überlegungen auf. »Und wenn sie doch Melanie Stöckls Tochter war, dann …«

»… hat uns ihre Mutter aber einiges zu erklären.«

Inzwischen hatte es zugezogen, dunkle Gewitterwolken waren an die Stelle der zarten Schäfchenwolken getreten und standen bedrohlich über der ersten Hotelzeile. Windböen wirbelten Sand auf – das seit Tagen vorhergesagte Unwetter würde nicht mehr lange auf sich warten lassen. Am Horizont zuckten Blitze über das Meer, das sich innerhalb weniger Minuten bedrohlich dunkel verfärbte.

Sie packten zusammen und kämpften sich gegen den Sandwind zurück zur Via Auriga, wo der Dienst-Lancia abgestellt war. Conte ließ die Kollegen am Minigolfplatz vor der *Pizzeria Acapulco* aussteigen, die letzten Meter legten sie zu Fuß zurück, obgleich es schon zu tröpfeln begonnen hatte.

»Ich lasse von mir hören!«, rief Ela Conte durch das geöffnete Fahrerfenster gegen das Donnergrollen an und rauschte davon. Kurz darauf schüttete es, binnen Sekunden waren sie zum zweiten Mal innerhalb von zwei Tagen komplett durchnässt. Der Wind steigerte sich zu einem starken Sturm – alles, was nicht niet- und nagelfest verzurrt war, wurde umgeworfen und meterweit gewirbelt.

Romeo hatte lange Wache gehalten und sich schließlich im trockensten Winkel unter dem Garagendach verkrochen, als es zu stürmen begann. Isabelle durchforstete den Kühlschrank, zauberte innerhalb kürzester Zeit eine opulente Käse-Wurst-Lachs-Abendbrotzeitplatte für drei. Mensch und Tier waren befriedigt.

32

Am nächsten Morgen

Contes Stimme am Telefon klang aufgeregt. »Leute, wir haben ihn! Er hat uns einen Riesenbären aufgebunden, Isa hatte recht.« Die sich überschlagende Intensität ihrer Stimme brachte Isabelles Handylautsprecher an seine Belastungsgrenze. »Von wem redest du? Klartext, bitte!«

Isabelle hatte sich im Supermercato mit frischen Meeresfrüchten und Obst eingedeckt und überquerte gerade mit zwei Plastiktüten in der Hand einen Zebrastreifen in Richtung Therme. Sigi stand auf der anderen Straßenseite in einem Sportgeschäft und testete die Qualität der Basketbälle. Zwar wusste sie um Elas Temperament, aber so viele Dezibel überrollten sie doch. Vor Schreck fiel ihr das Smartphone aus der Hand, das Display hatte nun ein paar Kratzer mehr, zum Glück war es nicht gesprungen. Das Orangennetz war gerissen, Früchte kullerten über den Asphalt. Ein Auto musste bremsen, lautes Hupen.

Endlich hatte Isabelle den Gehweg erreicht. Ungeduldig winkte sie ihren Kollegen heran. Er hatte ihre missliche Lage gar nicht mitbekommen, da er sich nicht zwischen zwei Bällen entscheiden konnte. Gemeinsam sammelten sie die Orangen ein.

Conte bellte ins Handy: »Du hattest von Anfang an den richtigen Riecher, Isa. Mallorca war ein Fake, keiner in El Arenal kennt Rocca. Eine dreiste Lüge, er hat uns zum Narren gehalten.«

Dieser Chauvi! Dabei hatte er so überzeugend gewirkt, als er ihnen ein Flugticket unter die Nase gehalten hatte! Hatte der allen Ernstes geglaubt, damit durchzukommen? »Wie hast du es rausgefunden?«

Die Commissaria atmete deutlich hörbar, sie zwang sich jetzt, leiser zu sprechen: »Zuerst wollte die Fluggesellschaft die Daten nicht rausgeben. Aber meine Cousine ist Bodenstewardess am Fiumicino-Airport in Rom und hat Zugang zu allen Passagierdaten. Ein Rocca wurde an dem fraglichen Tag nicht befördert, auch nicht von Venedig aus, stattdessen fand sich im System eine kurzfristige Umbuchung auf eine andere Person – an seiner Stelle ist eine Frau geflogen. Auch die spanischen Behörden hatten keine Einreise eines Ricardo Rocca zu verzeichnen, die Hotelbelege sprechen eine eindeutige Sprache. Noch Fragen?«

»Kennen wir diese Dame, die an seiner Stelle ...?«

Conte fiel ihr ins Wort. »Ein unbeschriebenes Blatt. Ein *eBay*-Deal, nichts weiter. Aber es kommt noch besser: Rocca hat sich auch selber verraten, er hat zwei Parkscheine gekauft. Per Handy-App.«

Isabelle schaltete sofort. »Verstehe.«

»Datenschutzrechtlich eigentlich verboten. Aber in diesem Fall habe ich mir den Luxus mal geleistet.«

»Genial ... Hat er denn für beide Mordtage Parktickets gekauft?«

»Hat er. Jedes Mal nahe der Tatorte: einmal 100 Meter,

das andere Mal 50 Meter entfernt. Vor dem *Luna Park* und beim Bootshafen. Wie dämlich muss man da sein!«

»Gläserner Bürger.«

»In dem Fall bin ich froh darüber.«

Schwaiger warf ein: »Wenn ich das richtig sehe, könnte doch auch jemand anderer sein Auto genommen und die Parktickets gekauft haben … Theoretisch könnte er den Wagen einem Kumpel geliehen haben. Richtig?«

»Theoretisch könnte auch gleich ein rosa Elefant über die Straße laufen! Wie eindeutig willst du es denn noch? Den finalen Beweis holen wir uns jetzt, ich habe einen richterlichen Haftbefehl gegen Rocca, da machen wir den Sack zu. Wir greifen ihn uns direkt, ihr seid doch dabei?«

Schwaiger hatte Bedenken. »Ohne Verstärkung? Wer weiß, ob der einfach so …?«

»Gerade ist kein Kollege verfügbar. Sind alle in Einsätzen. Angeblich.«

Kein Kollege verfügbar? Schwaiger und Isabelle hatten eher das Gefühl, dass Conte ihren Kollegen nicht traute. Denn normalerweise brauchte es für eine Verhaftung mindestens zwei Beamte.

»Wir sind ja zu dritt. Aber Vorsicht: Falls Rocca ausrasten sollte, müssen wir uns gegenseitig schützen. Leider habt ihr keine Dienstwaffen.«

»Diesen Märchenonkel schlepp ich dir eigenhändig im Polizeigriff aufs Revier, wenn's sein muss.« Schwaiger war stinksauer.

»Euer aktueller Standort?«

»Sekündchen …« Isabelle gab per Klick die Handyortung frei, sodass die Italienerin ihren Aufenthaltsort angezeigt bekam.

»Seht zu, dass ihr in zehn Minuten an der Pista Lungomare seid, Höhe Via Orsa Minore. Direkt an der Steinpromenade – findet ihr das? Keine 500 Meter Fußweg für euch. Eure Einkäufe könnt ihr in mein Auto legen.«

»Geht klar, Boss«, scherzte Schwaiger, »avanti.«

33

Eine Viertelstunde später traf sich das Trio an der Orsa Minore, die Commissaria war sichtlich angespannt. »Ich möchte ihn ungern mit Handschellen vom Strand abgreifen. Und es muss sichergestellt sein, dass die Badegäste zu keinem Zeitpunkt in Gefahr geraten, es sind auch viele Bambini da. Also: Isabelle und ich geleiten ihn seitlich. Und du gehst unmittelbar hinter ihm, Sigi!«

»Wir sind keine Anfänger.«

»Ohne euch wüsste ich echt nicht, was ich machen sollte!« Entschlossen schritten sie zum Salvataggio-Hochsitzposten. Ela Conte winkte den Baywatch herunter. Als er die Beamten wahrnahm, verdrehte er die Augen und begab sich aufreizend langsam nach unten.

»So wenig zu tun?«, stellte er lakonisch fest.

Conte ging nicht darauf ein. »Ricardo Rocca, ich sage das jetzt genau einmal: Begleiten Sie uns zur erkennungsdienstlichen Feststellung nach Latisana. Jetzt sofort. Ohne Aufsehen.«

Sein Gesicht erstarrte. »Wie? Ich bin festgenommen? An meinem Arbeitsplatz?«

»Wir wollen nur zwei, drei Tests im Präsidium durchführen«, wich die Commissaria aus, »natürlich können Sie jederzeit einen avvocato hinzuziehen. Das würde ich Ihnen sowieso dringend empfehlen.«

»Das ist ja wohl ein ganz schlechter Scherz.«

»Keinen Eklat, per favore!« Conte legte ihre Hand beherzt auf seinen linken Unterarm. Empört riss er sich los, bockte wie ein Kleinkind. »Un momento! Was ... was werft ihr mir vor?« Das war deutlich lauter als nötig.

Die Ermittler sahen sich um. Einige Badegäste waren aufmerksam geworden, ein etwa zehnjähriger Junge, der in der Nähe mit einer Riesenschaufel werkelte, gesellte sich neugierig zu der Vierergruppe. Keine ungefährliche Situation, wenn Rocca die Nerven verlor ... Mit einer unwirschen Kopfbewegung gab Schwaiger dem Jungen zu verstehen, dass er sich verzupfen sollte. Doch das pummelige Kerlchen mit Ganzkörpersonnenbrand machte keinerlei Anstalten zu verschwinden. Conte blitzte Rocca an, sie zwang sich, ganz leise zu sprechen: »Kommen Sie unauffällig mit. Prego!«

»Ridicolo!«, ereiferte er sich temperamentvoll, seine Halsader schwoll gefährlich an. »Wie wollen Sie mir was beweisen? Na, wie? Haben Sie eine Spritze gefunden, die mir gehört?«

»Ich denke nicht, dass das hier der richtige Ort ist, um das zu besprechen. Können wir?«

Lautstark meldete der Schaufel-Blondschopf seiner Mutter, die einige Meter entfernt in einem Liegestuhl demonstrativ angestrengt in einem Buch las: »Mami, da wird gerade ein Böser festgenommen.«

Das hatte noch gefehlt! Die Lausbuben-Bemerkung führte dazu, dass noch mehr Leute aufmerksam wurden. Sensationslüstern schielten sie herüber, zum Glück hielten sie Abstand. Noch.

»Blödsinn!«, rief die angesprochene Dame, Typ Pommespanzer mit Blümchenbadeanzug, mit schwäbischem

Dialekt. Im Zeitlupentempo erhob sie sich, um herüberzuwackeln. Die Fahnder wussten, dass es allerhöchste Zeit war. Was, wenn Rocca durchdrehte? Gegen den Riesenbrocken würden sie es selbst zu dritt nicht leicht haben! Wer konnte schon wissen, wozu ein zweifacher Mörder, der seine Felle davonschwimmen sah, fähig war? Eine Geiselnahme am Familienstrand war das Letzte, was sie brauchen konnten. Sie mussten schnell handeln. Schwaiger baute sich mit entschlossener Körperspannung vor dem Verdächtigen auf.

Zum Glück gab dieser klein bei.»Okay, okay, ich komme mit. Aber der Strandabschnitt muss bewacht werden ... ich habe die Verantwortung.«

Die Ermittler atmeten auf.»Geben Sie einfach einem Kollegen per Walkie-Talkie Bescheid!«

Da er keinen Widerstand leistete und um nicht noch mehr Aufmerksamkeit zu erregen, verzichtete Conte auf Handschellen. Schwaiger schirmte das Trio ab, was mehr schlecht als recht gelang. Unter den aufdringlichen Blicken halb nackter Gaffer spazierten sie wie durch ein Spalier zum Polizeiauto – eine befremdliche Karawane. Wann wurde schon mal ein Baywatch direkt am Strand festgenommen?

Die Frauen saßen vorne, die Männer hinten. Gesprochen wurde kein Wort. Erst als sie das Ortsausgangsschild passiert hatten, wollte Rocca kleinlaut wissen:»Wie ... wie seid ihr auf mich gekommen?«

Conte antwortete:»Da fragen Sie noch? Ihre Antipathie gegen Schretzmeier, Ihre Anzeige gegen Barbieri, das falsche Mallorca-Alibi! Unsere Kriminaltechnik hat feinste Täterspuren an den Leichen und an den Tatorten extrahiert, per Abgleich werden wir Ihnen die Täterschaft nachweisen. Sie sollten uns nicht für minderbemittelt halten!«

»Es ... es war ein Fehler«, stammelte er weinerlich. Trotz seiner wuchtigen Erscheinung wirkte er jetzt hilflos, fast konnte er einem leidtun. Offensichtlich hatte er begriffen, dass sein Spiel aus war. »Ich ... ich hätte das nicht tun dürfen. Es tut mir alles so leid.«

Ganz neue Töne. Rocca sackte auf seinem Sitz zusammen, ein Häufchen Elend, von seinem Chauvinismus war nichts mehr zu spüren.

»Soso. Dann müssten Sie uns jetzt nur noch fürs Protokoll beschreiben, wie Sie bei den Taten genau vorgegangen sind«, verlangte Conte, während sie auf die Verbindungsstraße nach Latisana einbog. »Auf dem Revier sind wir dann umso schneller fertig.«

»Wozu das denn?«, zierte Rocca sich. »Ihr habt doch euren Doppeltäter gefangen, ich habe gestanden. Ihr habt es alle gehört. Reicht euch das nicht?«

Conte ging nicht darauf ein. »Wie genau haben Sie es angestellt? Und es wäre mir sehr recht, wenn wir zum ›Sie‹ zurückkehren könnten. Woher hatten Sie die Substanzen? Und wie war das mit dem Pesto?«

»Substanzen? Pesto?«

»Na, das tödliche Mittel für Ihre Opfer. Stellen Sie sich nicht so dumm!«

»Aus ... aus dem Internet.«

»Wo da genau? Welche Seite?«

»Äh, das weiß ich nicht mehr auswendig. Irgendeine amerikanische Seite.«

»Amerikanische Seite ... soso«, wiederholte Schwaiger langsam. Hatte Frau Doktor Faltermeier nicht ausdrücklich gesagt, dass man die Mittelchen problemlos im deutschsprachigen Raum ordern könne?

»Auf diese ominöse Seite sind wir gespannt. Und wie haben Sie das Pesto präpariert?«

»Wie meinen Sie?«

»Ach, kommen Sie! Okay, anders gefragt: Welche Mittel waren das genau, die Sie verwendet haben?«

»Habt ihr das denn noch nicht untersucht?«

»Doch. Wir wollen es aber von Ihnen noch mal hören.«

»Äh, nun … also, es war … *Botox.*«

»Aha. Sind Sie da ganz sicher, Herr Rocca?«

Zögern. »Ja, schon. Botulinumtoxin. Ein schnell wirkendes Nervengift. Was wollen Sie denn noch, verdammt!«

Das konnte eigentlich nicht stimmen. Weshalb log Rocca? Das Pathologische Institut in Venedig hatte zweifelsfrei festgestellt, dass es K.-o.-Tropfen in Form von *Liquid Ecstasy* sowie ein Derivat des Pfeilgiftes *Curare* venezolanischen Ursprungs waren. Daran gab es nichts zu deuteln. Von *Botox* keine Spur.

»Wo sind die leeren Spritzen jetzt?«, wollte Schwaiger wissen.

»Weggeworfen. Im Wald vergraben.«

Veralberte Rocca sie schon wieder?

»Andere Frage: Wie kamen Sie an die Tatorte?«

»Ich verstehe nicht.«

»Zu Fuß? Fahrrad? Auto? Raumschiff?«

»Mit meinem Moped.«

»Farbe?«

Er überlegte eine Sekunde zu lang. »Blau … blau-gelb.«

»Aha, mit Ihrem blau-gelben Moped. Korrekt?«

Schwaiger schüttelte den Kopf. Weder im Sand beim

Bootshafen noch beim *Luna Park* waren irgendwelche Mopedspuren sichergestellt worden. Was zum blinden Affen faselte Rocca sich da zurecht?

»Und da sind Sie sich ganz sicher?«, bohrte Isabelle nach, obwohl ihr schon klar war, dass Rocca ihnen einen Riesenbären aufband. Nein, Rocca war nicht ihr Mann. Definitiv nicht.

»Si, si.«

»Ich fasse nochmals zusammen«, versuchte es Schwaiger erneut. »Sie fuhren mit dem Moped zum Strand und verabreichten Schretzmeier eine tödliche *Botox*-Spritze. Genauso beim *Luna Park*. Haben wir das richtig verstanden?«

»Si. Warum fragen Sie?«

Schwaiger suchte Blickkontakt mit den Kolleginnen ... Beide hatten einen reichlich perplexen Gesichtsausdruck. Wollte er jemanden decken? Einen Freund? Eine Freundin?

Rocca begriff, dass Aufklärungsbedarf bestand. »Also, ich habe das Moped abgestellt und bin dann zu Fuß hinter Schretzmeier hergelaufen, ehe ich ihn am Bootshafen ... ihr wisst schon. Ich wusste ja, wo ich ihn finden konnte, er spazierte dort jeden Sonntag entlang. Zufrieden?«

Isabelle stieß Conte an, beide rollten die Augen. »Sind Sie sicher, dass Sie nicht vielleicht doch mit Ihrem Auto rangefahren sind?«

»Mit dem Auto? No, no ... Wie kommen Sie denn jetzt darauf?«

»Sie haben einen schwarzen Fiat Punto, älteres Baujahr ... richtig?«

»Schon. Aber ... was soll diese Fragerei?«

»Das kann ich Ihnen erklären«, präzisierte Conte. »Sie

haben sich an den fraglichen Tagen Handy-Parktickets gekauft. Komisch, nicht?«

»Parktickets?« Langes Zögern. »Ach ja, stimmt. Jetzt erinnere ich mich wieder, ich habe das Mountainbike beide Male in das Auto geladen.«

Wieder eine neue Story. »Und wo genau haben Sie Schretzmeier das Gift injiziert?«

»Mio dio! In seinen linken Arm. Zufrieden?«

Auf Isabelles und Elas Gesichtern standen dicke Fragezeichen. »Nicht zufällig in seinen rechten?«

»Äh ...«

Conte fuhr mit quietschenden Reifen rechts ran, würgte unsanft den Motor ab, schlug erbost auf den Knopf der Warnblinkanlage. Was verzapfte Rocca da für einen Bullshit?

Isabelle sah Schretzmeiers Leiche noch genau vor ihren Augen – der hatte einen Einstich rechts gehabt. Auch wenn es schwerfiel, es sich einzugestehen, aber Rocca *konnte nicht* der Täter sein. Der Baywatch war nie und nimmer der Doppelmörder, den sie jagten, er hatte keinerlei Täterwissen. Nur wenn *er* es nicht war – wer dann?

»Shit!«, entfuhr es Isabelle Martin ganz entgegen ihrer Gewohnheit. »So eine verdammte Sch...!«

»Raus mit der Sprache!« Schwaigers Puls schwoll an, er fixierte Rocca scharf. »Hör auf, uns für dumm zu verkaufen. Für wen hältst du den Kopf hin? Los, red schon!«

Dieser senkte den Blick, um den Ermittlern nicht in die Augen sehen zu müssen. Ganz leise flüsterte er: »Ich ... ich hatte das Auto an beiden Tagen Gloria geliehen. Sie wollte Freundinnen besuchen ... Sie hat selber kein Auto. So einfach.«

Den Fahndern schwirrte der Kopf. War das jetzt die Wahrheit? Oder wieder nur ein Ammenmärchen? »Verdammt! Nichts von dem, was Sie erzählen, stimmt. Sie waren überhaupt nicht mit dem Moped an den Tatorten. Wieso machen Sie das?« Schwaiger war richtig ungehalten.

Jetzt schluchzte Rocca. »Ich ... ich wollte sie schützen, deshalb habe ich alles auf mich genommen. Ich hatte Angst, Gloria hätte ...«

»Sie befürchteten, sie hätte Schretzmeier umgebracht? Und dafür nehmen Sie zwei Morde auf sich? Respekt ... Aber wie kamen Sie überhaupt darauf, dass sie ...«

»Sie ist doch noch fast ein Kind. Ich wollte nicht, dass sie ... Sie würde im Gefängnis zugrunde gehen. Sie ... sie ist ... sie ist doch meine Tochter. Okay? Wollen Sie den Geburtsschein sehen? Ich habe immer eine Kopie dabei. Wir leben nicht zusammen, sie wohnt bei ihrer Mutter, und wir haben nur wenig Kontakt. Aber ich kann nicht mit ansehen, wie sie leidet.«

Isabelle war fassungslos. Sie hatte es immer geahnt gehabt – seit dem ersten Treffen, als ihr Roccas seltsam verspannte Armhaltung aufgefallen war. Nur war sie dem Impuls damals nicht nachgegangen. Das erklärte natürlich einiges.

»Bitte *waaas*?« Schwaiger fasste sich als Erster. Rocca war Glorias Vater! Darauf wäre er nie im Leben gekommen! Konnte man dem grazilen Mädchen wirklich zwei eiskalte Giftmorde zutrauen? Nie und nimmer. Blicke zu den Kolleginnen verrieten ihm, dass sie beide das Gleiche dachten. Wie konnte Rocca nur so naiv sein zu glauben, dass seine Tochter ...?

»Los, ruf sie an! Aber subito! Ruf deine Tochter an, wir müssen mit ihr sprechen.«

In diesem Moment surrte Isabelles Handy: Cappellano Giulio. Ausgerechnet jetzt. Kurz überlegte sie, ob sie ihn wegdrücken sollte, nahm dann aber doch an.

»Frau Martin, entschuldigen Sie bitte vielmals, dass ich nicht zurückgerufen habe, bei den Exerzitien gab es keine Möglichkeit. Sie wollten den Namen der deutschen Lehramtsstudentin wissen, die vor einiger Zeit an einer Überdosis gestorben ist ...«

Der Anruf kam zwar jetzt unpassend, aber Isabelle wollte nicht unhöflich sein. »Eigentlich passt es gerade nicht, aber lassen Sie hören, Giulio! Wer war denn die junge Dame?«

Als der Geistliche den Namen nannte, verschlug es Isabelle die Sprache. Ihre Augen weiteten sich. Sie glaubte, sich verhört zu haben. Nein, das konnte nicht sein! Plötzlich läuteten bei ihr alle Glocken. Da war es überdeutlich: das Motiv! Und der Täter. Oder sah sie weiße Mäuse?

»Sind Sie sich da ganz sicher?«

»Natürlich, ich erinnere mich noch bestens an die Trauerfeier. Die tragischen Bilder sind in meinem Kopf eingebrannt, ich wollte gerne den Kontakt halten, aber es kam nie etwas zurück. Das ist nicht unüblich, viele wollen den Trauerprozess allein ... Ich glaube, da hatte sich einiges angestaut, Wut und Aggression.« Der Priester nannte nochmals den Namen, ein Übermittlungsfehler war ausgeschlossen. »Sagen Sie, Frau Martin, wieso ist das denn so wichtig für Sie?«

»Weil ...!« Isabelle schrie fast ins Gerät. Mein Gott, raffen Sie denn überhaupt nichts?, hätte sie ihm am liebsten laut ins Gesicht geschrien. Stattdessen sagte sie ganz ruhig: »Sie haben uns sehr geholfen, Cappellano Giulio. Mille grazie. Wir müssen jetzt Schluss machen, ich informiere Sie.«

Mehr musste sie nicht wissen … Die Gespräche der letzten Tage, die ganzen Alibis, ihre persönlichen Eindrücke, ihre subtilen Beobachtungen und jetzt dieser Anruf. Das alles ließ nur einen logischen Schluss zu.

Isabelle Martin ließ das Handy langsam sinken, schlug sich mit der flachen Hand an die Stirn. »Dass wir darauf nicht gekommen sind!« Sie steckte das Gerät ein. »Alles Mögliche haben wir kalkuliert, nur das nicht. Das Naheliegendste haben wir übersehen, Leute! Auch ich hatte Tomaten auf den Augen, habe mich total blenden lassen. Oder leide ich an Paranoia?«

»Was denn? Sag schon!«

Mit kurzen Worten setzte Isabelle die anderen ins Bild. Schwaiger schlug sich mit der flachen Hand auf die Stirn. Nein, keine Paranoia! Allerspätestens nach dem Fußballtennismatch und dem Gespräch mit Andy Reinhardt hätte er zwei und zwei zusammenzählen müssen … und sich nicht abspeisen lassen dürfen. Herrgott, man musste doch nur einmal um die Ecke denken, dann ergab alles einen Sinn. Die Frage, die sich jetzt stellte, lautete: Wo konnten sie die Person abgreifen, bevor sie erneut …? Denn da war mit Sicherheit noch eine letzte Rechnung offen.

Ela hatte bereits Bianchis Nummer auf ihrem Smartphone eingetippt. Zum Glück ging die Assistentin sofort ran … und sie wusste zum Glück sogar, wo ihr Chef sich aktuell befand, da sie mit seiner Handyortung verknüpft war. Welch Glücksfall! Sehr ungewöhnlich, dass Bianchi um diese Tageszeit in einem einsamen Waldgebiet rumlief, das war sicher kein Zufall, da war etwas im Busch.

»Kommt, Leute, wir dürfen keine Zeit verlieren. Und du«, Schwaiger stupste Rocca mit der flachen Hand auf die Brust, »steigst hier aus! Aber wir sprechen uns noch. Falschaussagen sind kein Kavaliersdelikt.«

34

Die Person surfte im Netz, klickte die Homepage von *Project B. immobiliare società* an – wie so oft in den letzten Monaten. Mit einem großkotzigen Webauftritt protzte das Unternehmen mit Luxuswohnanlagen, die allesamt lange bereits vor ihrer Fertigstellung verkauft worden waren ... Ein Investorenbetrug sondergleichen. Wie viele wohl darauf hereingefallen sein mochten? Dabei musste das Gebiet erst noch brandgerodet werden. *El Paradiso – Ihr Weg ins Paradies!* Hochtrabende Versprechungen. *From Paradise to Hell* hätte bedeutend besser gepasst!

»Heute ist großer Vergeltungstag – Fortuna schlägt zurück!«, raunte die Person entschlossen. »Mein einzigartiges Präsent an alle Bianchi-Schretzmeier-Barbieri-Opfer! Zahltag!«

Schretzmeier und Barbieri waren nur die Auftakte gewesen. Das Prélude. Jetzt folgte das eigentliche Finale mit dem Spiritus Rector! Doch der Person lief die Zeit davon. Diese raffinierte Commissaria und die gewieften Bayern waren Bluthunde, die ließen sich garantiert nicht länger hinhalten! Womöglich hatten sie sie schon auf dem Kieker! Ursprünglich hätten die Mordkandidaten länger zappeln sollen, doch nun galt es, den Sack zuzumachen, andernfalls war der Zug abgefahren. *Tempus fugit ...*

Ihr Lumpenpack hättet eure Spielchen noch jahrelang weitertreiben können, wenn … ja, wenn ihr euch nicht so direkt mit mir persönlich angelegt hättet! Da *musste* ich aktiv werden. Nie wäre ich euch auf die Schliche gekommen, und mir wäre euer Treiben auch egal gewesen, wenn ihr mich nicht selbst im Innersten getroffen hättet – mit meiner Tochter! Meinem Fleisch und Blut. Eure Machenschaften brechen euch jetzt das Genick, so wahr ich hier sitze.

Die Person legte das Tablet beiseite, schlüpfte in die bereitgestellten Turnschuhe und bestieg ihr Trekkingbike, bei dem sie zuvor nochmals den Reifendruck geprüft hatte. Gemächlich radelte sie ortsauswärts. Sie hatte ausreichend Puffer bis zum vereinbarten Treffpunkt, nichts hasste sie mehr als Zeitstress. Die Falle war ausgelegt. Der Countdown zum Grande Finale hatte begonnen, das Highlight stand unmittelbar bevor.

35

»Passt auf, Leute: Wir teilen uns auf, nur so haben wir
eine Chance, das Schlimmste zu verhindern. Wenn wir
zusammenbleiben, bräuchten wir Stunden, um das Gebiet
zu durchkämmen, dafür ist es zu groß. Am besten nimmt
sich jeder ein Planquadrat vor.«

Ela faltete das Messtischblatt auf und malte mit einem
Filzstift Ziffern darauf, die sie mit ihren Namen beschriftete. Sie kannte das schwach bewaldete Wiesen- und Feld-
areal nordöstlich von Bibione wie ihre Westentasche, es
war hier nicht ihr erster Einsatz. Sie wusste, dass sich in
diesem mehrere Hektar großen berüchtigten Territorium
gerne halbseidene Gestalten zum Stelldichein trafen. Selbst
Drogenhandel und käuflicher Sex waren keine Seltenheit,
zumal es mehrere kleine Schutzhütten und Holzstöße gab,
wo man sich gut zurückziehen konnte, ohne gesehen zu
werden. Vor allem war es abgelegen. Die Wahrscheinlich-
keit, unliebsam überrascht zu werden, war gleich null,
denn man sah und hörte schon von Weitem, wenn sich
ein Auto oder Motorrad näherte. Ganz abgesehen davon,
dass die Wege ohnehin nur für Fahrräder und Traktoren
freigegeben waren.

»Hör mal, Ela, wäre nicht spätestens jetzt der richtige
Zeitpunkt für eine Großfahndung?«, warf Isabelle ein.

»Läuft schon!«, antwortete sie. »Verstärkung aus Latisana ist angefordert, aber bis die Jungs da sind, kann eine halbe Ewigkeit vergehen. Bei uns dauert so was Lichtjahre, da müssen erst mehrere wichtige Leute ihr Okay geben.« Isabelle schnaufte. Sie verspürte nicht die geringste Lust, in diesem unübersichtlichen Areal zu Fuß Jagd auf einen Doppelkiller zu machen, genau genommen hielt sie es für höchst verantwortungslos. Vor solchen Kamikaze-aktionen war sie in der Ausbildung immer eindringlich gewarnt worden – »Eigenschutz vor Fremdschutz«, Polizeidienstvorschrift 450! Andererseits war Gefahr im Verzug. Ein Mensch war in Bedrängnis, möglicherweise sogar in Lebensgefahr. Immerhin waren sie ja per Handyortung connected, zudem vereinbarten sie, in Sichtweite zu bleiben. Und es war heller Tag und die Sichtverhältnisse waren optimal, also Augen auf und durch. Dennoch war sie fest entschlossen, so defensiv wie irgend möglich vorzugehen. Auf keinen Fall würde sie die Heldin spielen, ihr Streifschuss machte ihr immer noch zu schaffen. Sie spürte, wie Adrenalin durch jede Faser ihres Körpers schoss. Wohin das führte, wusste sie: In wenigen Minuten würden sich ihre Muskeln so sehr verspannt haben, dass sich ein quälender Ganzkörperschmerz breitmachte, gegen den sie nichts machen konnte. Sie atmete vier Sekunden tief ein, dann zehn langsam durch den Mund aus. Dreimal hintereinander.

»Wenn euch etwas komisch vorkommt, schreibt sofort in die Gruppe oder gebt Handzeichen!«

»Zugriff!«, befahl Schwaiger gewohnt großspurig. Doch seine Gesichtszüge verrieten tiefste Anspannung und offenbarten, dass ihm alles andere als wohl bei der Sache war. Das hier war kein Pappenstiel. Isabelle warf ihm einen zornigen Blick zu – jetzt war ganz sicher nicht der passende Zeitpunkt für Getöse.

Sie trennten sich und tauchten, jeder für sich, in das sonnendurchflutete Waldgebiet ein, um die Lage zu sondieren, bis hoffentlich bald Verstärkung eintraf.

36

Das idyllisch gelegene Holzhäuschen glänzte erhaben in der hoch stehenden Sonne. Ihre Strahlen flirrten über die üppige Vegetation und tauchten das Areal in grelles Licht, daneben der kleine Süßwassersee – in wenigen Wochen würde er ausgetrocknet sein. Nur selten verirrten sich Menschen hierher. Selbst die zahlreich vertretenen Singvögel zogen es vor, im Schatten der Nadelbäume ein ausgiebiges Mittagsschläfchen zu halten. Die Person stellte ihr Fahrrad an einer Baumgruppe ab und setzte sich auf den mit Piniennadeln übersäten Waldboden. Sie atmete tief die würzige Luft ein, es roch nach wilder Rauke und frischer Pfefferminze. Warten.

Nach geraumer Zeit vernahm sie weit entfernt einen Motor. Das musste er sein. Die Person war deutlich angespannter als bei den ersten beiden Taten. Sie musste jetzt voll konzentriert sein, durfte keinen Fehler machen.

Behutsam rappelte sich die Person auf und ging auf ihren Posten. Sie hatte sich alles genau überlegt, die Szene mehrmals in Gedanken durchgespielt. Der Überraschungseffekt würde sitzen. Sogar an eine Flasche mit eiskaltem Wasser als Köder hatte sie gedacht – der andere konnte gar nicht anders als ...

Näher kommende Schritte. Hüsteln. Schnaufen. In Kürze würde der andere ... gleich ... Ja, jetzt! Seelenruhig trat die Person aus ihrem Versteck hervor.

Giovanni Bianchi fiel vor Schreck alles aus dem Gesicht.
»Nanu? Was wollen Sie denn hier?« Er erstarrte zur Salz-
säule. Die Person streckte sich genüsslich, sprach mit ganz
ruhiger Stimme. »Wen haben wir denn erwartet? Commandante Materazzi?«

Gegenseitiges Belauern. Bianchi sah sich um, ob vielleicht irgendwo Materazzi versteckt wäre ... und gleich
auftauchen würde, um lachend alles aufzuklären. Doch er
wartete vergeblich. Weit und breit kein Polizeichef.

»Sie brauchen gar nicht nach ihm zu suchen«, ließ sich
die Person bedrohlich leise vernehmen. »Ihr Busenfreund
ist nicht da. Er weiß gar nicht, dass wir hier sind. Der sitzt
gemütlich zu Hause und zieht sich Videos rein.«

Bianchi ging ein Licht auf. Er war in eine Falle gelockt
worden. »Materazzi ist nicht mein ›Busenfreund‹. Wie
kommen Sie darauf?«

»Haarspalterei! Aber schön, nennen wir ihn ›Partner‹.
Oder ›Wegbereiter‹? Ist Ihnen das lieber? Wie viel Schwei-
gegeld haben Sie ihm in den letzten Jahren gezahlt. Na?«

»Sie ... Sie haben mich reingelegt. Sie haben mich unter
falschem Namen hierherbestellt. Was wollen Sie?« Bianchi machte Anstalten, sich zurückzuziehen, doch die Person trat einen Schritt vor. Das signalisierte eindeutig: Hier
ist kein Entkommen!

»Über Jahre hinweg haben Sie Materazzi geschmiert.
Damit er bei Ihren Drogen- und Schwarzgeschäften beide
Augen zudrückt. Hat ja auch geklappt. Bis jetzt.«

Bianchi wurde kreidebleich. »Mir ... mir geht ein Licht
auf: Sie ... Sie haben Schretzmeier und Barbieri auf dem
Gewissen. Was haben die Ihnen getan?«

»*Was die mir getan haben?*« Die Person betonte jedes
einzelne Wort. Lachte spöttisch, spuckte aus. »Wenn Sie
die ganze Geschichte hören wollen, erzähle ich sie Ihnen,
bevor Sie gleich ebenfalls ... Wie ich sehe, haben Sie ja
soeben einen kräftigen Schluck aus der Wasserflasche
getrunken, die ich als guter Gastgeber extra für Sie hinge-
stellt hatte, man weiß ja, was sich gehört, bei dieser Hitze.«
Hämisches Grinsen. »Los, rein in die Hütte. Avanti.«
    Bianchi hatte mit allem Möglichen gerechnet. Sogar
damit, dass Materazzi womöglich ein falsches Spiel mit
ihm trieb. Dass es ihm nach den beiden Morden zu heiß
geworden war. Überall hatte er nach Polizeiautos Aus-
schau gehalten, auch nach zivilen. Jede Ecke hatte er penibel nach Beamten in Zivil durchforstet, während er hier-
herkam, aber alles war sauber gewesen. Und nun *das*: Er
war dem Doppelmörder auf den Leim gegangen. Ausgerechnet. Aber noch war nicht aller Tage Abend. Kampf-
los würde er sich nicht ergeben.
    »Was passiert jetzt mit mir? Was war in dem Wasser
drin?«
    Verächtliches Grinsen. »Wenn Sie scharf nachdenken,
kommen Sie sicher drauf.«
    »Jetzt sagen Sie bloß ... wie zum Geier ...? Sie haben
sich einen Mail-Account unter Materazzis Namen angelegt ... und mich hergelockt, stimmt's?«
    »Schlaues Kerlchen, unser Herr Baupräsident. Alle Ach-
tung.« Die Ironie stand im Raum wie ein riesiger Eisblock.
    »Tja, Künstlerpech.«
    »Ich hatte mich noch gewundert, dass Materazzis Mail
unter *hotmail* kam, aber ich habe mir nichts dabei gedacht.
Ich vermutete, er hätte nur den Anbieter gewechselt.«

Süffisantes Lachen. »So kann man sich täuschen.«

»Ganz schön durchtrieben, das muss ich zugeben.«

»Sie ekeln mich an, Bianchi ... Wollen Sie meine Geschichte nun hören oder nicht?«

»Darf ich mich dazusetzen?« Bianchi spürte bereits ein Leichtigkeitsgefühl bei gleichzeitiger Erschöpfung. Waren das erste Wirkungen der K.-o.-Tropfen aus der Wasserflasche?

»Nichts da, Sie bleiben stehen. Von Mann zu Mann. Wir gehen in die Hütte, Sie dürfen als Erster.«

Die Person ließ einige Augenblicke verstreichen. »Dass Sie Plagiate für Ihre ›Luxusbauten‹ verwenden, habe ich nur am Rande mitbekommen, als ich anfing, mich für Sie zu interessieren – es hat mich angeekelt, aber so päpstlich bin ich nicht. Auch dass Sie mit Ihren ›Bauwerken‹ das Ortsbild verschandelt haben, hätte ich vielleicht noch ertragen können. Aber Sie haben etwas auf dem Gewissen, das ich sehr lieb hatte ... besser gesagt: jemanden. *Nicht irgendjemanden!* Deshalb sind Sie jetzt heute als Letzter des Triumvirats dran. Ich werde es genießen. Es ist meine ganz persönliche Wiedergutmachung. Sie wissen doch: Auge um Auge.«

»Sie ... Sie sind verrückt! Ja, das trifft es. Sie spielen Gott!«

»Sie hätten allen Grund, demütig zu sein. Nach all dem, was Sie angerichtet haben.«

»Wen soll ich denn auf dem Gewissen haben?«

»Meine über alles geliebte Tochter, wenn Sie es genau wissen wollen.«

Bianchis Augen weiteten sich. »Was habe ich denn mit Ihrem Fräulein Tochter zu tun? Ich kenne sie gar nicht.«

»Ihre Drogen. Jawohl, *Ihre!* Die Sie von Ihren Arbeits-
sklaven einschleppen ließen. Die Baufirma ist nur ein Teil
Ihres Imperiums. Den weitaus größeren Teil Ihres Vermö-
gens machen Sie mit Drogen. Die Mädchen wollten einfach nur feiern – fernab ihrer Heimat mal die Sau rauslas-
sen. In Klubs abtanzen. Ihre Freiheit genießen. Am Strand
flirten. Nichts weiter. Aber Ihnen und Ihren beiden Com-
pagnons sind Einzelschicksale ja egal. Ohne Ihren Adlatus
und ohne Sie würde meine Tochter noch leben, sie wurde
nur 20 Jahre alt.« Er machte eine Pause. »Jetzt wissen Sie
es. Wie nennt ihr das? Kollateralschaden?«

»Das … das wusste ich nicht«, stammelte Bianchi. »Das
tut mir sehr leid. Wirklich. Ihren Schmerz kann ich sehr
gut nachvollziehen. Wir bedienen nur einen Markt. Der
Bedarf ist nun einmal da, und wenn ich es wiedergutma-
chen könnte …« Bianchi fühlte, wie ihm immer schwum-
meriger wurde.

Die Person trat einen Schritt vor, sie kochte vor Wut.
»Einen Dreck tut es Ihnen! Was glauben Sie, wie wir gelit-
ten haben, meine Frau und ich! Sie können sich gar nicht
vorstellen, was man als Eltern da mitmacht. Mein Frau ist
darüber schwer krank geworden. Sie hat nur noch kurz
zu leben, ich habe nichts mehr zu verlieren.«

»Ich sagte doch, dass es mir leidtut. Bitte glauben
Sie mir das! Vielleicht könnte ich Ihnen ein Angebot
machen!«

»Ein Angebot?« Die Person lachte bitter. »Ich bin nicht
käuflich. Schon gar nicht, wenn es um meine Tochter geht.
Ich bin ein anderes Kaliber als die jämmerliche System-
hure Materazzi, ich prostituiere mich nicht. Sie sollten
sich was schämen!«

»Das tue ich ja!« Bianchi winselte fast.»Mein Gott, was soll ich denn machen? Leider kann ich nichts mehr rückgängig machen.«

»Lassen Sie Gott aus dem Spiel – ihr Italiener mit eurer Bigotterie! Schretzmeier wollte um jeden Preis unsere *Villen* haben, um sie plattzumachen und *El Paradiso* noch größer zu bauen. Ihr konntet nicht genug bekommen. Sie sind der Kopf dieses korrupten Ladens. Und niemand hat sich dafür interessiert, am wenigsten die Polizia.«

»Wäre ich Sie, würde ich genauso fühlen, ich habe volles Verständnis für Ihre Empörung. Seien Sie versichert, dass ich ... Wenn ich könnte, würde ich die Zeit zurückdrehen. Aber billige Rache kann doch nicht die Lösung sein.«

»Nicht billige Rache. Vergeltung. Auge um Auge, das ist ein Unterschied.«

»Nennen Sie es, wie Sie wollen. Wenn ich irgendwas tun kann, das ...« Bianchi registrierte, wie seine Umgebung zusehends verschwamm, hören konnte er allerdings noch sehr gut.

»Dafür ist es jetzt zu spät.«

In diesem Augenblick klopfte es zweimal laut an der Tür. Die beiden Männer fuhren herum. Wer war das? Wenn jemand draußen war, musste er ihre Unterhaltung der letzten Minuten unweigerlich mit angehört haben ... und würde seine Schlüsse ziehen, sie hatten ja laut genug gestritten. Die Frage war nur: Wer um alles in der Welt konnte das sein? Der Hüttenbesitzer? Ein Forstangestellter?

Die nächsten Sekunden blieb alles ruhig, aber es musste jemand da sein – schließlich hatten sie beide das Klopfgeräusch vernommen.

Kurz entschlossen gab die Person Bianchi mit dem Kopf ein Zeichen, sich in die hintere Ecke zu verziehen und sich ruhig zu verhalten ... und schlich an die Tür. Dort angekommen, wartete sie ein paar Sekunden ab. Schier endlose Sekunden, in denen sich nichts tat. Die Person stieß den Schlag mit einem gewaltigen Ruck auf, sodass die Tür rückwärts gegen das Holz krachte ... Absolut nichts. Stille. Er konnte nur den Pinienwald in all seiner Pracht sehen und das Gezwitscher der Singvögel hören. Kein Mensch. Wie war das möglich? Es hatte doch eindeutig jemand angeklopft – sie hatten es beide gehört! Er erstarrte in der Bewegung. Ein Geräusch an der Seite? Doch warum zeigte sich niemand? Wenn es ein Waldarbeiter war, so konnte er sich doch zu erkennen geben. Es sei denn ...

37

Die Person ging ein paar Schritte in den Wald hinein, sah sich um. Das konnte, das durfte nicht sein! Wenn hier wirklich jemand war, dann wäre womöglich alles umsonst gewesen – die ganzen Leiden, die Planungen, die ersten beiden Taten! Eine kurze Schrecksekunde später wusste die Person, was sie zu tun hatte. Sie musste das hier zu Ende bringen, und zwar schnell. Die K.-o.-Tropfen aus der Wasserflasche würden keinen größeren Schaden bei Bianchi anrichten – jetzt war es höchste Zeit für den zweiten Teil, die Todestropfen. Sie nahm die präparierte Spritze aus ihrer Hosentasche, wickelte das Taschentuch auf, schraubte den Verschluss ab. Sie wandte sich zurück in Richtung Hütte, wo Bianchi noch immer am Boden kauerte. Doch gerade als sie entschlossen zurückgehen wollte, war da plötzlich dieser große Ast im Weg. Und diese Frau, die den Ast hielt!

Die Person wandte sich in ihre Richtung ... und fluchte. Nein! Nur das nicht!

»Stehen bleiben, Hellinger!«, sagte Isabelle Martin extrem ruhig, aber zu allem entschlossen. »An Ihrer Stelle würde ich das nicht tun. Machen Sie keine Dummheit! Es ist vorbei. Geben Sie auf, Sie haben keine Chance! Werfen Sie das Ding weg!«

Roman Hellinger erstarrte in der Bewegung. Das hatte ihm gerade noch gefehlt! Sollte er sich von dieser Sommerpolizistin seinen Plan durchkreuzen lassen? Was wusste die schon von seinem unermessliches Leid! Er *musste* Vergeltung üben. Für alles, was ihm und seiner Familie und vermutlich noch vielen anderen angetan worden war. Das konnte, durfte nicht ungesühnt bleiben! Wenn sich sonst schon keiner des Ganzen annahm!

»Aus dem Weg, sonst kann ich für nichts garantieren! Sie glauben doch nicht im Ernst, dass ich mich ergebe? Gerade jetzt, wo ich so kurz vor dem Ziel bin. Hauen Sie ab, wenn Ihnen Ihr Leben lieb ist! Ich habe eine Mission zu erfüllen. Auch im Namen meiner Frau. Er hat sie auf dem Gewissen.«

Isabelle Martin machte keine Anstalten, ihn vorbeizulassen. Felsenfest stand sie breitbeinig zwei Meter entfernt frontal vor ihm. Ein gewaltiger Adrenalinschub schoss ihr durch den ganzen Körper, heftige Stiche meldeten sich in Oberbauch und Kopf. Sie musste sich zwingen, ganz ruhig zu atmen, die aufkommende Stressattacke möglichst unten zu halten, auf keinen Fall durfte sie nach oben Richtung Atmung oder Kehlkopf wandern – dann war sie geliefert. Die Babyfotos aus Hellingers Wohnzimmer erschienen ihr vor Augen. Natürlich, das süße Mädchen war gar nicht das Enkelkind, das war …

»Kira wird davon nicht mehr lebendig. Herr Hellinger! Sie würde es ganz sicher auch nicht wollen. Geben Sie auf! Mein Fehler war, dass ich das Baby auf dem Foto zuerst für Ihre Enkelin gehalten habe – aber natürlich war das Ihre Tochter. Wenn ich schneller geschaltet hätte …« Etwas leiser: »Ich habe mit Cappellano Giulio gesprochen, ich kenne die Vorgeschichte. Glauben Sie mir, es tut mir sehr leid für Sie, wirklich, und natürlich wird sich das strafmildernd auswirken. Aber das ist keine Rechtfertigung für Ihren Vergeltungsfeldzug.«

»Wo sind Ihre Kollegen?«

»Keine 50 Meter entfernt.« Eine Lüge. Dummerweise hatten sie sich an der letzten Weggabelung getrennt – die anderen waren jeweils in andere Richtungen weitergelaufen. Aber sehr weit konnten sie nicht sein. Wo blieben nur die Jungs aus Latisana?

Verdammt, schimpfte sie in sich hinein. Warum muss mir das auch gerade wieder im Italienurlaub passieren? Wo ich noch nicht mal eine Schusswaffe habe! Ihre Panik stieg höher, war bereits im Kehlkopf angekommen. Atmen, nur atmen. Tief ein, noch tiefer aus. Sie musste unbedingt die Nerven behalten. Sie hatte nicht die geringste Lust, sich dieser Spritze in den Weg zu stellen, sie musste eine Beziehung aufbauen! Die Trockenübungen aus der Polizeifachhochschule waren in keiner Weise vergleichbar mit dieser Situation, die extrem gefährlich war. Schon rein körperlich war sie Hellinger hoffnungslos unterlegen, und der hatte auch noch diese gefährliche Waffe, mit der er schon zwei Menschen getötet hatte. Doch welche Wahl hatte sie gehabt? Hellinger war drauf und dran gewesen, Bianchi die tödliche Injektion zu setzen. Für einen endlos langen Augenblick sah sie das Gesicht ihrer Mutter vor ihren Augen, die vor 20 Jahren bei einem ähnlichen Einsatz ums Leben gekommen war. Eine Einsatztote in der Familie reichte!

»Bei Unterlegenheit eine Beziehung aufbauen, mit Worten besänftigen!«, hatten ihre Dozenten stets gepredigt. Vielleicht konnte sie Hellinger so lange hinhalten, bis

Schwaiger und Conte ... Bianchi saß teilnahmslos wie ein nasser Sack in der Ecke. Von dem war keine Hilfe zu erwarten. Auch Hellinger spielte seine Optionen durch. Sie registrierte, dass er zögerte – ihre Chance. Für den Bruchteil einer Sekunde war er unachtsam. Das reichte. Blitzschnell drehte sich Isabelle um 90 Grad und trat mit dem Bein in die Höhe. Sie traf Hellingers rechte Hand – jedoch konnte sie die Spritze nicht wegkicken.

Herrgott noch mal, schimpfte sie mit sich selbst. So eine Chance bekomme ich nie wieder, um ein Haar hätte ich ihn so weit gehabt. Aber er war angeschlagen – sein Arm tat ihm zweifellos höllisch weh! Sie rangelten miteinander, Isabelle zielte mit dem Knie auf seine Körpermitte. Er jaulte auf wie ein junger Hund und ließ die Spritze für einen kurzen Augenblick los – das reichte. Mit dem Bein kickte sie das Teil weg.

»Machen Sie es nicht noch schlimmer!«, schrie sie ihm aus Leibeskräften ins Gesicht.

Unsanft zerrte er sie in die Hütte – zum Glück lag die Spritze irgendwo draußen im Unterholz. Was sollte das werden? Wollte Hellinger sich mit ihr in der Hütte verschanzen und sie als Geisel nehmen, um sich freizupressen? Er nahm sie in den Schwitzkasten und drückte grob zu. Noch bevor er die Türe verriegeln konnte, wehrte sich Isabelle nochmals heftig und ließ einen markerschütternden Schrei los: »Hilfe! Hierher! Sigi ... Ela!« Die letzten Silben konnte sie nur noch gurgeln, Hellingers Hand quetschte unsanft ihre Lippen.

Keine zwei Sekunden später entdeckte sie draußen am Fenster ein Modelgesicht. Voll Entsetzen starrte Ela herein. Hellinger stand mit dem Rücken zu ihr, sodass er sie nicht sehen konnte.

Na endlich! Wenn Ela da war, war Sigi auch nicht weit. Verzweifelt versuchte sie, Ela ein Zeichen zu geben. Diese zerrte an ihrem Halfter. Ohne zu zögern, durchstieß sie mit dem Ellenbogen unter ohrenbetäubendem Klirren die Scheibe. »Sofort loslassen, Hellinger! Flossen hoch – sonst blase ich Ihnen was weg! Weg von meiner Kollegin! Wird's bald?«

Hellinger war durch das Brechen der Scheibe und die entschlossene Aufforderung so erschrocken, dass er herumfuhr und dabei die Umklammerung ein wenig löste. Das genügte Isabelle, um sich loszureißen.

Gegen die beiden Frauen war Hellinger chancenlos. Er sprintete aus der Hütte. Nur weg von hier. Alles andere war ihm egal – sogar Bianchi. Hauptsache, er konnte noch fliehen. So weit wie möglich. Doch er lief frontal auf Sigi Schwaiger zu – dieser hatte sich vor der Tür postiert, um dem Mörder den Fluchtweg abzuschneiden.

»So sieht man sich wieder, Herr Nachbar! Wieder auf dem Weg zum Supermercato?«, sagte Schwaiger seelenruhig.

»Aus dem Weg, Bulle!«

Hellinger versuchte auszuweichen, schlug einen Haken. Doch der Fahnder packte beherzt zu, bog Hellinger die Hände auf den Rücken und drückte ihn zu Boden. »Auf Sie wird einiges zukommen, Mannomann … die Beamtenbeleidigung schenk ich Ihnen.«

Conte hielt Hellinger mit ihrer Dienstwaffe in Schach, was eigentlich nicht mehr nötig war, denn dieser hatte gegen Schwaigers Polizeigriff keine Chance – und der dachte nicht daran, ihn zu lockern. Mit der anderen warf sie Isabelle die Handschellen zu. »Fessle ihn!« Die Kommissarin ließ die Stahlreifen um seine Handgelenke klicken. »Was machen wir mit Bianchi?«

»Wir brauchen einen Rettungswagen.« Ela ließ einen temperamentvollen Wortschwall in ihr Funkgerät los.

»Die Wirkung der K.-o.-Tropfen wird bald nachlassen«, erklärte Hellinger selbstgefällig.

Isabelle umarmte die Kollegin leidenschaftlich, alle Anspannung fiel von ihr ab, das Muskelkorsett begann sich zu lösen. »Ich bin dir so dankbar. Du kannst dir gar nicht vorstellen, wie heilfroh ich war, als ich deine Mandelaugen hinter der Fensterscheibe sah.« Beide mussten lachen. »Scusi, dass ich anfangs so negativ gegen dich eingestellt war, amica.«

»War ich doch genauso, und ich hab ja auch alles dafür getan«, lachte die Commissaria. »Wie du dich Hellinger in den Weg gestellt hast, das war wahnsinnig mutig. Ich denke nicht, dass ich mich das getraut hätte!«

Schwaiger schaltete sich ein. »Wenn ihr mit euren gegenseitigen Komplimenten fertig seid, könnten wir unseren neuen Freund hier vielleicht ins Einsatzfahrzeug verfrachten.«

Er war überaus erleichtert, dass den Kolleginnen nichts passiert war. Er umarmte zuerst Ela und dann – deutlich ausführlicher – Isabelle. Anschließend gab er ihr einen langen Kuss auf die Wange.

»Kira hatte noch alles vor sich, sie wollte Musiklehrerin werden. Gloria und Kira waren wie Zwillinge, von Kindesbeinen an allerbeste Freundinnen. Aber was wissen Sie denn?«

Den Ermittlern ging ein Licht auf. »Haben Sie mit Gloria Lombardi gemeinsame Sache gemacht? Hat sie Sie denn unterstützt?«

»Nein, alles war allein meine Idee. Aber Gloria litt sehr unter Kiras Tod, wollte sich sogar das Leben nehmen. Sie versuchte die ganze Zeit, mich abzuhalten. Genau wie meine Frau. 25 Jahre sind wir verheiratet. Hier wollten wir uns zur Ruhe setzen, die Ferienwohnung war unser Altersruhesitz. Doch nach Kiras Tod erkrankte sie schwer an Depressionen, jetzt kam auch noch eine Krebsdiagnose. Sie hat nur noch kurz zu leben.« Er seufzte niedergeschlagen. »Das *Paradies auf Erden*, wie sie es nannten – für uns war es der Vorhof zur Hölle! In unserer *Villa Kira* hatten wir als Familie unsere schönsten Stunden. Ich habe alles verloren, was es zu verlieren gibt.«

Die Ermittler schwiegen. Eine große Tragik, fürwahr, doch das entschuldigte in keiner Weise diese Selbstjustiz ... Er hatte zwei Menschen auf dem Gewissen, der dritte war gerade noch mal davongekommen. Bianchi war wieder aufgestanden, er kam in ihre Richtung und gab ihnen nacheinander die Hand, reden konnte er noch nicht. Geräuschvoll blies Isabell Luft aus.

»Falls es Sie interessiert ...«, Hellinger fixierte Isabelle Martin, »diese Leute haben auch Ihre Tante auf dem Gewissen – die gute Sophia. Ja, sie haben sie getötet – da staunen Sie, was? Am Schluss hatten sie sie so weit, dass sie nur noch ein nervliches Wrack war. Wir kannten sie seit zwei Jahrzehnten, sie war für uns weit mehr als nur eine Nachbarin. Diese Leute haben sie durch konsequentes Mobbing mürbe gefahren. Als sie trotzdem nicht verkaufen wollte, haben sie sie um die Ecke gebracht. Sie haben ihr was untergemischt. Oder untermischen lassen.«

Isabelle schluckte. Bisher war sie immer davon ausgegangen, dass ihre Tante eines natürlichen Todes gestorben war. »Könnten Sie das beweisen, Herr Hellinger? Als wir neulich bei Ihnen waren, erwähnten Sie davon nichts.«

Er druckste herum. »Wie soll das denn im Nachhinein bewiesen werden können? Aber für mich gab es nie einen Zweifel, dass sie ihr was eingeflößt haben. Frühmorgens saß Sophia noch topfit im Garten ... zwei Stunden später war sie tot. Angeblich Herzschlag. Sophia hatte nie etwas am Herzen, ich habe keine Sekunde an diese Version geglaubt. Wenn die Staatsgewalt untätig zuschaut, nimmt man die Dinge irgendwann selber in die Hand.«

Die Ermittler tauschten betretene Blicke. Keiner von ihnen fühlte sich so, wie man sich fühlen sollte, wenn man gerade einen gefährlichen Doppelmörder verhaftet hatte.

Isabelle fand als Erste ihre Sprache wieder: »Das erklärt die Causa Schretzmeier. Aber wieso Barbieri?«

»Der hat die korrupten Bauprojekte durchgewunken, vor allem aber war er ein Verbindungsmann für die Drogenpartys. Das konnte nicht länger toleriert werden, denn die Polizia hatte ja nie ein Interesse daran. Zu viel Arbeit verkürzt bekanntlich den Schlaf in den Amtsstuben.«

Ela räusperte sich. »Sie hätten doch nur Roccas Anzeige unterstützen müssen. Dann wären Sie schon zu zweit gewesen.«

»Und das hätte etwas geändert? Gestatten Sie, dass ich lache! Gegen diesen Filz kommt kein ausländischer Resident an ... auch nicht Sie kleine Beamtin. Schon gar nicht als Frau!« Er warf Ela einen mitleidigen Blick zu, schnupperte wie ein nervöser Hund nach allen Richtungen, als suche er etwas. »Wo habt ihr euren Materazzi gelassen? Ist mal wieder aushäusig, was, Fräulein Conte?«

»Sagen Sie bloß …« Conte fiel alles aus den Augen. »Das … das glaube ich jetzt nicht«, presste sie hervor, »haben Sie dafür Beweise?«

»Mehr als genug. Mit einem Spähprogramm habe ich mir seinen privaten E-Mail-Verkehr abgegriffen. Alles auf Stick abgespeichert – falls sich jemand von der Staatsanwaltschaft dafür erwärmen kann. Anstatt für Recht und Ordnung zu sorgen, hat Materazzi die Hand aufgehalten. Und keiner will das gemerkt haben?«

Conte war am Boden zerstört: »Ich habe es immer geahnt, aber nie glauben wollen.«

Es war der Commissaria so peinlich, dass sie ihren Kollegen nicht ins Gesicht schauen konnte. »Wie ich mich für ihn schäme! Er ist kaum besser als Barbieri.« Isabelle legte den Arm um sie, sie stieß sie weg. »Da hält man den Kopf hin, dabei ist der eigene Vorgesetzte …«

Schwaiger sagte ernst zu Hellinger: »Materazzi wird sein Verfahren bekommen, dafür werden wir sorgen. Sie aber auch.«

»*Zahn um Zahn* – mein Motto.«

Der Zettel im Sand mit der Bibelstelle, den sie am Tatort gefunden hatten. »Lev 24 …«, murmelte Schwaiger kaum hörbar.

»Ich habe Sie beobachtet, wie Sie mit Giulio gesprochen haben. Da wusste ich, dass ich fortan auf der Hut sein musste.«

Sie waren am Polizeiwagen angekommen, in diesem Moment kamen zwei Streifenwagen hinzu. Eine Ärztin stieg aus, versorgte Bianchi. Er konnte schon wieder alleine aufstehen.

Die Frauen setzten sich in Elas Lancia nach vorne, Schwaiger und Hellinger nahmen hinten Platz. Hellinger machte keinerlei Anstalten auszubrechen. Keiner sagte mehr etwas, bis sie an der Polizeistation ankamen.

38

Am nächsten Morgen saßen die Fahnder auf Plastikstühlen im Garten der *Villa Sophia* und genehmigten sich kühle Drinks. Kater Romeo wich ihnen die ganze Zeit nicht von der Seite. Spürte er instinktiv, dass sich die Urlaubstage dem Ende zuneigten? Wer würde ihn danach versorgen? »Hast du mit Materazzi sprechen können?«, erkundigte sich Schwaiger bei Ela.

»Nein, er ist dauerhaft dienstunfähig gemeldet. Ich habe unverzüglich die Prokuratur in Kenntnis gesetzt – man darf gespannt sein, wie es weitergeht. Der normale Gang wäre: Dienstaufsichtsbeschwerde, Disziplinarverfahren, interne Untersuchungskommission, Beweise auswerten, schließlich Dienstenthebungsverfahren mit Gerichtsverhandlung. Das alles kann dauern.«

»Was, denkst du, wird mit ihm passieren?«

»Schwer zu sagen.« Ela zuckte die Schultern. »Von der Papierform her ein glasklarer Fall. Aber ich hab's euch ja schon ein paarmal gesagt: In Italia tickten die Uhren schon immer anders als anderswo. Mich würde nicht wundern, wenn er mit einer dienstrechtlichen Abmahnung davonkommt und mit vollen Bezügen frühpensioniert wird. Alles schon da gewesen. Siehe Berlusconi und Konsorten.«

Sie senkte die Stimme. »Was ich euch immer noch sagen wollte: Ihr zwei seid ein absolutes Dreamteam, davon kann ich nur träumen. Hier hat frau manchmal das Gefühl, jeder arbeitet gegen jeden – wie oft ich schon wechseln wollte! Aber dazu müsste ich aus meiner Komfortzone und von der famiglia weg. Ihr beide ergänzt euch echt perfekt, beruflich wie privat.«

Isabelle schluckte und wurde rot, dann sagte sie:»Ela, was würdest du davon halten, wenn ...? Ich meine ...« Sie nahm einen neuen Anlauf.»Könntest du dir vorstellen, zu uns nach Bayern zu kommen? In unserer Dienststelle im Fünfseenland gibt es immer wieder Personalengpässe, du würdest ideal zu unserer Truppe passen. Stell dich doch bei unserem Vorgesetzten vor! An den Sprachkenntnissen wird's jedenfalls nicht scheitern. Die Ergänzungsprüfung für den bayerischen Staatsdienst schaffst du mit links, wir würden dich unterstützen. Und unser ganzes Team.«

Conte hatte Tränen in den Augen.»Ich weiß gar nicht, was ich sagen soll. Ganz lieben Dank, ihr seid so ... unglaublich.« Sie umarmte zuerst Schwaiger, dann ganz gerührt Isabelle.»Grazie, grazie. Ein solcher Schritt will gut überlegt sein.«

»Lass dir Zeit!« Schwaiger witzelte.»Die paar Stunden Autofahrt sind ein Klacks, falls du mal Heimweh haben solltest.«

»Außer wenn gerade mal wieder großer Stau ist«, schob Isabelle schmunzelnd nach.»Aber ganz im Ernst: Unsere Dienststelle würde dich mit Kusshand nehmen. Schon rein optisch.«

Alle drei lachten herzhaft.

»Ich denk darüber nach, versprochen.« Ela stand abrupt auf.»Jetzt muss ich erst mal zurück ins Präsidium. Protokolle tippen, Beweisstücke sichern, Zeugenaussagen koordinieren. Ihr bekommt natürlich auch Vorladungen, stellt euch auf umfangreiche Zeugenbefragungen ein. Wir bleiben in Kontakt.«

»Würde mich gar nicht wundern, wenn wir nachträglich noch Ärger bekommen«, mutmaßte Schwaiger trocken, »immerhin haben wir bis zum Schluss ohne offiziellen *Interpol*-Auftrag ermittelt. Unser Kommissariatsleiter Baptist hat bis heute noch keine Antwort auf seinen Antrag.«

»Das wäre ja noch schöner!«, sagte Ela. »Was hättet ihr denn machen sollen? Zusehen, wie der Täter immer weiter mordet, während die Polizia den Schlaf der Gerechten schläft oder im Dienst *Youtube* glotzt? Wir haben zwei Morde aufgeklärt, die Öffentlichkeit am Urlaubsort geschützt ... und obendrein einen Korruptionsfall aufgedeckt.«

»Genau das macht mir Sorge, solange niemand genau weiß, wie tief dieser Sumpf reicht«, präzisierte Schwaiger. »Notfalls muss sich unsere deutsche Staatsanwaltschaft oder das Innenministerium einschalten.« Er wusste, dass Baptist vorbehaltlos auf ihrer Seite stehen würde – wie im Übrigen auch Romeo, der keinen Zentimeter von ihnen wich und drei Massagehände sichtlich genoss.

»Was passiert eigentlich mit diesem Tigerverschnitt, wenn ihr weg seid?«, erkundigte sich Conte besorgt. »Wollt ihr den mitnehmen?«

Isabelle zögerte. »Geht nicht. Ich denke schon die ganze Zeit darüber nach, aber mein Simba und Romeo würden sich nur zoffen. Außerdem gehört er hierher.«

»Auf jeden Fall muss er kastriert werden, sonst könnt ihr hier nächstes Jahr eine Katzenpension aufmachen.«

Isabelle überlegte laut:»Sag mal, könntest du nicht viel-leicht …? Ich meine … wenn du eventuell mit ihm zusam-men hier einziehen würdest, wie wäre das? Dann hätte der Kater ein Dach über dem Kopf, und du hättest mit einem Schlag eine eigene Wohnung. Win-win. Ihr beide hättet alle Freiheiten.« Conte starrte sie entgeistert an.»Ist das dein Ernst?«

»Was sonst? So wüsste ich, dass die *Villa Sophia* in bes-ten Händen ist.« Sie blinzelte ihr zu.»Du richtest dich ein und versorgst Romeo. Die Renovierungskosten teilen wir uns. Wie wär's?«

»Mensch, Isa!« Ela fiel ihr um den Hals.»Ganz lieben Dank, das ist supernett! So eine Kollegin hatte ich noch nie. Natürlich kümmere ich mich um das Kerlchen, er ist mir viel lieber als jeder zweibeinige Macho. Das Haus halte ich in Ordnung. Und wenn ihr hier Urlaub machen wollt, gehe ich zu meinem Vater.«

»Oder wir machen eine Dreier-WG auf«, ergänzte Schwaiger lachend.

»Wenn das kein Wort ist!« Isabelle atmete auf. Sie hatte schon befürchtet, dass alles an ihr hängen bleiben würde, und war nun sehr erleichtert.

»Als Erstes bringe ich dich zum *veterinario*, du Streu-ner!« Ela packte »ihren« Kater unter dem Arm, trug ihn zu ihrem Auto, er ließ es sich gefallen. Isabelle brachte einen Einkaufskarton nach, den sie mit einer Decke aus-gepolstert hatte. Zusammen setzten sie Romeo hinein, der sie mit großen Augen unsicher anstarrte und ängstlich miaute. Die Frauen redeten ihm beruhigend zu – gewiss war dies seine erste Autofahrt.

Bevor sie einstieg, sagte Ela so leise, dass Schwaiger es

nicht hören konnte:»Ihr seid das perfekte Paar, ihr ergänzt euch eins a.«

Isabelle stotterte.»Aber … aber wir sind doch nicht mal … ich meine … wie kommst du denn darauf, dass wir …?«

»Sieht doch ein Blinder, da passt kein Blatt dazwischen.« Sie ließ den Motor an, rollte los.»Aber lasst euch ruhig Zeit.«

Die Frauen klatschten die Hände durch das geöffnete Fahrerfenster ab. Schwaiger spazierte heran, klopfte auf die Motorhaube.

Am frühen Abend saßen Isabelle und Sigi auf der Terrasse und spielten Schach: Isabelle hatte die Katzen, Sigi die Hunde. Kurz bevor die Katzen zum entscheidenden Schlag ausholten, hielt die Kommissarin inne und sagte:

»Haben Sie nicht was vergessen, Herr Hauptcommissario?« Sie fixierte ihren Kollegen scharf.

Schwaiger, der sich fieberhaft den Kopf zerbrach, wie er seine Hundefiguren aus der misslichen Lage befreien konnte, blickte wie ein Nilpferd.»Weshalb so förmlich, verehrte Frau Kollegin? Wovon sprechen Sie? Was soll ich vergessen haben?«

Isabelle bot»Schach«, wechselte dann kumpelhaft ins Du:»Du wolltest eine Kerze anzünden, wenn wir den Fall gelöst haben. Vergessen?«

Er stützte die Hände auf.»Das war nur so dahergeredet.«

»Gesagt ist gesagt.« Sie zog eine Figur, warf den gegnerischen Hundekönig.»Matt.« Sie nahm einen Schluck Wasser.

»Okay, okay. Ich bin echt dankbar, dass dir nichts passiert ist ... also lasse ich eine Opferkerze bei deinem Giulio springen, zufrieden?«

»Bei *meinem* Giulio? Geht's noch?«

Als sie sich der Maria Assunta-Kirche näherten, war gerade ein Familiengottesdienst in vollem Gange. Vorschulkinder wuselten vor dem Altarraum herum, der Cappellano war in seinem Element. Um nicht hineinzuplatzen, platzierten sie sich auf zwei Außenstühle in der frisch gemähten Wiese und ließen sich vom krächzenden Außenlautsprecher beschallen – Giulio, der sie längst entdeckt hatte, warf ihnen einen verschwörerischen Blick zu.

Nach der Andacht gesellte er sich zu ihnen auf die Wiese.

»Ihr könnt euch nicht vorstellen, wie erleichtert ich bin, vorhin haben sie es in *Radio Bibione* durchgegeben. Im Nachhinein betrachtet hätte ich viel früher schalten müssen.«

»Wir alle.«

»Gar nicht so selten verwandeln sich Schmerz und Trauer in Hass. Der Mann hat alles verloren, was ihm über Jahrzehnte wichtig geworden war. Aber das kann nie eine Entschuldigung sein.«

Was nur immer alle mit *Radio Bibione* hatten! Dass sogar der Seelsorger diesen Sender hörte ...

»Liebe ist das Einzige, was Dinge wandeln kann. Sie *besteht*.« Mit diesen Worten drückte er Isabelle seine Karte in die Hand. »Solltet ihr mal Gesprächsbedarf haben, beruflich oder privat ... für euch habe ich besonders gern ein offenes Ohr.«

»Nur sollten Sie dann etwas schneller zurückrufen«, neckte Schwaiger. Alle drei lachten. »Zur Feier des Tages würde ich jetzt zu einer kühlen Birra nicht Nein sagen ...«

Giulio erhob sich. »So ein Zufall, im Pfarrgarten stapeln sich ein paar Sixpacks – Originalproduktion der Benediktinermönche vom Kloster Andechs. Würziger als Italo-Birra.«

Da war Widerspruch ausgeschlossen. Bis spät in die Nacht saßen sie zusammen.

Frühmorgens wanderten Isabelle und Sigi ein letztes Mal den ausgetretenen Reptilienpfad hinunter zum Strand, in Hafennähe ließen sie sich im warmen Sand nieder – unweit der Stelle, wo sich der erste Mord ereignet hatte. In wenigen Minuten würden sie den Heimweg antreten, Oberrat Baptist musste schnellstmöglich in Kenntnis gesetzt werden. Aber sie würden zurückkehren, auch hierher.

Ein fliegender Verkäufer bog um die Ecke, zielsicher strebte er auf sie zu. »Coco! Coco bello!«, ließ er sich lautstark vernehmen, geschäftstüchtig schwenkte er seinen Wassereimer. Isabelle und Sigi sahen sich an, lachten los. Sie kramte in ihren Shorts nach ein paar Münzen, obgleich Ela davor gewarnt hatte. Aus der tragbaren Bluetooth-Box des Africanos quäkte gnadenlos der Kulthit der *Bee Gees*: »How deep is your love? Cause we're living in a world of fools, breaking us down, when they all should let us be, we belong to you and me.«

Sie lehnten sich aneinander.

Alle Bücher von Hermann Ehmann:

Münchner Kollegium
ISBN 978-3-8392-2373-4

**Hauptkommissar
Sigi Schwaiger und
Kommissarin Isabelle
Martin ermitteln:**

1. Fall: Pizza, Pasta, Mord!
ISBN 978-3-8392-0402-3

2. Fall: Bella Italia
ISBN 978-3-8392-0650-8

GMEINER SPANNUNG

WWW.GMEINER-VERLAG.DE
Wir machen's spannend